丝路的春天与河

飞天

全国诗歌散文大奖赛获奖作品集

主编 马青山

副主编 阎强国

编委 郭晓琦　赵剑云　王文思

敦煌文艺出版社

图书在版编目（ＣＩＰ）数据

丝路的春天与河 ／《飞天》全国诗歌散文大奖赛获奖作品集 ／ 马青山主编. -- 兰州：敦煌文艺出版社，2018.9（2022.1重印）
ISBN 978-7-5468-1602-9

Ⅰ．①丝… Ⅱ．①马… Ⅲ．①诗集－中国－当代②散文集－中国－当代 Ⅳ．①I217.1

中国版本图书馆CIP数据核字（2018）第190902号

丝路的春天与河：《飞天》全国诗歌散文大奖赛获奖作品集
马青山　主编

责任编辑：靳　莉
装帧设计：陈　青

敦煌文艺出版社出版、发行
地址：（730030）兰州市城关区读者大道 568 号
邮箱：dunhuangwenyi1958@163.com
0931-8773259（编辑部）
0931-8773235（发行部）

三河市嵩川印刷有限公司印刷
开本 710 毫米×1000 毫米　1/16　印张 14.5　插页 1　字数 319 千
2018 年 8 月第 1 版　2022 年 1 月第 2 次印刷
印数：2 001～4 000 册

ISBN　978-7-5468-1602-9
定价：48.00 元

目　　录

甘肃册页（组诗）　　　　　　　　　　　　苏卯卯（甘肃）　002

丝路读本（组诗）　　　　　　　　　　　　厉运波（山东）　006

地平线上的甘肃西（组诗）　　　　　　　　马　行（山东）　010

甘肃笔记（组诗）　　　　　　　　　　　　梅苔儿（湖南）　014

八声甘州（组诗）　　　　　　　　　　　　江　耶（安徽）　019

甘肃行（组诗）　　　　　　　　　　　　　向　迅（江苏）　023

西出阳关（组诗）　　　　　　　　　　　　杨　勇（黑龙江）026

敦煌辞（组诗）　　　　　　　　　　　　　艾　川（河南）　028

丝路线装了甘肃（组诗）　　　　　　　　　胡云昌（重庆）　033

墓主记（组诗）　　　　　　　　　　　　　包文平（甘肃）　040

行走西北（组诗）　　　　　　　　　　　　杨献平（四川）　045

甘肃：丝路上一颗闪烁的星（组诗）　　　　水　湄（四川）　050

嘉峪关，逆景与侧影　　　　　　　　　　　王泉夫（山东）　054

大地西行（组诗）　　　　　　　　　　　　邓朝晖（湖南）　057

吟甘肃（组诗）　　　　　　　　　　　　　南南千雪（陕西）059

甘肃行：绣在丝绸之路上的时光（组诗）　　张　琳（山西）　062

敦煌至西海的商途是一匹斑斓的丝绸（组诗）孙立本（甘肃）　065

丝路诗草（组诗）　　　　　　　　　　　　蝈　蝈（甘肃）　069

西汉水的草丛里藏着另一座星空（组诗）　　包　苞（甘肃）　072

驼铃（外二首）　　　　　　　　　　　　　香　奴（内蒙古）075

丝路河山（组诗）　　　　　　　　　　　　王　琪（陕西）　079

绿洲扎撒（组章）　　　　　　　　　　　　胡　杨（甘肃）　082

在丝绸之路上长大（组诗）　　　　　　　　妥清德（甘肃）　085

河西大地（组诗）　　　　　　　　　　　　苏　黎（甘肃）　088

走甘肃（组诗）　　　　　　　　　　　　　马占祥（宁夏）　092

大梦陇原(组诗)　　　　　　　　　　　仁谦才华(甘肃)　094

山河岁月:崆峒诗篇(组诗)　　　　　　马路明(甘肃)　097

残简与短牍(组诗)　　　　　　　　　　李元业(青海)　099

河西,诗意耽搁的一生(组诗)　　　　　堆 雪(新疆)　101

望见丝路的春天与河(组诗)　　　　　　白瀚水(辽宁)　104

玉门读本(组诗)　　　　　　　　　　　马兆玉(甘肃)　107

如血脉一样奔流的时光(组诗)　　　　　辰 水(山东)　110

丝路札记(组诗)　　　　　　　　　　　张 之(四川)　112

八步沙,草木婆娑(散文)　　　　　　　刘梅花(甘肃)　115

一个王朝的侧影(散文)　　　　　　　　费晓莉(甘肃)　119

毛藏:静静的马莲灼灼地开(外一题)　　贾雪莲(甘肃)　124

丝路观陶(散文)　　　　　　　　　　　张 瑞(山东)　129

西出阳关无故人(散文)　　　　　　　　赵 丰(陕西)　134

遥听天堂的水声(散文)　　　　　　　　唐仪天(甘肃)　138

麦积山,丝路上的艺术驿站(散文)　　　欧阳云照(广东)　142

落叶满凉州(散文)　　　　　　　　　　秦不渝(甘肃)　146

华家岭的风(散文)　　　　　　　　　　晓 苏(甘肃)　151

焉支秋韵(散文)　　　　　　　　　　　赵武明(甘肃)　155

清幽大佛寺(散文)　　　　　　　　　　吴晓明(甘肃)　159

丝路西北(散文)　　　　　　　　　　　亚 男(四川)　164

凉州二题(散文)　　　　　　　　　　　杨 先(甘肃)　169

平凉看塔(散文)　　　　　　　　　　　马宇龙(甘肃)　173

元土村(散文)　　　　　　　　　　　　唐 宏(甘肃)　177

兰州的桥(散文)　　　　　　　　　　　刘丰歌(甘肃)　181

丝路古道,步步生莲(散文)　　　　　　张金凤(山东)　185

佛孔寺的鸽子与灯(散文)　　　　　　　波 眠(甘肃)　189

白塔山,你为谁怀想为谁颂扬(散文)　　黄 杰(浙江)　192

匆匆走过(散文)　　　　　　　　　　　蕙 子(甘肃)　196

徜徉渭水上游(散文)　　　　　　　　　汪海峰(甘肃)　200

固城河(散文)　　　　　　　　　　　　赵 殷(甘肃)　204

巩昌万卷楼(散文)　　　　　　　　　　郭维宏(甘肃)　210

寻找格桑花(散文)　　　　　　　　　　梁慧君(甘肃)　214

一座城的诞生与消隐(散文)　　　　　　紫凌儿(甘肃)　218

妈妈的冬至饭(散文)　　　　　　　　　夏 惠(甘肃)　222

新阳镇符号(散文)　　　　　　　　　　丁永斌(甘肃)　225

诗 歌

苏卯卯（甘肃）

一等奖

二等奖

厉运波（山东）

马　行（山东）

甘肃册页

▶苏卯卯（甘肃）

"大美甘肃，多彩丝路"
全国诗歌散文大奖赛

002

序 言

黄土作注，甘肃的版图上，飞天、群峰、丝绸、黄土、粮食……
皆是我诗歌当中，孤独的兄弟、姐妹

他们词语缀珠一般，从遥远的史诗，如铜奔马奔跑的姿势
狂飙落地。就在昨夜，我开始梦见了敦煌、兰州、天水、阳关……
以及我关山苍野、植被盛大的陇东

每处，都有经卷和锈蚀的汉字，描摹我的姓名
都有众佛为我开悟。我的心，也是莲花一瓣
或者，一轮被水亲吻过的月亮

此刻的甘肃，阳光衰老，一朵野花是夜晚里
唯一的守夜人。它怀揣经卷，仿佛怀揣爱情
和一次古铜色的轮回。

从《诗经·七月》开始，麦子成熟，我淬火的心灵
也是一把磨快了的镰刀。呵！我的甘肃。读你，我的孤独便从
如此晴朗的夜晚开始，从人类诗歌的骨灰之中
寻找到，乡愁最质朴的卜辞

金 城

多少年之前，筑城的人走了，出土的金子被典故的宗教

和法轮所收藏。只留下一堆锋利的光芒
肆意起落,孤独而平实

如阳光下的经幡,羊皮筏子的掩盖的黄河的骨头,其苍白的回望
正在繁殖千万年滔滔的水声。土地沉默之后,万物即是佛的使者
度我,或者遗落于母亲肖像上的古老疲倦

我知道,古老的黄河,恍若一座空无一人的教堂
只有青草和诗歌,被风雨饲养。其漂浮不定的浪花
不是字符,就是母亲跌落的牙齿

呵! 母亲啊,在黄河边,随便捡起一块石头
里面都豢养着你衰老的面容。我知道,你的乳房下垂
丢落于光阴潮湿的温度,被大风吹斜
被我和黄河一道,日夜哭泣

水 城

当一列火车的微笑撞疼黎明的肋骨
甘肃的版图上,那个装满诗歌和粮食的城市,开始沸腾起来
酷夏30度的奔跑,不乏农民工兄弟北上和南下的方向
这个下午,让我久久不能释怀

我问,多慧的伏羲之祖,谁才是真正的执城者?
典籍悲悯不语。只有李白的诗歌,恍如一杆被风吹旧的旗帜
翻动着氤氲于诗集之中盛唐潮湿的空气

此刻,举起酒杯,群山的头颅一定会高过
摇曳的灯火。水是水的情人。正如,麦地之中
那一株还未成熟的麦穗,是村庄之中守夜的灯盏
也是我的情人

今夜,失眠的词语和我,都像是——
离家后经久不归的乞儿,有着过多悲苦
天水,让大风吹过我的头颅,请赐盛满星星的净瓶
予我,予群山和土壤——
埋藏最深的诗篇

我知道,麦积山上
佛光是一把清洗干净的镰刀
麦积山下,李白的乡党
挥舞镰刀,麦粒是独守家乡出口的路人,城市化
阻止不了,一地幡动

阳 城

风如水,自万年历史高处,倾泻而下
黄土掩盖,多少个黎明和黄昏
董志塬下:只有唢呐鸣奏、五谷颂扬,皮肤黝黑的北方

阳光如词,一朵朵野花排好队伍,连缀日月星辰
公刘的土地,史诗恢弘。倾倒出二十九年光阴的谷粒,只有
用余生的年轮干净地活着,才可以用作
如此黄土的种子

去密植一茬茬庄稼人的灵魂。岐伯的肋骨起风
麦子专治疑难杂症,也是一味中药。囚文王的"齒"字当中
我分明看到拘礼的麦子,如同一群谦卑的士大夫

陇东人继承的举念,革命犁开的光芒
是野花开放的清晨,露水和野花倒映进皮影的星辰

佛 城

太阳不息。敦煌城下,每一束光,都被丝绸的火焰缠绕
经书风寒,所有记录于黄卷的字符头疼。高温之下,每一朵野花
都是佛的执念,任由经卷和石头的嘴,说出虚妄

莫高窟不远,就在神点亮灯火的路上。沙子追着沙子
顽皮笑闹。那是敦煌,走出诗歌和典籍的孩子
遁入青铜之光:一句悼词,或者飞天的衣袂
足以把内心的灯盏拨亮

用一日时光,可触摸一座城池。
可是,仅需一个眼神,历史就让阳关的雪白头

大地如此安详,以至于佛睡着了,只剩下歌谣
独自度化着佛号。我是虔诚众生色相的一粒种子
因为我看见——
风从陈旧的远方奔来,带着一座城池的遗址

凉 城

待月崆峒,关山、树林、花朵、水流、佛号
这些干净的修辞,随风潜入墨。一枚写意的汉字,从凉城的地图上
一直跑进宣纸中历史白描的图画

安定城下,白云循环,水浪吹雪,那里就是
西王母的故乡。西北远望,崆峒如一把镜子
照亮了千年寺宇,云崖寺旁,一颗石头就是一个修行之人
我不知道,大云寺中有名字的、无名字的风,是否隐者
还是仙人,只知道其来过,又去了

常梦见那些水,和她用轻盈的日子供养起来的清白
其拖着长衫,在小小江湖踏花沾衣。任由内心苍茫辽阔
清亮的潮水,被一枚参禅的古月路过

我要用银碗盛起自己弯曲的余生,盛起那一朵来自黄泥土中
见证过我的忧伤和爱情的红雪。如今,她是天池里嬉笑的仙子
是流水岸边,偷偷学会爱情的花朵

我也让她们像悲悯的种子,成为一朵水浪的体内
人间难以逾越辽阔。其实,在凉城大地,所有宁静的水
只是一件绣满宋词的衣衫

丝路读本

▶厉运波（山东）

记敦煌莫高窟

敦煌。一页经书，凿着风沙
立起来的佛，诵读了大漠之魂

一面崖壁，内藏经卷
石佛与彩塑。石窟壁画里飞天的神，腾出一只手
弹拨了一下我骨缝里的弦
又一介肉身瞬间腾空。灵魂是乐声，乐声
是有史可考的一曲飞天

那俯视我的，必有前世的慈悲
那些粉彩抖落，带着散花、彩云、霓裳、飘带
那些凿空，与佛龛上点亮的一盏酥油灯
灯光如舌，那舔舐我的
必有神秘的内伤。是佛，也是刀客
石壁上的暗影，飘忽不定

一下子，就把心跳敲在了这里。辽阔西域，驮我而来的
继续西去——
风沙不止。一串驼铃，牵了牵骆驼的鼻子

感觉顿悟了。丝路古道上，一行驼队路过敦煌时
常常停下来，听一段风沙的诵经

落日下的嘉峪关

拼成一道烟云的,那不是边疆
不是苍穹,对照的那一声鹰唳
不是一柱烽烟,举着渐凉的祁连山。一道斜阳,关上了嘉峪关

风沙里的马蹄,陷了又陷——

万里长城。日落的听觉里,一粒沙子拍打的墩台一座烽燧扼守的国度
头顶一抹霞光,喂进远处的峰峦冰川

那沉下大漠的,也不是一滴雪水
关城内,步步设防。它的建筑
更像在模拟一场时光的防御
攻与守,就在一念之间
谁走了? 谁来了? 谁提着一盏马灯,拐进了肃穆的角楼
一出曲子戏唱老的古戏台,余音洪亮

比一声雁鸣还苍凉的,是一块被风吹响的牛头骨
比一头星宿还古老的,是河西走廊降下的月光
摸上一块城砖的温热
并打开了这天下第一雄关

——吱呀! 一声荡涤历史的浑沉之音

度玉门关

每往前一步,身子就斜一寸
春风不度。一块和田玉的叫声,像从怀里牵出的一声马嘶

晒日,或者掳走的风沙
一墩遗址里,怎么也叫不醒的前朝
烽火与兵器,和衣而眠。残留的城垣上,箭伤终于熬成了一道疤痕

走阳关,度玉门。一片胡杨扶着的敦煌,苍劲挺拔然后化身马匹,借一位少
女怀中的水罐
出塞的人,被一支羌笛牵着——

关在身体之外的,不叫戈壁
迈进一步的,才是中原。一堆玉石里修炼的春风
吹开我脸上的裂纹

到脚下,卸下一匹丝绸。人困马乏,且把一眼沉沙望成了边关——

拉卜楞寺:雪

风声旋转。清晨,比一阵风更能清扫身体的
是寺外的一场雪

经幡飘动。比一世繁华还轻的,是寺塔上的鸟影,一晃
便落而不见
红墙拐角,略有积雪

寺庙里,保持静穆的秩序
走过身边的红衣喇嘛,脚步轻得像被尘世翻过的一页经书
一行脚印,越描越湿

一根廊柱是抱不紧的。壁画里的佛
与灯下的佛,有相似之处
再往里走,就能看清嘉木样活佛转世的坐姿
一个清晨被雪堆积

——雪落甘南。落进拉卜楞寺的那一朵
大如嘴边念诵的佛语

张掖丹霞地貌

等一双鹰翅凉下来
秋天,那些云朵都是杜撰的落英。地表之上
燃烧的岩石,也是晃动眼睑的假象

我知道那些色彩,能运用到多么出神入化
与一座座山峰相比,我知道
我有多么虚无、单调,缺乏骨感

一层一层的断岩，裸露远古的根系
我知道那些沟壑收留的河道，正趋于
更深的沉默。沿着沟壑
是谁赶着的羊群，触碰了生疼的草根

一枚落日的跳动，混沌了视线
红色、紫色、褐色、黄色、灰色。我捏在手里的画笔，隐隐作痛
线条之芒，正切割着眼前变幻的岩层

我已无能为力。为大地的一次艰难盛开
铺设更神圣的光辉
一个词，凉下来
我在等它掉进我心底砸出的那片斑斓之美

天水麦积山

那仰望，终究是无法越过的界限。草木信佛，石崖洞开
春日念诵的光，在麦积山堆积游荡

崖壁上，有人为凿开的脏器
一座座石窟，寄存着信仰与身世。一尊泥塑佛像，让生命
有了意外的壮举

悬空的栈道上，我不让任何人搀扶。春风转动的道场
抬脚与落脚之间，没有实质的落差

崖石里有念诵，有取不出的草木。这山水的境界里
谁又能抽身而去？

其实，我一直都在想
如何摆脱这来自内心某种暗力的雕琢

地平线上的甘肃西

▶马　行(山东)

此刻我不小心走到大地外面

天上弯月
指南针
短刀
是我和甘肃的三件宝

有人去找黑石油了
有人去找白银了

而时光已走了太远,比唐宋王朝、比欧亚大陆走得还远
背影已越过地平线

极有可能,我和甘肃已来到
大地外面
此刻我们抄近路往回返,看到的,居然是世界丢失的童年

祁连山上

风在勘察,水在游走
这祁连山啊,可是一只大鸟在栖息

废弃的厂房内
木板床一张挨一张
勘探工人一个挨一个

号响,熄灯。当月光失眠
所有山峰,连同整个黑夜,整个西部
也在失眠

上帝还在远方
我坐在木板床上,想一个上海女子,想她胸前系着的小丝巾
而夜空中
划来的,是流星

乘火车行驶在河西走廊

一座座山峰,一条条河谷,一块块戈壁,一个个梦境
渐次加速

都过酒泉了,都过嘉峪关了
铁道边上
却有牧童停住脚步,把鞭子举在头顶,漠然地
张望

也许他把天地当作了一阵风,也许他的前世,也许整个河西走廊
曾是一名火车司机

这时,他身后的上百只羊儿,也停了下来
抬着头
若有所思

在山谷

进入山谷的,除了我,还有云彩
古庙、遍野草木,铁铃铛在山村小学的头顶上
叮当当地响。那么多孩子
在一个女教师身后
恍如一阵风,一地突发的野花

那个下午,孩子们穿着粗布小衣,她别着银发卡
她的脸庞我已忘记

我只记得
一种春天的柳枝般，微微颤抖的美

倾斜在无限的山谷。那是相逢、走开
那是我跑遍了所有大漠、沼泽、戈壁滩
才遇到的一朵昙花

风还在吹

风吹，风把少年
吹到黄河滩上，吹大雁飞

风把青年吹到勘探队
吹小院子、红瓦平房、白杨树、刺猬、矮芦草

风越吹越远，把山东吹到山西
把甘肃吹到新疆

风啊，把整个勘探版图，也把风自己
都吹成中年了

风还在吹，风在我的帐篷外，在一朵小野花后面
使劲吹

诗 歌

梅苔儿（湖南）

江 耶（安徽）

向 迅（江苏）

杨 勇（黑龙江）

艾 川（河南）

胡云昌（重庆）

包文平（甘肃）

杨献平（四川）

甘肃笔记

▶梅苔儿（湖南）

莫高窟之窟

是时候请教一本旧经书了
我一路向西，进敦煌，入莫高窟
将反弹的琵琶卸下
将飞天的霓裳卸下
将掩面的黄沙卸下
将身上的反骨卸下
丝绸上已爬满人间的虱子
哪一种法器，能使之光亮如新？

在走廊之西端
每一幅壁画都是半卷红尘
农事桑麻，婚丧祭祀，狩猎开垦，乐舞歌唱
取木，取水，取火，取土，取经
"经者金也！"雕塑们开口说话
是真言是梵音是偈语
是一群小小的蜂蝶，为春天制造的回音
是一座原始窑，器皿在滋滋作响
是一粒粒发光的汉字和符号，从黄河涉水而来
落草于窟洞里的画卷和经卷。集体发声

我废弃自己的语言已久
而我身边来来往往之过客，亦静穆
除了倾听和受戒

在千佛洞。新的入口打开
宕泉河水从戈壁滩蜿蜒而来
它们往低处汇集,如佛。低眉含眼
有小欢喜,小美好,小慈悲,小翅膀
佛啊,请赐我羊皮筏
我将继续西渡,取回被贪婪之辈掳走的
那部真经

嘉峪关之关

为给咽喉的声息加冕
我亮出所有的道具
金戈,铁马,骆驼,丝绸,茶叶
用古楼兰的风,卷起戈壁的沙
砾石沉默,城墙沉默,楼台沉默
埋在黄沙里的人,也无声无息

东渡黄河,盛世和风暴同时抵达
从关口取来的、取走的
都复制在史册里
唯有英雄的寂寞和热血,是大漠
之孤烟、之落日,无可复制

烽烟和炮火熄灭已久
我今日进关,空怀一颗战士之心
绕过阁楼,箭楼,角楼,敌楼
绕过兵刃和战争,掠夺和厮杀
万里西行
只为在关帝像前
将打翻的油灯扶正,添上灯油
关口安静,寺庙醒来
我的亲人和江山,活在平安的
朴素中

峡峒山之山

"道生万物"——道生我
上峡峒山,寻找生之始源

风如道,拂我面,拂我肉身
水如道,绕脚踝,绕我珮环
野花如道,遣蜂蝶引路
石如道,告诫身处乱世,当沉默
蝼蚁如道,惜我为故人
凡此种种,皆是我之替身
凡此种种,皆是自然
凡此种种,道之不变或万变

黄帝当年问道广成子
我今问道诸物
都是持一颗拙朴、坚忍之心
山如道
每一座山都是仙人的眼
无言而睿智地俯瞰人间

就如此刻的崆峒山
包容来来往往的愚众
包容箭矢,废墟,苍夷,骨殖
还有落日
山吞下落日的光芒
在黑暗来临之时留下豁口
星辉倾泄,宜净手沐浴
宜焚香诵读《道德经》

一群羊上山下山
头顶草环

敦煌之煌

无疑,这一路减负是成功的
抵达敦煌
我是飞天的仕女
驻足的游牧
石器时代的原始窑
刚面世的明珠
不,我是从古印度远道而来的经卷
在窟洞,邂逅我倒叙的语言,我的佛

我着一袭宽大的丝绸长袍
除了丝绸的温润,弹性和柔软
还有什么能包裹一颗朝圣的心
如此厚重之物,如此辽阔之地
宜轻拿轻放

我的先人
把基因留在壁画、彩塑、驼铃和舍利中
循着他们布下的暗记
渡黄河,穿越沙漠和戈壁
我要赶上前面那支驼队
走回汉唐
走到丝绸的尽头
从岩画里活过来的车马
匍匐在我脚下
黄沙漫天。它竟然一眼识我

马家窑之窑

不得不承认
旧彩陶,有着密集的语言
此刻,新石器时代的唱读开始
姓氏的旧址,粮食的旧址,瓷的旧址
唱到最后,压轴的是
河流和泥土的旧址

从黄河上游出发
循旧址入旧窑
我像一个营生多年的烧瓷艺人
试图观察窑火的变化
火早已熄灭。唯有火种
还活在一方陶土中
等一抹釉色,引发窑变
等陶瓷打碎自己,集体出逃
等制陶之人,在火中自焚,在土里复活

一具小小的陶器,盛满旧时物什

人物舞蹈纹,动物纹,几何纹
斑驳的手迹还原几千年的景象
开垦,采摘,繁衍,结绳,歌颂
自然的劳动和创造
人类的炊烟选择在土制的器皿里存活
如道学和神性。忘记生死

只有旧窑,记住了时间和
时间里发生过的一切
一路西行
我遇到种子,谷物,茶叶,葡萄,美酒
它们安居于粗陶中
在马家窑
大地提供了最早的泥坯

八声甘州

▶ 江　耶(安徽)

陇上行

陇山起,混沌分,天地成
长河奔流,良田千顷
日月开出恒久亮度,光阴以万丈计
我的家,我的国,我的世界

"河岳根源,羲轩桑梓。"
我的伏羲,我的女娲,我的轩辕
祖先在龙脉兴,人间生生不息
我的汉,我的大秦,我的西周

在上游,在源头,在最深的内部
地理的名称里,一个民族打开自己
轮回春秋,八千年的山河
从这里开始奔腾,生生不息

天地有大美,大至无边
在陇上行,高原阔,草场远
高昂的旋律中,史诗一样
一路上,激越地歌唱

这是甘肃,甘州的甘,肃州的肃
从字面开始,我想到了甜
在内心,我肃然起敬

词语堆积,在西部,山脉绵绵
我把自己放进具体的词义
一点一点,一步一步,提升到高处

黄河谣

黄河母亲在雕塑里吟唱出歌谣
所有比喻,都脱离真实生活
而我,仍然从表象出发,坚定地认为
黄皮肤下的事情,都与这条黄色的河有关
从卡日曲,那扎陇查河,到渤海
奔流不息。一路上,奔忙劳碌的母亲一样
她孕育出一切,养育着一切

我用我的方式想象,作为一个母亲
她的内心,从来不能宁静
她一路担心,用自己的身体起出波浪
换来了人间的风调雨顺,用适宜的天气
来酝酿一个流域的优良土壤

她用形状在印证我的想象
从不能停下的流淌,像母亲那样
吃力地躬着身子。她一直想
带着子子孙孙,奔向一个美好的前程
流向自己心里向往的地方

坎坎坷坷随处存在,面对所有阻挡
她冲动地冲突,破坏着
直到把一些事物彻底改变
为万物的生,冲出可靠的温床

也许最后流到了大海:她的归宿
她会安静下来,但我还是能想象到
像一股浊流一样,在大海的深处
一个骄傲母亲,她仍然不是十分安分
甚至不能入流,她用自己的本质
对抗无边无际的蓝色,为子孙后代
在内心确定,可靠的根本

河西引

作为一条走廊
它既是屋子的内部
也是在外围招手致意
把这个地方引向开放

它把大河紧紧抱在怀里
一手拉着祁连山,一手拉着合黎山
从南到北,长长地伸展开来
围拢出内心一样的地域
修建通道,款待南来北往的人

春风已度玉门关
阳光从不吝啬,长时间地照着
四千五百米的山顶上
当冰雪遇见微微的温暖
潺潺流出感激的水流
滋润万顷耕地,无垠的绿洲
滋养出塞外江南的美名

它把风引来,收集在廊道
"风库"里的风声,已风传千百年
挟裹的人声、马嘶、驼铃阵阵
人间正道上,故事云集
一部厚重的诗史,传唱到东,传唱到西

兰州慢

皋兰山上兰草香
在时间高峰,在大河急流
兰花在一匹丝绸上柔软开出
微微一顿,风景立下来
几十年,几百年,几千年

"金城"之名已赋予金属质地
丝绸西去,天马东来

葫芦形的兰州盆地委屈下身子
盛下稀少的雨水,盛下更多的光线
汉唐的凯歌,婉约的宋词
流水行板,从这里叮叮当当穿过

时间到了兰州这里
就自然而然地慢了下来
慢成一道风景,等我,等你
等所有的人

秦剧在时光深处婉转歌唱
在历史故事里打转,舞台上
每一步都有出处,每一刻都是经典
像哲学箴言,一句一句
对南来北往的人,给出启示

雄关曲

嘉峪关前
天,终于走到了尽头
仿佛重重地叹出一口气
打马飞奔的人转过了身子
随即把大门重重关上,像咽喉
收住河西,也收住中原,收住了历史

驼铃缓,马蹄疾,烽火起,狼烟阵阵
第一雄关俯瞰着天下,边陲锁钥
守护的和远征的人,都集结在这里
呼号声起:不破楼兰誓不还
可古来征战中,又有几人真的能还?

雄关漫道上,时间越来越宽阔
出关和进关都是人间平常事
丝绸飘动,苍凉的暮色里
关口张开了就不再关闭
仿佛一本书的封底,托起象征
多少厚重的意义,轻轻合起

甘肃行

▶ 向　迅（江苏）

在拉卜楞寺

像是浸入了雪水中，所有的石头
都安静了。像是来到了一块
无人造访的山坡，每一朵格桑花的心跳
都被你悉数收入了囊中

——这是在拉卜楞寺
确切地说，是我在那条颠簸不平的
公路上，在一群牛羊的身边
远远地望见它时
内心涌起的感受

那一瞬间
比整座山体还要庞大的寂静
把我层层包裹
把我送到释迦牟尼佛面前
直到现在，那寂静的尾巴
还在我的身体里摆动

在拉卜楞寺
这天边的角落
我像一块石头解放了自己
像一朵格桑花
照亮了自己

嘉峪关

远山如同战马驰骤
马鞍镶满黄金
夕阳,把历史的影子
拉得好长好长

多年过去,我依然记得这一场景:
我站在城楼上,右手紧紧地
握着虚拟的刀柄
面对着远方的苍茫
缓缓地吐出了一口气

我确实在此处徘徊过多时
一边阅读远山
一边翻阅着过往的历史
最终,我像一块沉默的城砖
找准了自己的位置
并对一些熟悉的概念
有了全新的定义

譬如说——
俯瞰时间这座长城
我们注定会失去许多事物
但是看似无情的风沙
会把一些面孔
雕刻得越来越清晰

莫高窟的面孔

闭上眼睛,你并没有从我眼前消失
而是比此前更丰满,更真实
也要更加高大
你看,那些慈悲的面孔
就要靠近我布满细纹的呼吸
并像悬崖一样缓缓升向高空

如果不是那一双双干净的手
那一颗颗修建着寺庙的心
这个地方,依然是一块不毛之地
也会有人经过这里
但他们不会像现在这样
内心如有雷声轰鸣

相形之下,有人会觉得肉身渺小
有人会觉得目光浑浊
但是经此一游
总有一副面孔远远地照看我们
即便接下来的生活
穷困潦倒颠沛流离

西出阳关

▶杨　勇（黑龙江）

「大美甘肃，多彩丝路」全国诗歌散文大奖赛

月牙泉

月牙儿用来洗心的，映照澄明的另一半
它从沙粒中汲水，凭空里一点点滋润起来

在绝妙处，月升水起，它被一些渴意的绿色
认出来，被一些远途的行者和飞鸟儿认出来

葱郁之美德，因宁静而成为山重水复的源头
一枚奇异的果实，千年对盈缺，却如如不动

敦　煌

鸣沙山鸣沙，沙粒也能走动和嗡嗡诵经
恰如，它放大了流水，放大了月牙泉的清澈
一方风物，有慈悲就有万物并作的葱茏

河西走廊以西，莫高窟从石头里醒来，自己
照见了自己。猪皮筏子引渡着黄河和驼队
千佛的明镜台，最开阔的事物能从针眼穿过

鸣沙山

沙粒也吟唱，在大风的停顿处唱大风
听来却是尔雅，骆驼刺恰好绿到声闻处

更多时会铺开起伏的白浪，一路向西
引导一支长长的驼队，叮当声解开古丝绸

它从荒芜里抽出热闹的商旅，横在落日间
思念像大漠一缕孤烟，升起时有颗天涯心

祁连山

雪落在山尖上，像一队西行的白头人
有时它们手挽手迎风奔跑，趟出一条故道

怀里的黄河流涌，沙漠的野马勒住了辔头
水不会说谎，守身如玉里，它的说话像灌溉

屏风似的群山在低处，自我腾挪，自我消解
河西走廊，丰沛成一部古风吟唱的山海经

飞 天

面壁图破壁，似有所依后才冲天一跃
于大喜悦里漫舞，她们触到了智慧的源头

听需用心，与经闻和天籁交换寂静的耳朵
从颜色鲜艳的初始，就一直精进着岁月斑驳

空穴有微风，最轻灵的美貌和乐符来自散花
举头，形骸都不是空色，却有着空色的形骸

敦煌辞

▶艾　川(河南)

1

大梦觉醒,风沙结束一场浪漫苦旅
从暴戾到温良,没有人知道疾行的风沙
经历了怎样的内心磨炼
当石头被漫长的光阴分解成一粒粒灼热的沙子
一座海以月牙泉的形式向大漠呈献蓝色洗礼

睡眠中的风沙不自觉地露出迷人的身段
千里金色丝绸裹着大漠曼妙的腰肢,凹凸感日益强烈
迫使战鼓换成江南清脆的风铃,挂于骆驼的脖颈
一路叮叮当当,向西或向东

2

沙子写成的书籍由风批阅
一层沙子一层岁月,跌宕起伏,绵延不绝
如封存的奏折。风疲倦了,就躺在沙丘上沉沉睡去

自天空垂下来的孤烟,如一串细长的墨
飘逸成某场战事中灵巧的阵法
斧钺勾叉不过是一些粗犷的线条,以人为轮廓
绘制遍地月光和皑皑白骨

风吹细沙,吹出黄金,吹出骷髅

风吹骷髅时,大地发出呜咽的回音
风吹胡杨,这决战到最后的一个兵卒
至今屹立不倒,笑傲东西南北风

3

沙里埋着深奥的乐谱,鸣沙山是孑然于世的古
老琴台
把风声鹤唳编排成一曲曲悠扬的琵琶
把飞沙走石弹奏成一串串甘甜的葡萄
醉卧沙场的人,心中暗疾长成明晃晃的月牙

沙里埋着花香和马蹄,埋着骨殖和血
沙棘紧紧抓住夕阳的背影不放
被抓破的大地一片殷红

睡眠中的沙突然从梦中翻身,披紧披在身上的
荒凉
顺便查看一页页线装的历史,原来厚重的历史里
只有一匹彩色的丝绸和一条若隐若现的路

4

水是颁行给大漠的一道敕令
绿洲是衍生的广泛释义,通用于各种花草

一座海走着走着就走成了月牙泉
一个暴徒走着走着就走成了苦行僧
一场沙尘暴走着走着就走成了诗意的沙丘

被镂空的沙丘是城堡,走进城堡的人
放下打枪,拿起农具
被镂空的石头也是城堡
住下一尊尊憨态可掬的佛

放眼望去,绿洲治愈大漠荒凉的心病
而稼穑葱茏,让多少人享受到温暖与安宁

5

再狂躁的风沙都惧怕一个哑巴的苦行僧
再暴戾的军队都惧怕他手中的转经筒

一粒睡眠的沙子是尘世中最小的佛吗
它寂静、恬淡、安详,小小的锋芒刚刚收敛

万里无云的大漠蓝天多出一把苍鹰做的钥匙
它先于落日插入边关,插入城堡,插入缓慢移
动的商队

丝绸与胡琴交汇的城堡旦,沙雕起舞,篝火诱人
敦煌城外,众佛跋涉于大梦之泽

明月因通晓人世而孤悬塞外
胡琴因不谙世事而声音悠扬

6

怀揣大梦的人,怀揣恶疾的人,怀揣刀枪的人
纷纷到莫高窟辨认自己的前世
有的径直走进洞穴再无回还
有的转身隐入茫茫大漠

一场风沙拦住疾行的商队讨要丝绸和茶叶
惊慌中,马背上的佛经兀自翻动起来
风沙立刻遁去,空留一串深深的马蹄

大梦觉醒的敦煌城酒旗飘扬
汉语与阿拉伯语促膝长谈,江南丝竹与大漠胡
琴窃窃私语
酒过三巡,菜过五味,鸣沙山鼾声大作

而月牙泉边沐浴归来的楼兰女子仪态万方
侧身进入大汉天子的梦中
进入古老的东方文明

7

阳关在一首唐诗里醉意朦胧
关口平仄,关外烽烟弥漫
我想穿过厚重的历史,出阳关而去
哪怕无故人相逢,也许能追上一支远去的商队
也许能碰上一个伤残的兵卒
他不是别人,他正是我苦苦追寻的前世

他左手拄着一截胡杨,右手抱着一支琵琶
颤巍巍向关口走来
而踟蹰于关内的春风迟迟拿不出破关的方案
花香无奈,率先斩首关门上料峭的春寒

8

梵音缭绕,荒漠与戈壁在剃度与还俗间
信步由缰。被感化的沙粒,日益灼热
向草木之根讨要葱茏的生活
讨要大梦觉醒的蓝图

一群舞者,用肢体语言和心灵密码
诠释东方丝绸华丽的外表和深奥的内涵
气势磅礴的华夏文明涌动在一条绿色的长廊里
敦煌是一个美丽的节点
一个大梦觉醒的地方

战鼓与驼铃,金戈与玉帛
加重历史的沧桑感,增强飞天大梦的紧迫感
而我更加看重敦煌城外一行渐行渐远的马蹄
依旧在辽阔的春色里述说当年的诗意

9

敦煌城啊,当我到来
你是否察觉到莫高窟里有一尊佛像已怦然心动

当我转身离开
你是否留意
那飞天壁画里多了一个面目洁净的人

经筒转动,我俯身沙海
替一粒沙子救赎真身
尘世转动
我怀抱一具骷髅
给它穿上丝绸做的衣裳,给它骨与肉

10

苍鹰如钥,打开万里蓝天
野马如钥,转动戈壁草原
敦煌如钥,解开西域万种风情
月牙泉如钥,揭开大漠羞涩的面纱
让爱情在纯粹的思念里,清澈见底,一览无余

大梦觉醒的敦煌城
千里大漠已被装订成厚重的史册
睡梦中的沙丘纷纷投身绿洲的怀抱

而我风尘仆仆地从中原赶来
只想对当年的王维说,其实阳关以西故人也蛮多
比如苍鹰,比如战马,比如骆驼,比如楼兰

丝路线装了甘肃

▶胡云昌（重庆）

丝路如线,横穿陇地
线装了一册大美甘肃
——题记

铜奔马踩响了天空暗藏的一枚惊雷

奔马驻足于飞鸟,风云啸聚
一瞬间,就把整个天空藏于蹄下
被风沙打磨得非常光滑的马蹄
踏天无痕,踩云无印

不管是飞燕,还是龙雀
此时,都是一个腾飞的支点
将积蓄了一辈子的电流,传导给了一匹渴望飞翔的骏马

一匹马,眉宇间的苍茫
带着汉唐的风声,裹着宋元的月色
马蹄,一声比一声急促
锋利到了大漠的内心,深刻到了天空的骨髓

这是一匹刚刚从东汉隔空疾驰而来的奔马
满身的古铜色张扬着镀亮历史的耀眼光芒
一匹独行于天空的骏马,连马蹄上的沧桑也不成双
飞扬的鬃毛和马尾,制造了一场呼啸而过的大风

一匹壮志凌云的奔马，借飞燕的双翅搏击长空
深邃的蓝天被生风的四蹄，搅得波澜四起
顺便踩响了天空暗藏的一枚惊雷，让苍穹显得不那么虚无

落日还未成型。奔马的身姿占据了大半个天空
从尘世里脱身的骏马，拥有了脱俗的飞翔
路遇的山水，已成蹄下的故国
风尘仆仆的马蹄，一一指认了群山的辽阔

在夕阳落山之前，在飞燕归巢之前
铜奔马尽可能地从甘肃武威，一步奔到天涯
用一个蹄印泊下一轮疲惫的落日
而铜奔马从未吐露过，来自汉朝的半分疾苦

一匹铜奔马踏空而过
让一只雄鹰惊魂未定，不得不收敛了桀骜不驯的羽翼
马尾横扫过天际，一些积雨云落荒而逃
被马蹄踩过的天空，晴空万里

飞天的女子是莫高窟里最精致的隐喻

千年之身，仍无法保持矜持
用多彩的舞姿，从唐朝一路追了过来
音乐打动了时间，在琵琶的弦上寄养了一场盛大的歌舞
盛唐丰腴的腰肢仿佛又被风沙勒紧了一寸

一幅幅壁画悬挂在人间，将三千弱水缠于腰间
出自尘世，而逍遥于尘世之外
笙歌走下洞壁，舞姿落地
生根的，是大唐的宫商角徵羽
音符随黄沙弥漫，重创了大漠的荒凉
一条丝绸之路，仍活在叮叮当当的驼铃上

悬于墙壁的女子，脚下已寸草不生
那一支画笔仍滴着虹的色彩
飞天的仕女反弹着琵琶
把音乐举过头顶，欲与天籁齐眉
云朵在她身后慢慢下沉，风在急速上升

在敦煌莫高窟,我看见一群古代的美女
用衣襟带出了翅膀,用裙裾生出了天堂之风
用反弹琵琶的兰花指,撩得一个盛唐彻夜难眠

这轻轻一撩,就掀开了整整一个大漠的月光
露出丝绸之路上,连绵不断的马蹄与驼铃
谦逊成一册古籍,被漫天的黄沙一再修订

这一群飞天的女子,正以破土而出的姿势
蓄积着飞升的力量。而黄沙里埋着难于上青天的道路
在风沙的夹缝里,仍有纤细的驼队从容走过

她们是神的闲笔,适宜后人在纸上怀想
适宜后来者的画笔,迷失在她们的侧影里
她们已被时光摩挲成了暗暗发黄的样本

飞天的女子是莫高窟里最精致的一个隐喻
飞天的光芒,照亮了驼铃深入骨髓的乡愁与十万亩寂寞
而一些旅人直到今天,还在对峙自己的脚印

嘉峪关收集了一个又一个苍茫的尘世

八百里加急的马蹄捧着月光,疾驰而至
叩关的不是西风,就是残月
只要狼烟不起,就天下太平
那一把狼烟早就阵亡于关前,守关人早已卷刃

春风闲挂的月,夏夜流连的萤
秋天私藏的酒,冬雪催旺的炉
现在都成为了嘉峪关代天巡狩的王

一阵风打马出关,就像独自路过了一个人间
马蹄声早已枯瘦,荒凉得没有一点儿水份
而嘉峪关仍在拼命收集南来北往的行人与方言
收集古道上的丝绸、茶叶、瓷器,以及锈迹也锁不住的驼铃声
收集西来的佛教、僧侣与汗血宝马,以及行吟的边塞诗人

收集一身征尘的战马,收集月光凝霜的铠甲与星星装饰的长矛
收集刀口上的一朵雪花,收集剑刃上的一钩弯月
收集断箭上的一场硝烟,收集半封家书里夹带着的一丝白发
收集关前的落日与身后的故国

收集明朝以来,嘉峪关骨节间刮过的一场又一场大风
嘉峪关啊,收集了一个又一个苍茫的尘世
立在岁月的风口,收割了一轮又一轮熟透的圆月
此后,边关的夜晚,空出了更大的寂寞

长城外。古道边。西风。瘦马
夕阳西下,丝绸之路像一个国度古老的脉息
问诊天下的人,远在天涯,手执良药与偏方
仅仅一剂汤药,就换了人间

一群人提着自己的影子和乡愁,戍守边关
朝廷借走的一个人的体温,早就煨熟了边关的冷月
停马关前,漂泊的人就有乡可还,无怀可伤了
天下第一雄关,不会拒绝每一个风雪夜归之人

阳关三叠啊,每一叠都有温暖人心的羌笛
杨柳无怨,春风已到关外

在崆峒山做一个道德崭新的古人

此生,已是残局
我闲坐尘世。贪酒。好色

今生无须青石磨剑,云中抚琴
只在崆峒山,与得道高人对弈。榻上高卧
勤修道,收拾余生的一局残棋

我手执拂尘,盘腿读经
踮起脚尖,悟道
经卷粗糙,将人间的悲悯磨起了毛边

行一个道家的稽首礼
明月仍积习难改,依旧阴晴圆缺

花开花落。我不语,却泪流满面

拱手之后,我已鹤发童颜
捋须。悟道。神情高古
山门外,草木已枯荣千年
长满青苔的道童,轻扫落叶,如扫天下

黄帝问道,天地心有灵犀
崆峒十二景,融道融人融山水
在崆峒山,我要依山傍水地
做一个道德崭新的古人

麦积山石窟寄养了天下的大悲悯

形如麦垛,盛产精神食粮
以一座山的石窟壁画寄养了天下的大悲悯
奇崛处,或有妙入毫巅的笔法
凿石成经,戳中了人间的七寸要害之处

这些岩石天生就有佛性,痴迷于佛经的雕琢
一动刀斧,便意味着坐化,或就地重生
只要洞窟一旦成型,就是诸佛遍醒的时刻
洞落的石块,仍是身外之物

路人带着影子上路,把心留在石窟修行
坐蒲团,念佛经,面壁千年
入定。不转身,即为修成正果
才能将浩瀚的心事修炼成安详的神态

将青山内敛于心,凿石的人
是在向草木问禅,是在向土石悟道
麦积山下的马蹄,深一行,浅一行
深的是来路,浅的是归宿

以匠心凸显佛心,以佛心拯救人心
在麦积山石窟,众神合唱,经卷掩山,悲悯积土成山
每一尊佛像都经由烈日冶炼、冬雪淬火
面善者成佛陀,怒目者为金刚

一个人从大唐来,从古丝绸之路来
认领岩石上的梵文,读取转世轮回的密码
读悟性与空灵
读一个人在极乐世界的未完待续
而麦积山散养多年的白云,跟着一阵风,跑了

这些石窟里的苦修者,已经与岩石融为一体
以铁石心肠,修炼人间的大慈悲
麦积山用千疮百孔的身体,让万佛栖居
岁月剥落的那些疼痛已落地,入定为尘埃

在麦积山石窟
我削发为僧,六根上缀满悟性
不许目光产生幻觉,不许红尘滋生痴妄

拉卜楞寺的寺檐抬高了天空

这风疾尘高的人间,大风吹折了羊群
四散的羊蹄扩散成一个荒野
不管奔向哪个地方
都是从岁月里剥落的流浪
拉卜楞寺用一种定力拽住风的尾巴,戈壁在头羊眼里打盹

转经轮已经旋转着上路,飘出的佛家偈语
像朝圣途中的一个等身长头
每一次伏地合掌
都是对尘世的一次重创,让一个肤浅的脚印无地自容
拉卜楞寺的屋檐开出了经卷和莲花

三炷香火的时间,我在一跪一拜之间
重新扶起了,我在人间的沧桑
要入世,磕一个头,显然火候未到
要出世,三炷香火,显然剂量不够

只要你来过拉卜楞寺,入世或出世
仅在一念之间,都是尘世间的一个漏洞
只是有人剩下灰烬

有人留下一粒舍利
有人让切身的隐痛继续钙化，有人中途退出了悲悯

这样一个泥沙俱下的夜晚，只有拉卜楞寺才能滤出纯净的月色
用转经轮捕捉人性里的善，香火再一次被点燃
晨钟暮鼓不再无中生有地响起，光阴到了让人取舍的时候
寺檐抬高了天空，尘嚣走远

天葬台上堆砌的思想，被一只大鸟叼走
在天空最蔚蓝的深处，继续轮回
而肉身则是对秃鹫最尊贵的布施，灵魂主宰了俗世的沉浮
拉卜楞寺的诵经声，瞬间就扼住了一个人的命脉

我是一个六根不净的人，在尘世无力自拔
一座古寺心怀旧经卷，佛法无边
拯救的人却依然有限，人间大多数的骨头都抛荒已久
许多人在暮年，还面临着悬崖的勒索

而拉卜楞寺给了我一个忠告：
诵经，必得大胸怀
我在人间拍遍栏杆的冲动，已被经卷堵截成了断头路

墓主记

▶包文平（甘肃）

引 言

1986 年，甘肃省文物考古研究所对天水放马滩古墓葬群进行了考古发掘。出土的秦简牍中，有八枚记人叙事的竹简，内容是县丞向秦国御史呈交的一份"谒书"，记述一位名叫"丹"的人死而复生之事和简历。发掘者将其定名为《墓主记》。

出土篇

八百里秦川，风行草偃，秦岭巍巍
一幅铺开的宣纸上回目张望的马匹和四野的空旷
仿若一部古旧的宝卷。经过它的一个个朝代
像极了一个个走丢的汉字，隐匿于日月

时间从远古而来，它走动的脚步带有呼啸的风声
止步于牧马滩，风生水起……斑驳的岁月被沉淀为黄土
山花烂漫，碧水淙淙……适合安放秦人的遗骸
和岁月钩沉的往事——

公元 1986 年：太阳和星辰收藏起了熠熠光辉
大秦岭潜伏起巨狮般的形体，万籁俱寂，一切正在发生
八枚竹简出土了！仿佛是八根埋藏两千年的肋骨
从四道岭山坡扇形的褶皱中抽出，日月经天，江河行地
坐深在牧马滩经年的时光中

历史的云烟散尽后，三道韦编的朽痕渐渐呈现
它曾紧紧地束缚着隶书一波三折的蚕头燕尾
和飞动流畅圆匀有力的秦篆，呈与秦国御史
讲述墓主死而复生的往事……

仿佛一切早就已经注定：真相白于天下，天理昭彰
仿佛我们现在所经历的正在成为历史，当我们转过身子之后
星辰陨落，每个生命都怀抱各自的劫数
和轮回

前生记

天空高远，死而复生的魏人丹面对落日目光如电
端坐在一截断裂的巨石之上，回想自己的前生
这时候，山涧的溪流正晃动着白花花的银子
他身后是盛大的秋天：落木萧萧，白桦卸下身上的鳞片
万物按照大自然秘密的规律和秩序走向深处

他拿起左手边舔舐过敌人热血的青铜长剑，出鞘
吐出的寒光迎着落日的余晖，一道银色的闪电呼啸过山岗
想到自己戎马报国的前生和荣耀
以及某年某月的垣雍道上，失手伤人后自刺以偿命……

人命关天，两个仇敌用死亡的方式交换了一生
律法在上，发光的篆隶照耀黔首黎民也照鉴千古君王

"野有死麕，白茅包之"，一只血液奔涌的麋獐
白茅裹身，弃之于市，三日后葬于城南
连同携身的木板地图一道完成了自己的前生

功德章

月黑风高夜，滋滋狂雪凌乱
如席的雪片被掀翻，重重砸在战刀逼着寒光的舌头上
飘散成碎琼乱玉。此刻，敌人远遁，军旗漫卷
呈于君王的捷报紧束在驿使的背上，策马向南

群鸟敛住声息,十三位战士的心跳合着血流涌动
仿佛是十三架战鼓齐鸣,激荡出回声
丹伸手拭去脖颈处利刃吻过的淤血,回想昨夜:

战报频传,急于星火……将军帐下的灯花跳跃不定
丹,连同他的十三位兄弟主动请缨——
十三支响箭熔铸成一把锋利的尖刀
偃旗裹甲,衔枚疾行,悄悄滑向敌人的心脏……

谒 书

卅八年八月,己巳日深夜
寂寂人定。星野低垂于辽阔的天际
弦月西沉,仿佛一把悬在穹庐之下的青铜弯刀
体内散出朦胧的寒光,摇曳在江面之上

县丞独坐在几案前,重新拨亮灯盏的光焰
砚台中的墨滴有了轻微的凝结,秋天已经深了
想起丹,想起一只暴怒的狮子带领他的兄弟
在风雨飘摇的夤夜拯救了他的国家和君王
而后在惩戒犯错的兵士时失手伤人致死——
因不能原谅自己,他把腰间的利刃指向自己的咽喉
以命来交换命……

边地萧索,草木枯黄,巨大的秋天一步步逼近
"岂曰无衣? 与子同袍。王于兴师,修我戈矛。"
每个战士都是一枚尖锐的钉子,牢牢钳住阵地

他多么想让那些生锈折断的利刃重新回到战场
多么想让葬于城南的丹重新获得生命和灵光……

倏忽而来的风吹乱了县丞额际的散发,让他感到一阵寒意
仿佛有人走了进来,跳跃的灯花就是他怦然的心跳
四下静寂,音息全无
县丞提起了搁置的狼毫,迅速摆正桌上的竹简
"八年八月己巳,邸丞赤敢谒御史:丹刺伤人垣雍里……"
一切仿佛已经草就,只等他誊写
在竹简枯瘦的骨头上,让一个个隐形的文字复活

狱讼章

大风吹袭,乱云低暮,飞雪满孤村
城外的草木镀上银子,时光凝滞不前,仿佛倔强的牛
想把身后的往事重新诉说
边地空阔,漫漫大雪覆盖过山岗,也经过了南门外
一方凸起的坟茔——死去的丹栖身之所在

在这里:突然狂风转向,雪片回旋……
松软的泥土中仿佛站着带有体温的身体,血流涌动
他跳动的脉搏合着风声,等待将军帐下的使者
携带无罪的判书到来,将他从泥土中轻轻地摇醒

犀武将军端坐正堂,县丞的谒书在大雪之夜飞至
在八枚竹简篆隶文字淡淡的墨香中
县丞请求重新评判丹生前的功过
"真正的勇士应该为国埋骨于北风猎猎的疆场
除此再没有轰轰烈烈的第二种死法"

彻夜大雪落尽。日月高悬于初晴的天空
犀武将军把丹的往事诉说于司命史公孙强——
律法在上:因失手伤人之事判处丹三年的死期
又因救国于危难的功德
让他享有复活后的自由和一个勇士的荣光

重生记

卅十年七月,人定时分。月明星稀
金鸡啼鸣于桑枝之上,太白星乍现在东方的天宇
明亮如灯。磷火恍惚穿行城南,有妇缟素泣涕,自西而东
一块乌云遮盖住半个月亮,凉风嗖嗖——

忽闻犬吠声声,围绕在丹的墓地久久不绝
一只雪白的狐狸仿佛窜出的一道闪电
钻入墓地。泥土松软,带有体温
仿佛墓主从未死去,只等这一层灰黄色的被衾揭开

然后伸腰踢腿,回到熟悉的人世……

一个人该如何同时拥有他的前世和今生?
一个人该如何获得生之荣耀与死之自由?

摇曳的草木瞬间伏下谦卑的身子,　仿若伏地的
十万兵士,臣服于君王
墓茔裂开,墓主丹从中间走出,白茅裹身,面目黧黑
利刃划伤的喉部疤痕如新,神色镇定……

像一个刚刚苏醒的士兵受到国君的召唤,操戈披甲
他蹙眉回首之际,天边的阴云散去,繁星满天
趁着月色出发,远走北地柏丘之上……

行走西北

▶杨献平（四川）

近沙漠

芦苇可以掩盖往事失踪的事实
你也可以。十八年足够买一艘船舶
巴丹吉林瀚海泽卤
骑马的唐僧，弱水河爱不上半斤鸿毛
万顷黄沙以下，额济纳深陷历史
唐时叫做合罗川
王维说："大漠孤烟直，长河落日圆。"

当然还有汉武帝、卫青。李陵最孤绝
路博德修完烽火台
巫蛊案至今未完结。整个帝国盛满夜色
如今的沙漠只剩下蜥蜴和马兰花
胡杨大面积黄了以后
外嫁的公主不为和亲
回纥肩头的猎鹰，敌人头骨中的金箔

这一切都是前溯，人不堪为传说
阔别三年后我来自成都
想当年我只有一嘴茸毛
满腔贫民。十多年后我也落地生根
人生不过清水洗白菜，碗中造日月
为此我绝口不提沙尘暴，不拿棉花堵伤口
天空如深井，人心何不朽？

熟稔之事我倒不想提及，只是在戈壁外围
砂砾若年华，也好似素手和风舌

巴丹吉林

可在河边拔柳
柳是红柳。弱水河鸿毛不浮
再向北乃西汉侯官府
回纥公主城。废墟当然是人的
额济纳是一个沿用至今的匈奴语名字
胡杨林每年十月大面积失火
形如黄金甲帐。世上最快活的事
是一个男人，一匹好马，一张长弓

好马即青春，想当年我于沙漠来去
空骑着空，疼在疼中。白土一起三千丈
惆怅十万行。箭镞叮当
红狐可幻化为女子。长枪刺穿的
不是落日，就是苍凉

好在我知道此地是沙漠
上古叫流沙，汉时居延海
骆驼肯定是格日乐家的。黄羊最自在
沙丘是世上最昂贵的乳房
喂养天空之神。有些年风咬阿拉善
吹在心上的，不止风尘

那一次我在戈壁滩上，三棵沙枣树下
一位老喇嘛。最博大的不是沙漠
是一个人五指戳地
灵魂射箭，在内心的疆场
来几场自我厮杀。尔后用一枚绿叶包扎伤口
再用一杯烈酒
看！多么悲怆的落日河头

沙漠纪事

在沙漠娶妻生子。这样说客观又浪漫

烟火气十足,恰如一条河在途中遭遇果枝
花朵那时候单调,但与其他人无关

因此可以夜空抚月
摘星是梦里动作。沙尘暴晚起额济纳
整个西域都是它的
如我当初孤身,十多年就有了更多亲人
沙漠从不是荒芜之地
绿洲虽小,似可抬手放在额头

戈壁深如乌有之心。说出此话的时候
沙漠愈发纯粹。那一年和妻儿去居延海
边疆浩大,海子套牢天空
弱水河南岸似乎有一窟壁画
我们捉鱼,儿子在胡杨树下逗笑蚂蚱

人生美好不过二三。更多时候和岳父小酌
岳母炒菜。妻子有时候嫌我话多
男人一喝酒就张牙舞爪
还特别脆弱。眼泪说她喜欢知心话
手抓羊肉、拍黄瓜,所谓的幸福具体又不可言说

独坐黄河兰州段

这些都是兰州的
水是三泡台,烟亦然
白塑料、塑料瓶、瓜子皮
对面白塔山、招商银行
移动改变生活向下
有一座清真寺
我在对面。坐在黄河腰上
大面积的土腥味
拍栏杆。想起李白老儿那句名诗
感觉自己也可以做天
物为人用,再大的河也被人类挤满
河水泱泱啊!
太多的事不必此刻看见
一个人无非一朵涟漪

一次端坐,就是一次觉悟和长叹
警报声偶尔响起
肯定有罪犯。我身下的铁船纹丝不动
却总觉得,心事在此滔滔了一万零一年

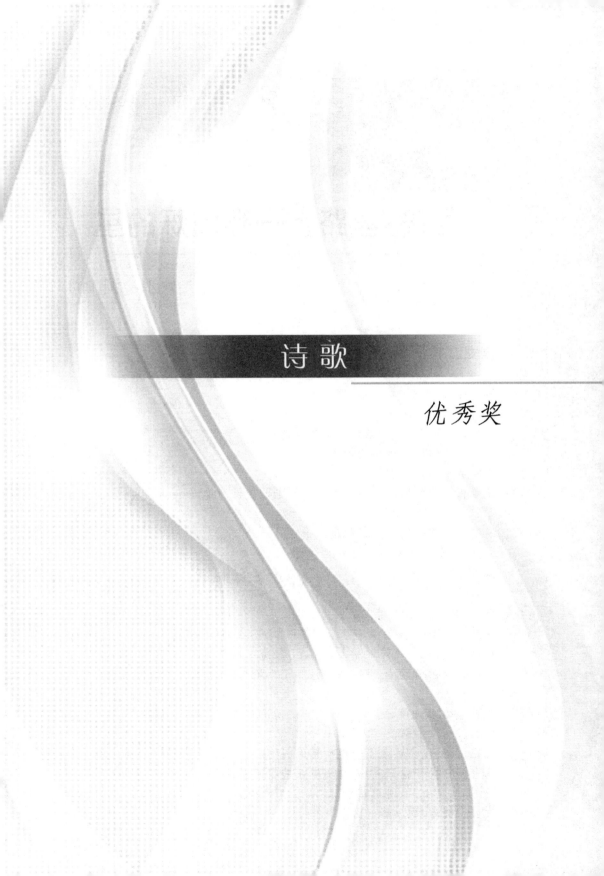

诗 歌

优秀奖

甘肃:丝路上一颗闪烁的星

▶水　湄(四川)

焉支山下

焉支山,风摇树,羊啃草,鹰巡天

这是氐、羌、月氏、匈奴繁衍生息的地方
是被汉武帝极目眺望的地方
是霍去病大败匈奴的地方
是豪情万丈的隋炀帝诏见西域二十七国使臣的地方

所有征兆都表明这是祭祀过的地方
焉支山,最高处堆放着安静的白雪
像月的白色汁液;最低处荒草已被夕阳燃尽
风动云涌,古歌呦呦
铠甲,马骨,旌旗猎猎
焉支山,你两千多年波澜壮阔的铁血岁月
顺着声线,从一片洼地涌上来
一再被我在一道道土崖上找到

阒寂苍凉,壮丽豪迈
落照、沙雪、羊蹄花、红蓝草……
站在这里,我怀疑会不会被吹拂成旧物
就像被它寂静地笼罩,一道土崖在扶字回望古代:
"虽居焉支山,不到溯雪寒"
"胡马、胡马,远放燕支山下"……

险关要隘——扁都口

风从垭口吹来……

风声如锯。仿若漫过黑夜和黄沙大漠的金戈铁马
没有远走,仍是扁都口
吐丝的蚕子
群山似枝叶勾住了他们,在苍茫处,那么深的凝视

天空是一条鹰的路
七月的扁都口,花香翻动垭口的风
虫蚁在草木的绿袍上爬动
流水跳过卵石,怪石悬崖,树斜身向高处奔去

雀鸟闯进,拖着优美的弧线
天空幽蓝,山梁后面正升起炊烟
这方晴明的山水,飘着阳光和云朵的赞美
有着奔跑的欲望, 一只幼兽一闪而过

嘉峪关

日暮处,关隘雄阔
寂寞的胡笳吹出边关的月
吹出惊沙、大漠、遗骨、荒古、血路……
吹出林则徐、左宗棠凹凸的足迹
吹出探险家鄂本笃、记者莫理循的故事
吹动远道而来的我复杂的心绪
一座雄关:荒凉、宁静、神秘、摄人心魄
一座雄关:连接坐落在山包上的烽火台和瞭望塔
仿佛又看到:
一个个帝国溃于蚁穴
箭镞穿风,战火动荡
借来谁的时间回望——
马蹄和枪刺,大雁打开的翅膀
瞭望者的专注
借来谁的时间回望——

远古的天空，英雄的战场
丝绸、瓷器、茶叶和牛羊币帛
残阳如血，羌管哽咽
有黑色鸟在飞，像一颗颗翻滚的石砾
沉寂苍凉，明暗逶迤的长城内外
时光这把大扫帚，打扫了战场

鸣沙山

他们说你会殷殷发声
轻若丝竹，重如雷鸣
仿若一个个暗涌的泉眼压在沙下
他们说你弹奏着沙砾
千百年来在沙漠腹地
面朝大漠，用沙砾长着睿智
你积沙而成，山峰陡峭，背如刀刃
没有一种杀戮像你那样
悄无声息——
两千年前，大风突起，秃鹫盘旋，你
用沙打磨你锋芒的战刀，漫天黄沙嘶鸣着
一把把刀跃起
用了一堆白骨长你的高度

敦煌莫高窟

三危山下，鸣沙山畔
隔着一段莫测的岁月
一叶叶经文，开在凿壁上

光，似天上来的雪
落在九层楼，落在鸟翅，落在高大的钻天杨
落在密密麻麻的洞窟
雄浑健壮，秀骨清像，柔和丰腴，色彩艳丽的佛像
在石壁上
山川景物、亭台楼阁、花卉图案在石壁上
泥质彩塑维妙维肖……

十万佛端坐,梵音袅袅,鸟鸣挽着飞天
光轮、衣带、音乐舞蹈,满壁风动
洞窟里佛像年代详尽,各尊佛像
有黄土和人的性情、气息
藏经洞内仿佛仍堆放着一筒筒经卷、纸画、绢画、刺绣……

光芒、色彩、神迹
那些远去的时光,走近我们

把一条河流赶回源头
历史不用想像和猜测,这些壁画给出了答案

我在这里沉溺也在这里流逝
被宏大的气场控制
恰似佛指触动体内根深蒂固的禅性部分
我在虔诚之列,和众多的佛、反弹琵琶的飞天、歌舞伎乐
等待一场盛大的落日
凡尘的了悟

遗址:悬泉置

慢慢,一个驿站从戈壁荒漠剥离出来
这存在物,这已成遗址的古城,它有着黄土的脾性
国之血脉:邮驿
摆在西部边疆的通衢要道上
由汉至魏晋,是河西走廊的历史镜像
一条狭长的走廊上
马蹄声碎,我仿佛看到邮差飞驰而去
他们的使命重大和紧急
他们和儒者、僧侣
马匹、胡商、一匹匹行走的丝绸,擦身而过
西夏语,蒙古语,粟特语,突厥语……
一条狭长的走廊是语言的集市
和他们擦身而过的还有间谍、探险队、强盗……
一条悬挂的走廊,风烟未尽
以沙蒙面,脉通古代,一个邮驿
固守着马蹄和大道
有着隔世的宁静

嘉峪关,逆景与侧影

▶ 王泉夫（山东）

「大美甘肃，多彩丝路」
全国诗歌散文大奖赛

054

1

西部向西，佳人尚未抵达，晨昏更迭的
嘉峪关，已经耸立了六百年——
时光剥蚀着墙垣，明朝、清朝、民国
已经退出历史舞台
二十一世纪在互联网上身不由己地
奔跑着，报纸不再讨论有关骆驼的命运
麦霸战胜了驼铃，远方
不再是青春，金戈铁马
不再是寒霜浓露打湿的甲胄上晃动着的边疆

2

献给长城的国家信任，至少有两千年
或者十万里。天下第一雄关
和天下第一关的职责
其实属于一回事，尽管成吉思汗的想法
跟朱元璋完全不一致：进攻才是
最好的长城——历史的吊诡在于
连战神也左右不了从前的
皇帝，以后的皇帝，长城的每一次
重新洗牌，皆非建筑设下的赌局

3

大明洪武五年,怀着事后得知的
足够耐心,士兵和工匠们开始在嘉峪塬西麓
长城止步的地方,截断河西走廊
或凝冰运石,或剩砖定城
为了一座据说日后几乎没有经历过
烽燧厮杀的军事堡垒
内城,外城,箭楼,角楼
一一出场了。光化而柔远
哦,利器不曾出鞘,利器何须出鞘

4

高士名垂江山,并不属意历史的配合
六十八岁,也过了暗中叹息的年龄
抬棺出征,嘉峪关是第一个证人
三千里杨柳是第二个证人
被收复的天山南北,是第三个证人
"所虑者,惟国事;
所忧者,晚节也。"
只有热血浸泡的雄心才能匹配这样的襟抱
只有广袤的国度,才能收留落日

5

一千四百座魏晋墓葬相约于嘉峪关的
戈壁滩深处,沉睡了一千六百年
驿使图。配种图。采桑图。滤醋图
期待着牧羊人张书信发现
它们:伟大的艺术
不乏沧桑,也接受偶然的命运
一千四百座魏晋墓葬相约于嘉峪关的戈壁滩深处
本身就是奇迹——何况一砖
一画,何况早于敦煌壁画的身份

6

逆景,侧影,春风不度。通行证仍在使用
"关照"一词,已更换门庭
有人在捡风砺石,有人穿上了
仿古服装,骑在骆驼上做着出关的样子
长城降为景观,丝路仅剩记忆
在边陲锁钥的苍茫中
旅游爱好者允许冲着镜头打出
胜利的手势,他们喜欢
面对取景框留下一些与背景无关的面孔隐于暮色

7

西部向西,佳人尚未抵达,晨昏更叠的
嘉峪关,已经耸立了六百年——
横遭虚拟的写作向来算不上
严峻的考验:水袖舞处,长城酷似积木
征旅也有回首。扼守关隘的风声
逾越关隘,在通往机场
和火车站的快速车道上左顾右盼
嘉峪关,嘉峪关市,嘉峪关人
这些从苍凉中打捞出来的瑰丽足以安置世间的赞美

大地西行

▶邓朝晖（湖南）

嘉峪关到瓜州

嘉峪关到瓜州
是一段水蜜桃啃食的光阴
我刚刚离开门楼
有瓦灰的天空和粉饰的墙砖
粉饰的戏台落下眼泪
我走过碑廊、小道
柳枝拂的是前世的灰尘
我有莫名的疲惫
我刚刚遇见你
一个少年在马上遇见几米
夜光杯在角落没有出声
碗盏充当灯台
点着了你我的房间

嘉峪关到瓜州
水波荡漾的下午
白兰瓜的妇女有一双好看的眼睛
从此没有榆树、红柳
只有浅浅的灰、沙漠的蓝
石头画的芨芨草
它是一个路过西北的南方人无心的想象
照着风车转动的戈壁滩

轻舞的黄昏

西瓜与酒

西瓜不能穿肠过
木槿还是绯红的样子
喇叭花一会儿青紫一会儿暗淡
酒是 42 度的青稞
大眼睛女人不是藏族
她在反复唠叨自己姑娘时已饮下杯盏无数
小酒杯旋转
犹如一个小小的发光的球体
绕着此时昏睡的宇宙也绕着内心翻涌的自己
青稞不是青涩物
他懂隐形的美,深爱与屈服

在扁都口

在扁都口
祁连就此别过
岗什卡雪峰下的养蜂人落下蓝色的眼泪
他用一个军用帐篷和若干蜂箱储蓄甜蜜的毒刺
与流浪的爱情
而我还来得及穿过 312 国道
躲过防疫医生的目光
拍下青稞地里六点钟的光景
在镜头里我的身影那么瘦小
仿佛另外一个人,马尾、双肩包
红 T 恤和白球鞋
她借去了我的衣服
替我长成我向往的样子
而我的身后必有一个假想中的少年
他目光散漫,且总是慢我一拍
狼毒花开过了
近处的青稞已经收割
留下来的那片只是为了眺望
就像看对面的我,那么不真实

吟甘肃

▶南南千雪（陕西）

石羊河

我一生都在向往
石羊河知道我是终南山的女儿
我身带巨石如身怀六甲
我要到石羊河卸下我的巨石
然后塑成无数个石羊
放牧在祁连山下
风起时
等祁连山下草原一样广阔细细的沙子
将我深埋
等一个秘密的时辰将涌出许许多多的泉
在沙地里形成一条条无人知晓的暗河
在一个秘密的地方与石羊河秘密地汇合
当灰雁、白鹭、鸥鸟在此敛翅，啼鸣
瞭望漫天星斗
祁连山最丰盈的大海——复活

夏日塔拉

目睹飞鹰的驿途在此停住
万丈光芒束起马兰草雄浑的香气
犄角相抵的牦牛比杀伐更古老

黄骠马背上的骑士饮一口奶酒
仰天长啸背负深蓝的穹顶策马而去
独立夏日塔拉的草原深处的诗人
取悦了飞鹰的箭镞
美杜莎一样
躺倒在夏日塔拉汪洋一样的绿中
像一块颤栗的石头

焉支山

从长安携一万匹丝绸
打马一路向西狂奔
到了焉支山
就不需要再走了
临水而居
倚着几棵古松搭建木屋
晨起饮岚
日暮枕松而眠
你养胡马千匹
我种山丹百亩
在此我要做一个幸福的裁缝
给鹰缝制一件丝绸的战袍
给金雕缝制一件丝绸的战袍
给岩羊缝制一件丝绸的战袍
给胡马缝制一件丝绸的战袍
那是我大唐献给焉支的经幡
旗帜一样
让它们在天上飞翔
在悬崖间跳跃
在大草原上奔腾
……

悬泉置

活着都是奔赴啊
一个驿站赶往下一个驿站
古老的马蹄
嗒嗒奔走千年

才在今夜

在这宽阔的寂静里抵达

我捧出大漠样的热血

像是英雄的妻子

泪流满面仰天长喟

悬泉啊

你的城堡为何埋在了地下

透视年代深处

那些消失的古道、剑客、邮差、牧马人

那些地下的简牍、帛书

那些遗落风尘的秘密

如今隆起在荒草间

任长风吟咏，鸽哨低回

今夜，明月敲窗

想一个兀傲沉吟未决的孤客

我突然感到某种失落、忧伤

揖别之后，来日方长啊

如果能在此秣马厉兵，修阵固列

将是一个幸福的人

甘肃行:绣在丝绸之路上的时光

▶张　琳(山西)

在拉卜楞寺

大夏河
在诵经

天,越来越蓝
云,越来越白

帮这些庙宇,依次擦亮红色、黄色、白色
在拉卜楞寺

帮那些匍匐在地的修行者
看好近处,远方

看好低处,高处
看好每一条大道、小路

用脚走
用心走,都是一种行走

我愿意做那破空而去的钟声

颤抖着

不问去路
不问,命运在哪儿

酒泉辞

怎能不醉呢
——饮者,已留下不朽的名声

疏勒河、黑河、哈尔滕河,分头而去
瓜州、玉门,一直站在世界的风口

喝酒吧,出了阳关,仍有故人
喝酒吧,春风已经渡过玉门关

饮,是一次相逢
醉,是一次重逢

将酒泉当酒饮下
将酒当酒泉放在心上

倒酒吧
夜光杯正闪闪发光,像祁连山的目光

逡巡着人间,像历经沧桑的丝绸
做成了时间的衣裳

印象嘉峪关

西行五公里,一座城就成了一座关
退后一步
拥挤的生活就会柔若丝绸

我想操琴而歌
七百年间的故人,是否都能听到
我想目送太阳西行

一座雄关
是否可以将它暂留片刻
光化门,柔远门

都是心门啊
叩门者,几缕光线
一阵西风……

我的背影,恰似讨赖河墩
西连大漠,南望祁连
滔滔河水执意东去,要探访我的故乡

问道崆峒山

朝问道
夕可闻道

问危崖、幽壑、涵洞、翁岭
丹霞是怎样出生的

问香峰、仙桥、笋头、月石
崆峒山的云去了哪儿

我只是一千多种植物中的一个
我只是三百种动物里的一个

我渴望听到的
来自寂静深处——

那一声鸟鸣,被翅膀带到高处
惊起了泾河的几朵浪花

敦煌至西海的商途是一匹斑斓的丝绸

▶孙立本（甘肃）

煌：鸣沙山下，沙如雪

鸣沙山下，沙如雪。敦者大也，煌者盛也
敦煌的图经里有丝路清晰的脉络

鸣沙山下，沙如雪。有时它们来自远古
像一场另外的风暴
北出玉门关向西，刮过吐鲁番，到大宛
南自阳关出西域，经鄯善，至莎车

鸣沙山下，沙如雪。它们不停地落着
充满熙攘与空旷
我们的愿望，被世界和大地听取
胡商贩客、僧侣使节，沿着不同的方向聚拢

鸣沙山下，沙如雪。沙子追逐雪花
我们追求开拓和交流
沙子里有丝绸、瓷器、茶叶、布匹……
雪花中具玻璃、鸵鸟、汗血马、返魂香……

鸣沙山下，沙如雪。它们的鸣唱和飘落
有看不见的界限和疆土

边域宴用,牛马布野
三世无犬吠之警,黎庶无干戈之役
它们都是大漠与长河赞颂过的事物

鸣沙山下,沙如雪。打开丝路通道的光源
演绎丝路内心的雪崩

星罗棋布的驿站

三十里一驿,线状驿站的驼铃声声
风停了,沙停了。它们曾在另一天
吹过那些手持银牌、角符、券和传符的驿吏
当他们先后从凉州、瓜州、伊州出发

驿站和马站的商贾,卸下驮子上的粮食
丝帛、陶器、酥油和种子
沿途的落日与朝霞,是他们
经历过的磅礴的事物

传递军机的马驰远了,八百里加急
经过站赤,日夜飞掠向
更远的苍茫

信函和公文尚在囊中,急递铺
健壮的信丁解下腰间的皮带、悬铃和持枪
就着星光与月色
端起疗伤的酒碗
他的身体刚刚被风沙的钢刀刮过

三十里一驿,星罗棋布的驿站
丝路对你的每一种叙述,都有使命感
每一驿,都是一粒河西走廊的金子
万物不可代替
每一驿,都置身于一匹斑斓的丝绸
像置身于敦煌至西海,永不消逝的商途中

寺院和石窟：丝路上滑动的经声

僧侣、使节、商贾、兵吏，他们来自遥远
来自丝路的深处和记忆

风沙呼啸，风沙是大漠上最粗粝的雪
把那些来而往复的身体拍打
一遍又一遍

寺院和石窟：丝路上滑动的经声
北石窟寺、炳灵寺、麦积山石窟、莫高窟……
它们像一口口饱含禅意的钟
让行走的时间缓一缓
让奔波的脚步歇一歇

负责"贴马群"和"贴驼群"的沙弥
从马背和驼背上卸下驮子
里面有盐巴、药材、布匹、糖、碱
和我们想要的东西

他们牵着牲畜穿过寺院，他们知道
它们的存在。四通八达的驿道上
有它们负重的蹄印
有它们交换的物资

丝路，寺院，石窟，僧侣
他们租赁，以租赁祛恶
他们搬运，以搬运持善
他们诵经，以诵经表达内心的宗教

丝路上几粒灼热的沙子

公元 1271 年，威尼斯人马可·波罗到丝路
上转了一阵子
他从罗布泊以南的若羌进入敦煌
落日的光影下，他听到盛大的沙子在鸣响
经过玉门时，他看见大漠的天空
一只鹰在盘旋，落向沙丘时

变成了一株金色的胡杨

玄奘和尚过张掖,磕净麻鞋里的沙子
弱水三千
他是否取过一瓢饮

葱岭以东,东汉的班超指挥风沙作战
击溃的匈奴是另一些渺小的沙子
被玉门和阳关的大风吹散
更远的鄯善,蓬头的骆驼刺像一匹卷毛神兽
冷血剑上,砂粒灼热

雷音寺的阳光慈悲,法显取得的经书
来自天竺
斑驳的时间如他留下的身影
挂锡在未知中

丝路诗草

▶ 蝈　蝈（甘肃）

盐　帮

星空之下
盐在草丛里留下气息，是睡眠的汗液
还是某个男人眼角隐现的忧愁

风忽然就有点凉
它把手臂伸向诸多梦境，丝丝缕缕
惊醒梦见沙丘的人

他擦掉星子甩下的清露
脸上仍留着微弱的咸。来自天空的
啜泣，有一些掉在来时的路上

马牙雪山就是承接夜色的仓库
到了夏天，它依然执拗地收留了雪
它在盐帮的马匹中寻找闪电

盐就这样化在半路，泛起白花
赶路的男人忽略了这微不足道的命运
他和伙伴一起，没入沙海

陇南茶马道上

大雨顷刻而至
天空有个戴着帽子的长袍客
他指挥天地的混沌
让挤满了幻想、过往和谣曲的小径
扣在迷雾和潮湿执掌的册页里
那就踩着泥水走吧
黄泥迫不及待地跳上衣裤
一只脚偶尔深陷其中
看不见熟悉的前路，人和老马头颅低垂
移动的、潮湿的枯木
内心绝望地驻扎起时间的锡兵
陇南只是漫长路途中的一截竹制短笛
此刻，无人愿意吹响
笛声会惊醒泪腺。在缓慢的行进中，
农户、小贩、官兵都要历经荒凉
在茶马道上留下短暂的彷徨

河西是个风筒子

风几乎就在不停地吹
像在追赶远去的火车和鹰翼下的苍凉
戈壁上留下枯草和皱着脸的人
他们遵从命运，在铁路沿线挖着光阴
一些人变成了草
另一些人跟着风不见了踪影
有时我在想，要是给祁连山与合黎山之间
安放一个巨型的闸门
那些消失的事物是不是就会重现？
那些老虎般呼啸的风
会不会就停下来，懒散地啃食草皮？
而河西仍在沉默隐忍地站着
它把关外的风运送进来
夹杂着战马嘶鸣、驼铃喑哑
往来的商贾唱着小调
汲水的女子渴望盐和丝绸
土路日渐泛白

丝绸之路就这样被风塑造、催生
而河西,仍在坐成风笛
不舍昼夜地嘶鸣

八声甘州

过了秦岭往西
风沙渐渐大了起来
野犬在不同的村落寻觅主人
起初还能见到竹子
后来就只剩下低矮的草
以及男人一样蹲着的土屋
泰州河州定西州
胡子越来越旺,山丘越来越凉
十八里铺会有女子杨树般立在路旁
风晃动她的枝叶,她的眼神
把每个过客都杀了一遍
到了兰州,磨刀子的人穿街走巷
静宁路口挖去了他的光阴
就有骑马之人缩着脖颈,走向更远的
凉州甘州肃州城
祁连山脉咬紧牙关不让风沙越过
把利箭射进石头的将军
在月夜的胡笳声里酩酊大醉

这就是丝绸之路
途经这把祖国边地狭长而凛冽的钥匙
过了玉门关,我也成了胡人
迎来朔风,刺穿荒芜的胸膛

西汉水的草丛里藏着另一座星空

▶包　苞（甘肃）

大水沟的早晨

拉开窗帘，山峰就会飞进来
那逆着光的叶子
是它小小的翅膀

溪水边的鸢尾花，像折叠的另一座峰峦
蝴蝶把爱情的小院
修在了花蕊的最里边

在大水沟的农家客栈里，左边的房子住着水声
右边的房子住着鸟鸣
早晨的山风吹过来，它们就都成了摇曳的火焰

路　边

路边的鸢尾花有两种颜色
紫色的更加招人疼爱

三叶草永远是公园里的闺密
她听过无数甜腻的耳语

篱墙外的豌豆花总有好看的喇叭裙

穿过婉转的走廊,就飞上了天空

流水穿过大大小小的卵石,也穿过了密密的竹林
可它,还是那么清澈

山坡上的山楂树正在孕蕾
仿佛盛大的爱情,刚刚拉开序幕

一只喜鹊在晨光中落下来,蹦蹦跳跳
又嘎嘎远去

而在进山的小路转弯处,我看到了私逃者的背影
好像喜鹊,也带走了他们的秘密

夜宿康县大水村

白天见过的鸢尾花
夜里会变成抱枕

路上向你回过头的那个人
梦中会变成水声

寂静一直在流淌
它让整座山谷都飘满了月亮的香味

下榻的乡村客栈刚刚建成
洁白的床单像初恋

认识一只鸟

认识一只鸟的羽毛
未必就认识一只鸟
羽毛不是鸟的全部

认识一只鸟的叫声
未必就认识一只鸟
叫声也不是鸟的全部

认识春天的鸟
未必就认识秋天的
四季的鸟都有不同

在康县大水沟
一位在地里劳动的老人告诉我
那树林深处叫着的是杜鹃

此前,我以为我了解了杜鹃的全部
我却并不知道
每个季节的杜鹃叫声各有不同

这样的说法后来得到了专家的确认
而老人告诉我
春天,杜鹃只叫自己的苦恼
其实,这也是我所不知道的

秋天,在一座小树林静坐

草木停止了生长,静待冬天来临
有些叶子已经枯黄
但更多的,还绿着
秋风一场比一场要命,但这不影响树木笔直地站立

村庄在它的前面
流水在它的脚下
旋耕机替代牲口,奔忙在田野上
玉米已经砍光了,土地舒展而柔美

我倚着任意一株树木坐下来
看白云在头顶飘过
树梢的白鹭一只只飞出去
不远处就是西汉水,河水一天比一天清澈

现在,只有秋虫的鸣叫一天比一天好听
好像身边的草丛中
藏着另一座星空

驼铃(外二首)

▶香　奴(内蒙古)

祖先留给我们的黄金,都被驼队带到了这里
塔克拉玛干的烈日,让这些金子融化、流淌,有时聚集成丘
它们占据了过往所有岁月,并缓慢而稳妥地蔓延

而驼队不知去向了。骆驼客的后代牵着温顺的骆驼
供游人们拍照留念
骆驼被打扮得花枝招展,但它们仍有坚定的眼神向远方张望
它们仍有朴素的皮毛,它们仍有厚实的脚掌

这在沙海停靠的小舟啊,仍然时刻蓄满体内的水份和给养
等待远方的指令,准备起航
没有被更改的唯有驼铃,用吉祥的红布系在骆驼的脖子上
响声悦耳
驼铃的叮当声能穿越整个沙漠,也能穿越所有时光

骆驼客,到底走多远呢?
塔克拉玛干,掩埋了一条路
骆驼客用血汗和生命开辟出来的一条路

驼铃,以歌唱的方式指引了这条路的方向
骆驼从不奢望千里马的风光,它属于这条路
这条路属于它。这条路,丝绸走过。瓷器走过
黄金和皮毛走过,甚至细小的花椒胡椒和盐粒也走过

当然,爱情,也走过
这条路险象丛生,但走过的物品,万无一失

驼铃一路向东,在瓦罕走廊响起
那风中的合奏曲带领着驼队翻越葱岭
途经喀什,经和田民丰,穿大海道,越星星峡
黑戈壁……
这条被掩埋的路啊
得有多少场风雪交加,得有多少次悲欢离合?

走近骆驼,听它慢慢地咀嚼
像一场长谈,从父辈说起
谁是系铃人? 我的手从这平滑而结实的扣节经过
已经不再有打开它们的欲望

飞 天

脊背是凉的,我起身石壁的时候
春天还在刻刀下深睡不醒,我需摘下头顶的牡丹指证盛唐
我需衣袂飘然,才能让风挪动线条
在刀印与刀印之间
我有了两肩的削瘦,也有了腹部的饱满

祥云不断地飘走
有一些再次飘回来,有一些沉入更低的山谷
有雁群被惊扰而起,是我反弹的琵琶
流水和声,自上而下
西出阳关啊! 故人在此,西出阳关

你看到的是笔墨、线条、朱红和天青
你看到的是双目微眄,肤色妖娆
我经历的是斧凿刀刻,石缝里呼啸而出的疼
咬紧牙关时,石头与钢铁的碰撞
千年的暗夜里,连尘埃都结出菩提
冰峭之上蓝烟初暖。该见天日了

该见天日了。我只动用岁月里斑驳的衣带的一角
那拂面的东风! 便如此惊艳

我不近尘世,喧嚣会乱了我的曲调
我不腾云而去,那里高处不胜寒凉

我一直赤脚踏莲,闲指兰花
悬崖下有唐朝出塞的弓箭
远方,有长安

兰州,落满新雪

霜降
兰州,落满新雪

说到雪,我就成了富足之人
那沃野千里的白都是我的珍珠,水晶,钻石,羊脂玉……
每一朵雪花都有珍宝的名字
你若聆听,风也是这样呼唤雪的

凡是提早到来的,都会有遗憾
没有落尽的树叶,零落的谷粒
站姿不变的稻草人。悬崖菊与繁星
被新雪覆盖的秋,丰收的现场

如果残缺是必然的,秋天最后一个节气是美的
更年期也是一场大雪骤降
青稞秸和蒲公英都已经躺好,落雪吧

满满的白,丰盈的白,璀璨的白
枯枝和垂死的藤萝交织雪的蕾丝
一定有人在这纷飞之中幻想过自己长大的时候,身披婚纱
一定有人在这纷纷之中回想起一捧香槟玫瑰,此生不渝
一定有人在这纷飞之中,想起乡关日暮,风雪夜归

新雪,迫不及待
菊花头顶,柳的辫,松的胡须,昆仑山的腰肢
都有了雪的舞蹈,雪的诵读,雪的弹奏……

一片雪,与另一片雪,说悄悄话
一片雪,与另一片雪撒娇耍赖

一片雪,与另一片雪偎依在寒冷更深处
一片雪,与另一片雪谈论春天之后,生命的尽头……

在这万千密集的雪花之中,也一定有一片
落水就融化了
究竟是谁让她误入尘埃,以身相许?
荷的残红吗? 芦花的游魂吗? 还是另外的一片雪?

落雪吧! 我已熟睡,你若以雪的形式降临
大地会以颤抖摇晃我的身体
而风会对着我的耳朵大喊:他来了……

丝路河山

▶王　琪（陕西）

暮晚，叫一声甘州

让五千前的风继续吹，吹出大佛寺悠远的钟声
吹出丹霞地貌的奇特幻境
黑河岸边，湿地公园零星的荒地，又一次长出了果实和鸟群
城阙上刚刚送走细雨的那群黑鸦，机警中张望着苍生

多少岁月，凝铸成青铜的文字，盛开出诗词之花
多少阳光，照耀着褐色的皮肤，渗透着血脉走向
漫延过来的，像大地深处折射出的夕光、血光和刀光
那片胡麻地上，白日投下的两道巨幅阴影
分明一道是东大山的烟雾留下，一道是板桥镇的芦苇丛留下

而好听的梵音，越过葱茏的松柏不知所终
甘泉书院，那个诵读诗书的人挑灯夜读
但他不一定再闻鸡起舞。酒醉沉酣醒来，一轮夕照
仍是他猖狂之后的生动晚景

"渐霜风凄紧，关河冷落，残照当楼。"
柳先生啊，试问我这个王氏小辈，可否借你《八声甘州》
为我半生凉薄的生命，赐予一身锦缎似的光彩

关口诵

那洇染边关的彩霞,也洇染了梦境
如果可以,烽火台上的落日,我愿终生追赶
不怕八千里迢遥征途,不怕骨血里经受风寒……

关牒残缺,碑文呈现出旧年的斑痕
历史的天空下,总有几声雁鸣,掠过长河与草原
一把胡琴挂在我的左侧,一册史书走下高阁
沾着风沙的手指,沾着几千年狼烟
在陇原大地边缘,令牛羊再现,驼铃结队

眼眸里,仍有一滴血凝固在阳关城楼
日月致远,飞袖舞天
醉卧沙场的英雄,是我四处游走的思念中的箭镞
是酒香里对天唱响的绝音

目送一群赶往西域的人,当骨骼作响,嘶喊阵阵
他们惟爱这天地间,如擂鼓般巨大的心跳
爱这江山万里,无尽的空茫颤栗出一片绿洲

先祖们的遗愿,暗含了侠骨与柔情
我却总在一个时代的背影下,跻身苍凉与悲壮的字眼
用月牙泉的风,拨亮那渐渐黯淡的灯火

白昼将近

大漠孤烟已然成为传说
清风或朗月布设下的河西,含着沙砾,在胡杨林安营扎寨
戍守边塞的人儿,在义无反顾的归途中丧失哭泣
多少年,我试图从课本中接近你
甚至从一首唐诗起步,而天空不语,马蹄消失

石头上绽开的花朵,请不要轻易打动
不曾记得哪年哪月哪日,戈壁滩上能安放一个人的余生
古黄的悲欢,恍惚中从残垣断壁出发
穿过绿草如茵的原野,成为大写的汉字,与亮闪闪的光线

一抹蓝或一抹金黄,都是时光流放而来
现在,锁钥的阙口失去记忆
呐喊过后的霜影不再刻意去找寻春天
暮晚更多的倾注,不在经文中,而在一茬茬熟透的庄稼里
和河西人富足而殷实的平凡生活

绿洲扎撒

▶胡　杨(甘肃)

锁　阳

阳光会在沙丘下运行吗？

锁阳告诉我们，会的。

数九严寒，一场雪，凝结了沙漠，然后，愈是厚重的雪，愈无法压住锁阳的火热情怀。它身体里储存的阳光，一点点探出头来，一点点融化掉头顶上的雪。

一望无际的雪，终于被捅开了一个个小小的洞，尖利的风割着，寒冷像铁锤一样砸下来，可锁阳仍然一点点向大地输送着丝丝缕缕的温暖，融化的雪，升腾着潮湿的雾气；洇了融雪的沙漠，如同整个雪野中的一滴泪，更像一只只黑眼睛，望穿沙漠上的冬天。

三九三，挖锁阳，在大雪覆盖的沙漠上，人们找见了那一片片裸露的沙漠，超然于大雪之上，与厚厚的雪格格不入。

燃烧尽了头上的雪，锁阳的睡眠如此香甜，挖锁阳的人竟然不忍下锹，独自看一眼锁阳的存身之地，咯吱咯吱地走了。

雪地上，留下了一串串脚印。

五个庙

有一条河流，坎坎坷坷地流。

一路上尽是大戈壁，大沙漠，这些大戈壁、大沙漠，像狼。而水，却似虚弱的小羊羔。

它一路上咳嗽着，甚至卧下来休息，它一直走着，走过无数的春夏秋冬，目睹了无数的花开花落，也走了很远的路，等它回头看自己走过的路时，竟然莽莽苍苍望不到边际。

它太需要停下来坐一坐，躺一躺了；它太需要在一个风平浪静的港湾，踏踏实实做一个梦，梦见自己在繁花似锦的春天蜿蜒穿梭，梦见自己在绿油油的麦田里伴着一阵又一阵的蛙鸣。

这不，就有了五个庙，牧人们在山崖上凿洞，那些疲倦的波浪都安歇在这里了，那些春天的萌芽和秋天的收获，都永驻于陡峭的洞壁上了。

几千了，几百了，人们走进五个庙，又从五个庙出来，看见崖壁下的河流，猛然间开朗：啊，原来这洞窟里是一条河啊，怪不得它有隐隐的涛声，怪不得它有扑面而来的湿气。

风

在戈壁上，风是一头狼。
在沙漠上，风是一匹豹子。
在戈壁上，它们是戈壁的颜色；在沙漠中，它们是沙漠的样子。

一场风，从戈壁上吹来，人们还感觉不到它的残忍，也就是说，还感觉不到它是能吃肉的畜生，它没有嘴啊！它没有强有力的尖利的爪子，它没有扑过来吞噬一切的气势。总之，它似乎猛烈了些，但还不够危险。

风的残忍是一步步积累的，当它把自己的能力做成自己的牙齿、爪子，它就把人们推向了危险的边缘。

真正在戈壁沙漠中生活久了的人，它们不敢小觑每一次吹来的风，哪怕小小的像纤嫩小手般抚摸的风，它们都小心翼翼地伺候着，就这样，刚刚发芽的菜苗都被拦腰折断。人只好坐在田埂上失望地抽泣，在更大的风中，人们堵住门、窗子、天窗，在巨大的黑暗的笼罩中，在呛人的空气中，绝望地沉默，绝望地等待，看见风停之后，田野和村庄一片狼藉，自己首先要一头狼、一匹豹子，而且是一头疯了的狼、一匹疯了的豹。

一棵树

有一座烽火台，叫一棵树。

它灰头土脸，身上的泥巴一点点掉下来，风，磨平了砖头和土坯，一副老态龙钟的样子。它怎么会是一棵树？

树是有生命的，树是有果实的，而烽火台愈发枯黄、愈发僵死，沙尘涌来，想要彻底淹没它，它的半边已经埋在沙里了。看来，过不了多久，它就会葬身于沙海，成为沙漠的一部分，可人们还是叫它一棵树。

还有人说，它本身就是一棵树，如果不是一棵树，那么，那些戍守者的身躯就是一棵树，但戍守者一个个都走了，只留下几根白骨，只有烽火台高高矗立着。

沙漠上的人，远远看见烽火台，就如同看见了亲人。荒芜中的烽火台，它就是一棵树，一棵生机勃勃的树。

在丝绸之路上长大

▶妥清德（甘肃）

旷野里

鸟飞下来，又有一粒草种
落进了旷野
我面对的是整个秋天

与一盏菊花交谈霜的轻重
与一滴水盘腿而坐
风吹着一枚绿色的瓶口
那个把酒瓶放倒的人
正在醉成暮色

我看见摇摇晃晃的马车
撒下一路月色
它需要一个乌鸦一样的人来吆喝

我只知道：云在等雨回来

这是狭长的甘肃
我的天空被你一笔带过

告诉月亮，向你的睫毛学习
天山的窗户有露水守护

锈迹斑斑也是爱情
最好的诠释

演唱木卡姆的大叔
翘起的山羊胡子里撅起孤独
任何一个古丽都隐藏着
自己的秘密

七颗星不足以照亮葡萄
七颗星被马匹拖垮了身体
七颗星,有和我接头的暗语

未经装订的散页

喝着雨水,枕着青草
腰刀上横卧着一段月光
黄泥堡郊外
晾晒着我牧羊时的一筐光阴

天空中停着一片云
风把沙子吹成青青的虫鸣
三十里外的流水
她的声音,高过树顶

山坡,动或者不动
牦牛都把头靠在岩石上
几千吨花香停在潮湿的帐篷外
你依然用满头小辫子
抽打我的黄昏

鹰在飞离秋天
许多空旷向寺院降临
一匹马,咀嚼着渐来渐凉的灯火

祁连山的雪

不要让鹰隼的翅膀拍打经幡
不要让羊群爬得太高

不要让，石头顶着风乱跑
有一朵雪莲花就要开了

像一个打坐的喇嘛
有时面向甘肃，有时
张目看着白云飞过的青海

仿佛匈奴人留下的一顶帐篷
白色的歌谣里
山坡上还有那风吹草低
一滴水里，放养着无数个春天
放养着和亲路上鲜艳的马队

只有天空知道它的寂寞
没有尘埃的日子，不是日子

河西大地

▶苏 黎(甘肃)

马场：草原夜

一匹山丹马，把白天驮走
留下黄昏，留下苍茫

星星是一群觅食的羊
圈里圈着生长的蘑菇，飞翔的鹰

月亮，一位好猎手，斜睨的眼
瞄准刚刚探出头来的一头花豹子

一块爬满绿苔的岩石
一个身穿汉服的节度使

头戴青稞的光芒
腰里佩戴着马莲花的紫玉

十里埋伏的是黑漆漆的冰草
侧转身子的是一股小溪水

赤脚，欢快地跑过草原的胸膛
跑出马场七月的一个月夜

骆驼城遗址

这里的风是龟裂的
一棵棵蓬蓬草翻飞

时间是一把锉,那些破败了的墙头,似乎
又矮了几分

青砖烂瓦
那是一堆谁拆卸下来的时间碎片

一匹马倒挂着,锁住自身嘶鸣的一把锁
旧雨渍上爬着一只甲壳虫
在数着时间细细的脚步

可以把一队蚂蚁扛着触须
设想成一队肩枪换岗的戍卒

从沙窝里窜出的一只蜥蜴,仿佛
是从地底下射出的一支箭镞

一头牛在城墙下站了多久
一只老鸹就在牛背上站了多久

我把一声空旷的喊扔向北魏
而一股风,把我搡出了城门

一截断墙的一块阴凉,一只矮脚兽
匍匐在一个沙梁

寂静是另一只野兽
在一个墙角里,咀嚼着下午
三点钟的时光

有一只羊捋下了一株墙缝里的荒芜
那个牧羊人坐在旧城墙垛上
像个蹲居在那里的老鹰

峡口岩画

石头缝里长着一株
摇晃的咩叫
倒垂下来的一根藤条上,滴着
时间,和风声

蜷缩在岩臂上的一个洞穴
啃一块光影
断了辕条的木轱辘大车靠着墙

居于左侧
斜木杆上挂着一片生锈的声音
石板上栽花,长出一匹骆驼
还有一个拉骆驼的人

暮色浓到了脖子
我当那只乌鸦脱下了黑色大氅

莫高窟

你可以像诗人莱蒙托夫一样
在他的高加索里窃取过去
而不惊动这里的一块岩石——
石头早已坐化成佛

你也可以像音乐之父巴赫
不去触动管风琴,就可以
窃取这里的三两个琶音
点亮佛像前的一盏灯

你也可以借毕加索浪漫的风格
画几个飞天女的雍容华贵
描摩洞窟里的千张面孔
而不惊动一个打坐念经的和尚

抑或你就做一回你自己
你可以用自己的方式
在这个时间的纬度上
窃取海洋,而不搅动水面
佛一样安详而平静

走甘肃

▶马占祥(宁夏)

「大美甘肃，多彩丝路」
全国诗歌散文大奖赛

092

遮阳山

如此静幽之处，风向着同一个方向走去
人间已远，像往事
我能在水中捞起一段阳光
最亮的部分湿淋淋的像极一个人的眼神

止水细流，沿途的苇草也向着同一个方向奔跑
它们在人世之外获得了姓氏，拒绝苟同
一条小道指向深处——花朵的内心是红色的
像我一样，心里还存有孤单

敦煌辞

这极致的高蹈——不是人间
花朵也不是人间的

苍穹下的云朵，一朵一朵地盛开
有一朵安放着佛
在高处，看着人间，无语静默
他身后有巨大的石头，慈悲的石头比天大

张掖行

有一座蔓延之山，无边无际，名曰祁连，山上
烧着大火
陡峭的火焰像红色经幡。我想要是有场大雪
火焰就会冷下来。在那座名叫张掖的城池里
我想着的那个人就会来看我，身披白雪的幕帐

我就不会像现在抱着风声看火，看自己的血
往高处飞，留下骨头像一截枯木撑着念想

在河州

在河州，我给你写的文字泛滥潮气，湿着
一条流淌于天空的河，汤汤而来，满面风霜
一条河老了。我迷恋它淹没的卵石下藏着的
蝌蚪
它们黑而简单，一个肯定是另一个的亲戚
一个肯定会在最后爱上另一个

在河州，一条河的黄色有着自由而纯粹的气质
西南高，东北低，像一页倾斜的纸张
两行湿透的诗句是我写给你的
冰河向西，湟水向北。我想起你
补写的两行刚刚高过尕太子山，并不壮观

大梦陇原

▶仁谦才华(甘肃)

玉门，玉门

弯刀砍玉
套马杆套玉
抛兜儿掷玉
这个埋玉的地方，究竟还埋着什么

切玉，堆玉，立玉门
玉，温润的天性本来就挡不住冰刀寒光

兵痞，强盗，讨饭者
吐蕃人，蒙古人，匈奴人，骆驼队
玉道堵塞

驼峰挑着月亮的灯盏
灯光里的玉道搬运战争和爱情

汉疆场，料马场
蒙古铁骑嘚嘚踏过
玉道忙碌
逐戮，种梦
拓疆，燎原，罹难，寂灭

一堆白骨辨认另一堆白骨
战争背后的玉门
孤零零躺在一拨游人眼里

玉门,无梦
玉门,有梦

东大寺:空与不空

那坠在枝条上红丢丢的果子
是寺院夜行的灯盏
一直在和守寺的黑狗对着话

一束光,从翘檐与翘檐中穿过
打在木级上,又被弹到对面的白塔

院子里铺满光和影
晾晒的僧被发出紫外线的声音

推开一扇门
阳光就呼啦啦挤进去
占领里面的黑与暗
我能感觉到
百叶窗的每一个方格后面
都睁着一双眼睛

铜钟,镂空的青砖花,壁画……
浸泡于这突如其来的亲热

木质弓形走廊蜷缩的猫
斜睨了一眼

白云就住在寺院深处
那迂回的涧溪
把一波又一波的经声
送向远天

脱去红衣的阿卡

衍生村庄的死亡和新生

雪豹落岩
岩画里走出一位长者
于村庄入睡时
踩云入寺

扎尕那

水磨念经,佛语流淌
一片雾扯到青草坡地
啃着露水

扎尕那——这个叫"石匣子"的地方
是谁拉开你深处的秘密

栅栏圈住踏板房
拐来拐去的小路上
背水的藏女,蕨麻猪和一声古歌
小路一样

木架上晾晒的青稞闪着黄金白银
坡地收割的女子抖了抖头巾上的芒刺
又把身子埋进青稞地
她的男人,喝完她酿造的青稞酒
慵懒地压倒一坡青草

一个土司和一个红军小战士的故事还在继续
洮迭古道响着马帮铃
茶叶和丝绸要从这里——
从一朵白云运抵另一朵白云的深处

雾雨敲打洛克小屋
这个下午,我们在削了皮的森林里
在滴漏的雨星和阳光中
靠近山峰至于大海的秘密

山河岁月：崆峒诗篇

▶ 马路明（甘肃）

崆峒山远眺

这颗巨大的星球不全是光滑的
它坑坑洼洼，它粗糙，它会划破摸它的手
假如——有这样的一只手
这颗巨大的星球也不全是坚硬的
它的有些地方，颇为柔软
这颗巨大的星球也不全是温暖的
它的有些地方，异常的寒冷
它也不是一种色彩，不是一种质地
它也不总是好脾气的
它绝不比一条盘成一团的蛇
脾气好多少。这颗巨大的星球
适合耕种、生育，适合赞美，适合哭泣
总之它适合活着也适合死去
山在山之外，花在花之中
鸟在鸟之外，天在人之上
我倦了的目光，归来
分别栖息于一只午休蝴蝶的两片嫩翅

崆峒林间正午

太寂静了，寂静到

寂静都不存在了
假如不是一根细细的枯枝落下来
发出震耳欲聋的声音

太绿了,再绿下去
这绿就会毁灭我们的眼睛
多亏一只白色蝴蝶适时地飞来

叶子是谁按住的,还是
叶子自己忍住不动的?
秋日将叶片磨砺成了刀片
任何微动,都足以割断一大束阳光
一大束风,或者成捆的鸟鸣

此刻全部的存在就是
看和听;思想与抚摸是不得体的
话语已属多余,身体
也成了累赘

崆峒山上

我不能不将一棵大树
视为一个绿色的宇宙
那棵小树自然就是一个小小的宇宙了
一根草,一只蚂蚁,一只蝴蝶,都是
一只兔子简直就是一个快速运行的宇宙
至少,一粒尘埃
就是一座巨大的庙宇
它和世上最复杂的教堂一样宏伟
一块影子里,就有十个神的国度
每一样物里,都居住着神
我的神。我无法命名他们,我的神

残简与短牍

▶李元业（青海）

麦积山石窟

我忽略了你的年迈,和意外
经年累月的时间堆积在窟龛上
回来的人,背着一木桶水
水桶里养着的上弦月,已经变成下弦月了
兰州的羊皮筏子还没来及载人过彼岸
几千年的时光,好像屏住呼吸
它把金色翅膀借给你
万水千山运来在窟壁上打坐或者念经的人——
土里土气,他们却忘了土话
来看望的人,说万国语,爱上这绝壁
也感悟过命运赐予的深渊。夕阳依崖而居
与人间保持距离的石窟外观,有了重量
它比从前更想做你壁崖上的邻居
这意味深长的掉了原色的窟龛
是否记起那个年轻的
民间艺术家,用凿子、红泥、与调色板
制造出动静。而风无声地吹,更大的
无常的事物注视着我,像石头搬动了石头
像佛搬动了佛。我忽略了你的年迈
这多出来的诗句,临摹、研究、观赏
我准备把它放到原处

拉卜楞寺

青稞地上的绿焰。替代经卷走过繁华的人间
高贵的雪,都有一盏山
在蓝天之下静静燃烧,跳动着酥油灯般的火焰
喝奶茶的人,戴羊角,披羊皮
如仙人一样,用云彩做帷帐,头枕雪山
耳畔的河流穿出峡谷,从桑科草原到夏河
途径合作
这时,拉卜楞寺的钟声响起
煨桑的,磕长头的,诵经的,转经的
那些吐蕃的后裔
在未来的胎中深藏,虽然经幡爱着人间
虽然要遭受无常的命运——
拉卜楞,埋首红尘客栈,在默默替人守着时间

东汉铜奔马

万物各有所属:天水,临夏,武威,大河家
升火,起灶
窗外群山环抱。有人向东,有人向西
有人斜了一下身子
有人骑马巡逻。时间恬淡,缓慢
很快被磨损。空旷的颤音
在马蹄留下的印痕中相遇
骨头挨着骨头,银手镯环着银手镯
风吹草低,道理有一副安寂的面孔
丝绸一样的云,黄昏中点亮灯火
轻轻吹过颤栗的那些光
一匹铜奔马,不松开命运的双手
从东汉出发,一路拾捡起残简、短牍
珍藏身上的胎记和指纹

河西，诗意耽搁的一生

▶ 堆　雪（新疆）

打坐敦煌

他们来过。打坐。念经
他们成为神后。失踪
他们形只影单，行踪缥缈
只留下鸿影和遗迹

他们深居浅出，面壁而思
最终，成为这个世上的谜
他们远离尘世，以草为骨
用泥沙和汗水塑造金身

他们用尽一生沉默，剔除
寂静以外的清辉。只留下
壁画，阳光，和风。只留下
慈悲的眼神以及被时间风干的手迹

草们枯了。收拾好自己的尸骨和过去
石头围坐，禅若众僧
在它们干枯的眼里，黄昏
已被风沙洗劫一空

身披彩练的飞天已去
留下沙丘。留下
月亮的轻弦一弯。留下
一处红尘深处的秘密

酒泉醉酒

李白走了。只留下
青灯与黄卷。只留下风中
一张一张的戈壁
一沓一沓的沙漠

李白之后，我来到酒泉
我跪在泉边，想象当年
诗仙怎样伸出双手掬起一泓灵感
痛饮西北。无意中吐出千古绝句

李白之后，再无诗篇
飘香的泉边，遍地乱石般的醉汉
我从三千里之外来到酒泉
我不敢落笔，空留白纸和肝胆

在酒泉，我只能闻一闻好酒
用夜光杯量一量我的冲动和乡愁
大醉一回。经历
喝醉后被诗意耽搁的一生

几笔雪勾勒的祁连山

不可接近的几笔雪，写意我
孤独中的绝望。在祁连山
在祁连山连绵不绝的雪峰之间
我一生无法破解的寂寞，比几笔雪更远

我只是一个爱诗的书生，眼高手低的行人
我喜欢在风中远远地望着祁连山，就像
远远望着，爱了一生却无法捕捉的飞天

她们神一样的缥缈,令众生绝望

几笔雪勾勒的祁连山。灿烂星空下
静得出奇的祁连山。在远处
我只能看见
寥寥几笔雪速写的遥远

戈壁上高高的白杨是我的守望
沙海里矮矮的马莲是我的念想
我不是灯火里等你路过的村庄
我是高坡上默不作声的牛羊

我相信,这世上一定有一些雪峰
值得灵魂仰望
风吹草低
能看见几笔雪,勾勒出的天堂

望见丝路的春天与河

▶白瀚水(辽宁)

碎 叶

似乎仍有一些名字留在西地
保持着信仰
最初是河底的光泽
后来是经书,如是我闻:般若菠萝蜜多
后来我站在一首诗中的旧城,碎叶
雨水是银色的
落在掌心,仿佛珍珠落在天鹅绒上
雨中的虚无构成了
一段很小的天空。鹰隼。麦子。金黄的亚洲
轻轻地听——

长安城的旧愿
王出行千里,遇见黄河。那里野马驰骋
百姓存于宽宥。天地间的森林和云朵
骑兵纷至沓来
烈日被铁器和乌鸦簇拥
银色的水在地上流淌
我席地而坐,静待春潮、野兽
狼群藏起牙齿,它们说:暴力应只用于爱情
我有一只孔雀

"大美甘肃,多彩丝路"全国诗歌散文大奖赛

它送来火种，书信，饮泉水，着布衣
咀嚼香草和离愁

在路上

井水是干净的，我是干净的
除了水，其余的一切都很高、很远。秋天
比脚下的路更加坦白
我在一块平坦的土地上面对植物
想象飞行的细节
平凡的人类弯下腰，收割土豆、太阳
白芷和雏菊——

与灵魂相关的植物各有明媚之色
我的宿命来自烽火
历史的轻与假相
在路上：总是有一只鸟回望
渐渐消失的马帮，城郭
唐诗里的少年，恢弘的诵经声，来自西方的
孔雀王朝

——许下恢宏的心愿，磕长头，诵经
心声似一匹锦缎，去往天山

一面湖水

豹群围绕着佛珠
我点亮油灯
照明丝绸路上空旷的生活——
每日读经
在清水里洗涤双手。时光

山顶的树和石窟，与星河保持距离
与旧事也保持距离
它们之间唯一的联系，是我从山下
采集的野火和草果。沐浴，熏香。在这里
每个夜晚都应该是清澈的

平静的湖水，我爱它
倒影里的星辰、绿洲、鸬鹚
我爱湖水里的植物，爱它们遮住的城
也爱湖水上漂浮的阳光
如同爱我前半生镜面般的童真

大漠谣

大汉囚徒拉开历史的序幕，三千里
三千棵胡杨长成青天
三千坟冢在塞外顾盼京城
读往生咒，救赎黄河源头的生灵
贝叶经在羽毛中复活
我站在一堵墙外，看见习姓的老人，用手指
画出一带一路
为莫高窟注入新的命运，为华夏扶正国脉。
天平。思乡。奏鸣曲——

我有新的诗篇：东山顶，百鸟飞来
羌笛仍牵绊河流，烽燧仍牵绊国之夙愿
再没有别的了
除了日轮在这人间转动
逝者依然守护大地
——内心的事物朝向江山、皇帝
旧城朝向人民和谷穗
我在丝路围拢的群儒中，清贫、知足，褪尽
黑夜的长袖

母亲是一朵恣意的大丽花，母亲的沙漠
书写祖先的姓氏和方言

玉门读本

▶马兆玉（甘肃）

积阴功台

怀揣八卦
大熊子沟和花牛巷,把它,背着、抱着
吉与凶……却……一言难尽……

山坡上:两层洞窟,为破落的时光说道
山沟里:古树见过瘦水为石头洗脚
雍雍之鸟是道童?!近二百年过去了,道童和鸟一样大

壁画上:花草雍朴。无人问津。但不凋败
这是葛洪仙意? ……东晋太遥远,罗浮远在云雾中

《抱朴子》最知德善:
"宽以爱人则得众, 悦以使人则下附"
"恶念夺一算,施恶夺一纪;夺数超寿,殃及子孙"

风自如黛远山处,慢慢飘来
风,轻若烟岚;风,柔若脂肤
风,丝绢一样从弯曲的山谷里吹上来
风,不可以惊醒石子边小憩的红蚱蜢!

蓬草打坐,苃苃守门

如果偶尔的过路人,荒坡上,隐隐约约地喊了一声
红柳应声开花,那只是
寂寞在道田畔,刚刚练成了一技小丹术

独登山岩盐

不说湖泊,不说海
青盐、红盐、桃花盐相比
独登山岩盐绝对是一群水晶的好姊妹
唐人李吉甫的《元和郡县图志》一直在清点江山
宋人乐史的《太平寰宇记》含有李吉甫的口水?
风俗、姓氏、人物、土产,这些遮羞的佐料
充盈了纸质疆域。而独登山:她们性感。她们甘美
月光下,野草会不会将叮当的马铃
放低到一双绣花鞋的鞋面上?
野地上,一条弯曲的充贡路太长了……
亡佚,一个随风散失的词
手伸进去,我们寸断的手指还能注解一些什么
掘盐人的油脂灯,似乎还在山岩里静静亮着
油脂灯的光晕里,锤錾似乎咳嗽得厉害
咳嗽就咳嗽吧……咳出血来
唐和宋,都是背靠玉玺的王氏体系
梦能朝花夕拾
爱可温香暖玉
独登山,我们把一群失眠白狐从石头中唤出来
那些水晶的好姊妹——她们性感,她们甘美
朝南十里,汉代的玉门县,原来是丝绸路上的
一座不夜城

红柳峡丹霞雪景

所有红色山峦的背阴处,雪是藏青色的
所有红色山峦相拥、相送的雪的远山

走近一些
石头的排箫,竖着吹奏,才能吹亮一只山鹰之翅
变换角度,火的竖琴,上下抚弄

才能弹出山川之韵
高腰皮靴放低镜头
一片凤毛金茎的芨芨草,卧玉沉沙,只为
对映一天鳞鳞之云? 几丛遒枝媚骨的赤枝柳

饮风披雪,只为衬托汹涌的汤汤之景?
造物者极度祥和!
心,很想亲吻鳞云后面的那泓蓝色之水

僧人、老者、猴子、狗、骆驼、毛发带风的狮兽
他们顶着雪的香帕。他们波澜不惊
想着与石无关的世事;唯独,亢奋的雄性之根
带有劫色掠颜的
烈火之欲

鹰是这个世界最最孤傲的王者
他用飞翔一再解读着谁的心事:
鹰翅之下
浩大、粗犷的画面里,雪尽力地修饰着火的个性
跌宕、雄沉,雪却无法遮掩一再突兀的血的棱角

如血脉一样奔流的时光

▶辰　水(山东)

草原深处

在甘南的桑科草原,青草藏住了野鸟
并不孤单。孤独如斯的只有群山

它的高度,是一只鹰的高度。却比一只鹰更为古老
山脚下,我比一棵乔木还低
还会移动。从一个草原到另一个草原

一个牧羊人就是一颗透明的心。在草原的深处
他们掌管的食物链,比神谕更为珍贵

只有一朵偶然出现的花,才能打破草原的宁静
它绽放的声音,让一只过路的蚂蚁
停驻了片刻

莫高窟,或者另一个 VR 的世界

走近莫高窟,心先肃穆起来
古朴之中,五彩的颜色如另一个 VR 的世界

时光在这里似乎停滞了,不前

也并不后退。一个个飞天的影像,却并没有飞出群山
却隐藏一个再加上另一个的千年

游览的人一个个匆匆离去。在相机里,被曝光的佛
依然有着一副睿智的模样
我对他虔诚,却无法跟随他走

只有在另一个虚拟的国度里,我是月氏国的王子
却爱上一个异族的仆人

长城关隘怀古

昔日的狼烟已经散去,旌旗也已不再随风猎猎
可仔细贴着大地倾听
却依稀还能听到擂响的战鼓声、万马撕裂的叫声、隐约的伏杀声……

唯留下未燃的火炮、手雷,还有戍边将士们的石臼、菜刀和油灯
可没有一封家书被时光收留
哪怕它价值不如一文

日光穿越了千载,还是一样地照在长城的垛口
只是千年以前偎依在垛口打盹的卫兵
换成了今天自拍的游客

大漠的孤烟如果弯曲,可终究还会变直
哪怕是它的影子跪倒在一片阴影里,也比利刃还硬
而长城就是一条血脉
它们分明正在动,在动……,历史在动

丝路札记

▶张　之（四川）

玉门关是春风撰写的一枚词根

玉门关是春风撰写的一枚词根，在词语中漂泊
在羌笛中宛转，在绵亘起伏的雁唳声里昼伏夜出

一粒汉字删繁就简，省略了柳丝婀娜的偏旁
和土石夯筑的结构，屹立为时光的回眸或标点

年久失修的驼铃，喑哑于一册线装的古道
激荡的春风和马匹，打磨我内心的辽阔与苍茫

背影深陷于一座江山的平仄，从民间出发的炊烟
一路蜿蜒，煨暖一个朝代依旧孱弱的孤单

夕阳是汉代烽燧绚丽的烟火

白日燃烟，夜晚放火。大风翻动月光的灰烬
而一枚夕阳是汉代烽燧刻意点亮的烟火，流连至今

五里一关，十里一隧，春风八百里加急
点睛的落日，在桃花和红柳中取暖

大漠是浩大的棋盘，烽燧是一粒棋子。静如余晖

动若奔马,踏遍砂砾的疼痛、风声的嘶鸣

一行雁阵在诗歌中落脚,在回车里嵌入云朵的羽翼
乡关何处? 沿着春天和乡愁的纬度,迁徙

河仓城的月光是一帧出土的书简

河仓城的月光是一帧出土的书简,月光的书简
澄澈、明亮、恬静。春风游走其中,卷起词语的毛边

竹简或者木牍。草木的纹理清晰可辨,绵延不断
谁镂刻了一页江山的留白,填词断壁与残垣

繁体抽丝剥茧,城墙坐北朝南
对仗抑或押韵的文字,储存了雪花和粮食

而时间是不断刷新的遗址,笔下的流年
飞沙走石,像一粒面目全非的小篆

散 文

刘梅花（甘肃）

费晓莉（甘肃）

二等奖

贾雪莲（甘肃）

八步沙，草木婆娑

▶ 刘梅花（甘肃）

我说了很多次——那时候，我住在腾格里大沙漠边缘的一个小村庄。我一遍遍絮叨，不要厌烦，至少让人家把话说完嘛。可是，沙漠的话，是能够说得完的吗？

不过，腾格里大沙漠好端端地杵在那里，并不是为了给我啰嗦的。它是风的老巢，沙的老窝。动不动要刮老黄风、老黑风，吞噬掉庄稼村庄，直刮得穿墙破月、天昏地暗。尽管如此，沙漠边缘的村庄还是要生存下去，庄稼还是要种，一辈辈的人还要活。虽然活得有些悲壮。

在腾格里沙漠南缘，有个地方叫八步沙，距离我的小村庄并不很远，骑着骆驼走半天也就到了。以前根本没什么汽车，进沙漠全靠骆驼。没有骆驼？那你走着去好了。

八步沙有六个老汉，天天看着黄风呼啸，嘴角嚼着沙子，眼睛里揉着沙子，脚底下绊着沙子，好气吆。沙子乱窜，庄院墙都被埋了，更不要说庄稼。狂风肆虐，日子过得沙尘扑扑。六个老汉痛定思痛而治沙。都是倔脾气，脖子里青筋直竖，头发梢子也竖着，背起铺盖卷儿进了沙漠。

地窝子，干打垒的屋子，粗疏地杵在荒野里。远离人烟，孤独、凄寒。孤岛上的苦行僧，大概也就这样吧。这样一把年纪，须发苍白，城里人在保养，跳着广场舞锻炼身体，可是八步沙的六个老汉却不能有半刻消闲。他们一遍一遍问自己：哪里是我的立足之地？哪里是我的家园？是八步沙，还是八步沙。

沙漠是暴虐的，和它对抗，很难。但是顺着沙漠的毛捋捋，它倒也听话，还能捋出一些绿意思来。六个老汉艰难地摸清了沙漠的脾气，一点一点种上了榆树、桦棒、柠条、沙拐枣……

植物有植物的厉害之处。一旦在沙漠里蔓延生长，便成了气候。潜伏在沙丘上的植物,枝枝蔓蔓伸出十万小巴掌,一个嘴巴一个嘴巴很有耐心地抽打黄沙的胖脸,顺便把它的骨头撕软,直到它消声无息肿了脸溜走。

人顺应了自然,植物顺应了沙漠,相持、相处。六个老汉摸清了沙漠的脾气,知道哪些沙生植物和沙漠相生相克,知道哪种植物喜欢沙湾,哪种又喜欢沙梁,哪种在沙滩盐碱地里长得好……这样,大批的草木被六个老汉背进沙漠里,一棵一棵种下去,浇一瓢水,看着它们蓬蓬勃勃生长。

我们到达的时候,是上午十点多。大漠的日光直直射下来,遍地大蓟泛着灰色,枝叶蔫卷,拖着孤直的影子看着我们。远处可见榆树,巨大的树冠高高撑起来,落下一地树阴。

你好像很喜欢沙漠啊?有人给我说。

那是当然。我离开沙漠很多年了,乍然又见,忍不住心生欢喜呢。

不远处路边有个小院,空无人影。房屋低矮,垂着的门帘很破旧。大概是六个老汉最初进沙漠的栖身之地。门前是沙子,干干净净的沙子,鸟鸣声从什么地方传来,落在屋顶。大千世界,漠漠荒野,几间小屋,点起一豆灯火。以静制动。六个老汉一起饥荒,一起吃苦,一起在黄风黑风里劈开一条小路。

其实他们连地窝子都住过。沙尘暴。飞沙走石,风的尾巴在地窝子顶上苍锒锒拖过去,沙土簌簌往下坠,坠,坠,坠。狂风直刮个天翻地覆,黄风拔草木,拔出他们刚栽好的苗木来一脚踢到远处。黑风卷砂石,也掘沙丘。一场风落去,他们找不到栽好的树苗——连沙丘都不见了,夷为平地。平地也被揭走二寸深的地皮。一根树苗也不见,万箭穿心而过。老天爷呀!他们肯定是痛恨狂风的。恨不过,就接着栽。栽,栽,栽……

喝了风沙喝尘土,茫茫荒野,再喝一口远离人烟的寂寥。沙子从舌根启程,一站一站到达鼻尖,到达额头,遍布全身。六个老汉彼此望望,土眉沙眼窝。衣襟上头发上沾满沙米的刺、大蓟的刺、骆驼蓬的刺、沙枣树的刺。刺,刺,刺。沙生植物都是带刺的。它们带刺的原意,是要保护自己,是要节约水分,不是攻击谁的。它们不过是大地上最卑微的草木,生长在最贫瘠的土地上,绝无攻击心。

六个老汉抖掉身上的沙土——可是沙土是能抖完的吗?不过是这厢抖去,那厢又附着而来,黏糊不散。脏吗?沙子是干净的,心灵更加干净。你在城市鲜衣怒马,我在沙漠跌倒爬起。我匍匐在地,心甘情愿。我能听到大地的心跳,渐生敬畏。是的,沙漠告诉大地,狂风告诉草木,我是高贵的、顶天立地的。我吼一声,万壑有回应,十万草木有回音。

一蓬草,一棵苗,长,长,长。几十年过去了,风呼沙啸的几十年啊,苍天呐。八步沙,崭新的沙漠绿洲呼啦啦站起来,头顶天脚踏地,迎风飞扬。外人只是想想这干渴的几十年岁月,亦是万箭穿心而过,多么煎熬的坚持啊!当地人心疼地说,八步沙绿了,六老汉的头白了。这满头的白发,是菩萨的光芒。

他们说,我将随草木而安。

一个人一辈子到达的地方是有限的。祖国如此辽阔,山水千重万重,你走得完吗？看得尽吗？我想我是幸运的。我在这样一个日光朗朗的时分，走进了腾格里大沙漠的领地。纵然不能种下一棵草木，只是慕名而来看看也好啊！沙漠拒绝光鲜淡漠的看客，但一定不拒绝我——那时候，我住在腾格里大沙漠边缘的一个小村庄。重复，重复，重复。无数次的重复里，有我的深情，也有我的孤意。

我想我这样孤倔的性格，可能来自沙漠。我只是个渺小的个体，沙漠才是我浩瀚的背景。

一个瘦瘦的、目光慈和的庄稼人迎接我们，他是当年治沙六老汉之一郭朝明的儿子，二代治沙人郭万刚——世上既然有富二代，那也就有治沙二代。父亲走了，儿子接替治沙。沙不退，我也不退！话虽这么说，其中的艰辛和清苦是能说得清的吗？

郭万刚领着我们走进沙漠深处，看沙窝里的柠条、沙梁上的榆树、沙坡上的桦棒。一路看过去，草木们开花的开花、撒叶的撒叶，漠上繁花似锦。桦棒开紫色的碎花朵，淡雅干净。柠条的花也小，薄薄的，似乎吹口气就化了。沙拐枣开着绯红的小花，一粒粒，像绒球一样，晃荡，晃荡，晃荡。

站在很高的沙丘上看很远处，是黄莽莽的绝地，没有生命的气息。却原来，远方没有诗，只有黄沙。沙丘接着沙丘，绵延到天尽头。这绝地，就是腾格里大沙漠。死寂，恐慌，只是看看都相当压抑。不由感慨世界上委实充满了各种各样的艰难。没有水，是沙漠致命的缺陷，教人绝望。

倘若把一群人请进这绝地里去生活会怎样呢？一旦进入沙漠，外观上就分不出高贵还是低贱，分不出有钱还是没钱。全都一样，晒得黝黑，嚼着干粮，满嘴的沙子。晚上趴在沙窝子里，点一盏油灯。无非这样罢了，还想着洗脸？那也太奢侈了。

刚开始治沙，到处苍凉荒芜，就和你们看到的远方一样，根本没有草木。郭万刚轻淡地说道，刮黑风的时候，铺天盖地的沙子，凄凉而惊心。最早种下的榆树，几十年了，它的根系深扎到底层二十多米，耐旱能力极强。

他说得风轻云淡，不提吃过的苦、受过的累。他只说他的草木，看着草木的样子，目光柔软，像看着亲人。

我转到一面大沙梁的后面，沙梁下是碎石满地的一块荒滩。荒滩里亦种了柠条，不很高，被日光晒得枝叶卷起来。柠条根部围起一个小窝窝，浇过水的。现在被太阳晒裂了，张着干渴的嘴。这是沙漠深处，车根本开不进来，想必是一桶桶提水来浇灌的。治沙人的辛劳程度，可想而知。

沙梁上风飕飕刮过来，风是清的，被草木滤去浊气。大片的榆树枝繁叶茂，看上去很有些年头了。树一旦长成这样子就很难枯死，它浩浩荡荡的根会把地层深处的水分提上来，分枝散叶，从容过日子。

我们像一群被轰进沙漠的小鸡，散漫在沙林里，低头觅食。沙漠里的寂静是巨大的，那种空荡荡的感觉把人内心的一点安然慢慢挤走，剩下偌大的恐慌,令人心怵。若是独自来此,肯定待一会儿就狼狈逃窜了,逃得比沙狐狸还要快。可是治沙人,年年岁岁都守在沙漠里,不离不弃。

世间有些事,很难遂意,比如风沙苍茫里的村庄。不过,正因为有太多力不从心的事情,才能称为生活。也正因为碰上种种艰辛,才得以成全治沙人的人生价值。他们是庄稼人,却有君子情怀。他们遵从内心的信义之道,有筋骨有气魄。他们把千万草木种活在沙漠。沙漠里万壑响着坦荡回声。

几万亩的沙漠草木葳蕤的背后,是近十万亩农田得到保护,铁路和公路得以畅通无阻,远远近近的村庄安然无恙,不再被风沙吞噬,不再背井离乡漂泊远方。六老汉的名字,实在应该镌刻在石头上。他们是朴实的中国农民:石满、贺发林、张润源、郭朝明、罗元奎、程海。

倘若八步沙的风沙口一旦豁然洞开,沙尘暴将越过乌鞘岭,长驱直入。你能想到的地方,沙尘暴都可以抵达。千里河西走廊,还有很多六老汉一样的治沙人。因着他们的苦苦坚守,你才有个风清月朗的小时光。

八步沙,八步沙。而今,狂风的咆哮换成低吟。十万草木,妖娆的、袅娜的、阳刚的、豪气的,齐齐拿出主人的架势,号令季节,变,变,变!绯红的、紫红的、淡蓝的花,开,开,开!

远处潜伏的黄风,你曾经捉住我,拔光了我一身一身草木做的羽毛。现在,我要把羽毛长得缸一样粗,椽子一样长,长,长,长!你的侵扰干不过我的坚持,我的清凉医治尘世的浮躁。你的喜怒无常干不过我的枝叶蔓蔓,我的坚韧破解你的极端——曾经大风揭走屋瓦,曾经清霜冻死野羊,曾经酷热晒焦石头。

漠上繁花似锦。坐在草木拂拂的沙滩上,拧开一瓶纯净水,接住这人间清凉的琼液。躬下身,目送一粒黑色的甲壳虫远行。若是一定要我说出最美,那绝不是风景,绝不是!

一个王朝的侧影

▶ 费晓莉（甘肃）

这座江南风格的六重院落带着自己的往事，笔直地坐在丝绸古道的深处，坐在自己的影子里，静雅、古旧，像明清线装小说的一幅插图，远看，古意悠远；近看，古色照人。

院里的一砖一瓦，一草一木，都承载涵容着主人的初心与深情，流淌着明风清韵，是一个王朝转身离去后，留给丝路最后的背影。

它若能开口说话，不知道会怎样表达它的五百六十多年。

一

我从古镇连城的老街上走过来，像经历长途的马，喘着粗气，精神亢奋而步履缓慢地停在这座老衙门前。

五百多年前，我走的这条路是衙门的官道。在一些特定的日子里，连城的百姓是不能走这条路的，扭腰摆胯的牛马等牲畜更是要绕道。

官道不长，也不太宽，但径很深，铺进了明朝的山川，清朝的江河，以及民国的长风里。自我踏上这条路开始，时光开始纷纷后退。

我若生在五百多年前的连城，恰好貌美如花，我就可以依照蒙古族少女把自己打扮起来。漂亮的长袍，俊俏的靴子，短俏的坎肩。我那么袅袅娜娜地在这条官道上一走，恰好脱欢从衙门里出来，说不定能把我看上。

脱欢是谁？一世鲁土司，成吉思汗的后裔，忽必烈的孙子。

早年间，一个沙哑的歌喉唱过一首歌，"成——成——成——成吉思汗——有多少美丽的少女们都想嫁给他呀，都想做他新娘。"

我想，也有很多美丽的少女想嫁给脱欢。

这个元朝的王子，在一次征战中流落河西，扎根在了连城。连城，这个昔日丝绸之路的重镇，唐蕃古道的要冲，因为鲁土司衙门，更显出它的庄重与深沉。

脱欢在明朝初年归顺朝廷，被封为土司。鲁，是皇帝赐的姓。

从此，一个历经明、清、民国三朝，传十九世，历经五百六十二年的世袭土司王朝，开始了它在边关的风云岁月。

二

民间说，天下衙门朝南开。鲁土司衙门的大门也朝南，共有六扇，叫六扇门。

据说，过去每天黎明时，内衙宅门内就打点七下，意思是"为君难为臣不易"。听到这一信号，衙门的各级官员就走出家门，进入六扇门，开始一天的工作。

六扇中间的两扇开着，打开了明朝，或者清朝，或者民国的某个篇章。两边门扇上的门神依然鲜艳。左扇门上是哥哥神荼，右扇门是弟弟郁垒。老百姓从古代神话中选择神荼、郁垒两兄弟作门神，官府也喜欢着。

为把这么大的官衙府第看住，兄弟俩一定操碎了心。

三

穿过六扇门就是大堂。

大堂上，红着肚皮的堂鼓沧桑着脸庞，静立一侧。大堂两侧刀叉钩戟一样都不缺。

这些兵器帮助土司判定这一方水土上的是非曲直，不知道它们是否有时糊涂，干过指鹿为马的事？

古旧的案几上惊堂木静立着，只是再也没有拍案而起的马太太。

马太太是第一任土司脱欢的妻子。据说这个太太厉害着呢。

马太太为扫清丝绸古道，把在河西走廊落草为寇的藏人达管戳只的头颅挂在了乌鞘岭下。

当然，这个衙门里，厉害的太太不只一个。靳万龙先生讲过一个他的家族和最后一任土司太太的故事。

他的奶奶寡居后，小叔子要赶她出门。没办法，她就颠着小脚来敲这面红色的大鼓。鼓敲响后她就跪倒在大堂上哭诉。那个和善的土司太太还陪他的奶奶流了好几把同情泪。之后，太太拍案而起，让人绑来那个恶人，打了几十大棍，着实替她出了一口怨气。

大堂的左右是两个小门,门楣上面分别写着黑色大字"生门"和"绝门"。判了死刑的人要走绝门。他们一定哭天喊地,不愿走这扇门,这扇门上一定抹满了他们绝望的泪。

现在,绝门紧锁着,大锁子锈迹斑驳。

四

穿过大堂,就是如意门。如意,多好的词! 不管是百姓还是官员,都希望过如意的日子。

如意门上的一对鱼,艳丽、生动。这个象征年年有鱼的图案,让衙门一下子接了地气。

五

从如意门进入燕喜堂。

燕喜堂,衙门的大上房,是鲁土司的会客厅和打理日常公务的地方。这个堂上,往来的都是些鸿儒,白丁应该很少。

燕喜堂有一个美丽的传说。

有一年,土司衙门前来了一个僧人,相貌堂堂,神情疏朗。土司把他邀请到燕喜堂好饭款待。土司是蒙古人,摆在桌上的是具有蒙古特色的菜肴。在用餐的过程中,这个僧人有一小会儿的禁言,神情游离。土司以为食物不合他的口味,想撤了重新上藏族饭菜。正在这时,那个僧人又微笑着娓娓而言。

他说,我刚才救人去了。大通河里掉下了一个人,我把他救上来了。

土司面露怀疑。

但见那个僧人从怀中掏出了一个苹果,说,他还给了我一个苹果。

土司暗地派人到大通河边察看。派出去的人回来说,河边有一个卖苹果的人,正在河边晒衣服,他说他刚才不小心掉到河里了,一个僧人救了他。

传说,这个僧人是六世达赖仓央嘉措。

燕喜堂两侧厢房前的石缝里滋长着一些草茎,它们见证了那些瓶梅清风的往事。

当年,衙役们就是在这里喝茶聊天,打发光阴的。

六

祖先堂里供奉着成吉思汗画像。

这个豪放的男人，为了让青草覆盖的地方都成为他的牧马之地，策马奔腾了一辈子，给子孙留下了偌大的江山。

祖先堂前，一棵明代的千头柏依然顽健着，像硬朗的老人。为了给那段历史作证，它可能觉得自己不能倒下，五百多岁了，还努力地活着。

七

东侧是书房，锁着。木格的窗，画出一个个方格，像一张无字的稿纸。只是不知道在等谁来填写。

土司家的少爷们就是在这里读《四书》《五经》，读窗含西岭千秋雪的。我想他们还会读《诗经》。

土司是世袭官职，那些小王子们为了这个官职一定也是用尽了心思，苦学本领，十八般武艺要学，百家经典也是要读的。

但我知道有些鲁王子是读不好书的。

鲁土司是皇亲，为了门当户对，不和地方上的人通婚，到后来就无法避免地在近亲间通婚。最后导致后代中有的愚钝，有的多病，有的甚至瘫了。

最后一代土司是鲁承继，儿子鲁勋病逝后，鲁土司直系就绝了。

我不知道，鲁土司直系一脉的断绝，是不是也和家族的近亲结婚有关？

后面的大马号里，关着一大仓寂静。

鲁土司是武职土司。当年，这里养着一大群骏驹良马，常常气宇轩扬地走在连城官道上。

我想，土司本人肯定有一匹漂亮的白马，常骑着它风一样地跑过大通河。

八

衙门东北是鲁土司的后花园。当地人至今还叫它"官园"。

传说，过去花园里有亭有庙，亭台楼榭，很美。

鲁土司从公堂下来，步入花园时，他一定目光柔和，面色温润，柔软地看着这里的一切。清夜无眠时，土司说不定会来这里闲敲棋子，或斜倚在椅子上，想想心事。

那些能为官园的美作证的胭脂柏、香椿、吊柳等古树早已让马步青挪到青海了。但园里依然花草蔓延，青鸟啁啾，充满了生机。白色的月季、大红的蜀葵、黄色的菊花，开出"不知有汉，无论魏晋"的潇洒姿态。

花园中有三棵老核桃树，植于明万历年间，枝干斑驳苍老，但依然苍劲着。它们一定活糊涂了，以为自己还在明朝，努力活出明朝时的样子。

我想马步青当时一定围着这三棵宝树看了又看。他没有办法把这么老的大树搬走。

园里干活的几个农民说它们能结出很多核桃，味道好得很。

这是明朝的核桃啊，他们品的是明朝的味道。

园子里有一块怪模样的大陨石，褐色。相传这块陨石是七世土司鲁东出生时，从天而降的。据说触摸它可以时来运转。我蹲下来，摸了又摸。

乾隆年间的绿照亭还在。

据说，在农历七月初五，求官的人走绿照厅，官升三级。老百姓走绿照亭，诸事平安。

还有一个八卦亭，供人们喝闲酒，说闲话。

不过，我要是土司衙门的一位成员，要职也好，闲杂也罢，闲酒我是不喝的，闲话更是不说。我就说说草木谈谈庄稼。

一排翠竹靠着花园墙俏立着。苏州留园也有一面竹子墙，叫思过墙。主人做错事了，就面对竹子墙独自思过。不知道这是不是衙门的思过墙，土司做错事情了，就面对着这面墙独自难过？

九

若这些青砖老木还有记忆，它们一定记得正德十四年的那个中秋。

那一天，衙门内觥筹交错，琴箫和鸣，红绸彩灯缀满了檐柱。

那一天，鲁鉴土司的女儿金花公主出嫁，她的郎君是毛浚。

那一天，大明朝御前总管赵公公一行到达鲁土司衙门宣读圣旨，要纳鲁金花为妃，进宫侍驾。

原来西北边塞这个蒙汉混血的美女子惊动了朱厚照皇上。

但公主不去！先是血染罗衫，然后艾灸灼面，最后香消玉殒。

唉，宫廷旧事不提也罢！

十

和衙门一墙之隔有一座寺院，叫妙音寺，古色古香。

我走出衙门的时候，一个中年人从寺院出来，他紧追着一个僧人问，先有寺还是先有衙门？

那个僧人看了他一眼，走了，一个字都没吐。

一群麻雀顺着我的背影径直飞出来，像是土司家族遗留下的穷亲戚，在替主人送我出来，尽着稀疏的礼数。

毛藏：静静的马莲灼灼地开（外一题）

► 贾雪莲（甘肃）

车子一路盘旋而上，像一匹沉静的老马选择它的行程。上升，转弯，转弯，上升。田野层层浓绿，涌了过来，又退了开去。松柏棵棵挺拔，涌了过来，又退了开去。恍若老电影中的插曲，一句句唱起，不疾不徐，却又捏住人的心，不肯松，直叫你滴下泪来。

时值中午，四野明亮而安静，就连远处漫山铺呈的绿中，偶然闪出的一条曲曲的小路，也是寂静的、悠长的，发着白光，亲切，安谧，舒适。

进得毛藏境内，才发现一地三景，可谓奇观。前几日阴雨数天，昨日才放晴，山顶上白雪皑皑，山腰雾气缠绵，山底细雨刚刚滋润过的绿草恣肆而妩媚。

路旁的绿草地盛开着大片大片的马莲花。我的震惊和欢喜从车窗内飘落在最初看见的一片马莲花丛中，想回头再看一眼，第二片又汹涌而来了。不敢再发出任何声音，虔诚地一瞬不瞬地看那一片又一片蓝色的海，不，应该是湖，它们一簇簇呈圆形，像一群舞台上的女孩在大幕拉开前摆出的姿势，仰面朝天跪卧着，白色的裙边，蓝色的裙衣，嫩黄的花蕊。

那蓝，不浓烈，却又饱满，似要从这河畔、这山间溢了出去，奔向一个有诗歌有文字的远方。那花，不艳，却又灼热，烧得整个山谷都在歌唱，唱着那种揪肠扯肚的、属于藏民族的无字歌谣。

毛藏乡政府到了。远远看去，一座小小的红屋顶的四合院，房顶上冒着淡淡的青烟，院子里有草，也有几墩马莲静静地开着。两鬓花白的乡长，抽着他的香烟，翻着他的《乡镇论坛》，守着他的阵地，唱着他的山歌，和者甚少。

毛藏河上是一座古老的木板桥，两边有粗粗的麻绳，缺了几块板，水不时呼啸着从空缺处拍上桥来，惊心动魄。桥下的水，是湍急的，却不聒噪，一如这广袤的山野,既有着自然的大气灵动,也带着一种雄性的容让和豁达。如此,走在桥上的人,心便安了。

河两岸的草齐藤深,状如孺牛的石头静卧其间。目光所到之处,都能看见淡蓝的马莲在浅笑,仍是那种浓烈的沉静的美,仍是那种乖巧的明媚的蓝。站在马莲丛里,我骤然间恍惚了,她们是我前世的相识么?前世的我,莫不是一块湖蓝色的石头,曾陪在马莲花的身畔,冬春默默守候,夏秋相得益彰?

而如果我真是一块石头,曾卧在桥下的哪一处呢?又是哪个爱石人,捡了我,洗濯、打磨、上蜡,将我带到了人间?人,总是有太多的欲念,要掘尽世间的一切置于私囊,殊不知,万物只有在大自然中呼吸、吐纳,方得灵气,方可天长地久。而人,又怎能久得过山间的一根草、一块石呢?

爬上山顶,整个峡谷尽收眼底。远处,白色的毛藏寺寺院的墙,白色的圆顶的佛塔,在缓缓流动的暮蔼里静谧而又神秘。

山里的夜晚,就这样从容地来了。一条狗,偶尔吠两声,几个围彩条头巾的农妇弯着腰,在炕洞门上,点燃了一家人的温暖。山外红尘万丈,山里的日月依然这样恬淡、禅意;山外春风十里,山里的时光依然凝滞、稠密,亘古不变。

静呵,真的好静。我真想趴倒在某一块石头上,聆听它转世而来的心语;真想匍匐在马莲丛里,亲吻它数万年不曾改变的音容;真想赤足走在山野里,感知母乳般芬芳的泥土……

夜宿一户农家。屋子并不大,火炕却是早煨好了的,大花的床单温暖而又洁净,让人一看就顿生睡意。盘腿坐在这样一张炕上,我希望自己是一只猫,蜷缩在任何一个炕旮旯里,或某一个人的腿弯里,沉沉睡去。

邻家一位大眼睛黑皮肤的大嫂来串门,和几个男客划起拳来。眼神凌厉,声音很大,卷起袖子很卖力地出招、收招,一"庄"过下来,额上已有豆大的汗珠滴落,却怎么也不肯摘下她葱绿色的头巾。赢酒了,什么也不说,抓起盘子里的酒杯就喝,头一仰,一杯酒,脖一梗,又是一杯酒。其酒风之豪爽,喝酒速度之快,让所有在座的男士汗颜。

夜,那么黑,那么沉,躺在炕上,人如掉在不知底的湖水里,心却是瓷实的,恬静的。

主人家的女儿梅梅跟我睡在一盘炕上,炕桌边有一只简易的花瓶,瓶里插着一把马莲花。她说,原本有个哥哥,给刚才划拳的大嫂家拉土时,被突然坍塌的土方压死了。他要是活着,也该二十五岁了。而那位大嫂从此就把自己当作梅梅家的儿女,常来帮着干活。我忽然明白了梅梅父母那无法掩去的惆怅和孤独,也明白了大嫂的拼命和沉默。梅梅却说,没关系,哥哥没有了,还有我!

三巡酒过,大嫂告辞离去。我对门外脚步"橐橐"的大嫂,对身边憨甜的梅梅,对瓶里那捧含苞待放的马莲,对毛藏河边伏卧的大大小小的石头,默默道了一声晚安!

毛藏的早晨,来得是那么早。四点多钟,晨曦就涌进窗来……

天堂寺：匍匐在佛的脚下

听经的羔羊

天堂寺，我是你前世丢失的羔羊，在细雨里向你走来，匍匐在你的殿前，只为听一句大经堂浑厚的诵念。

寺前的"和睦四瑞"在雨中低垂着头颅，含笑不语。鹧鸪鸟、山兔、猴子和大象，相敬如宾，和睦相处。我从它们身边走过，不敢惊动佛的善果。和谐，是佛的启迪，更是人类生生不息的追求和理想。

佛灯摇曳，桑烟缭绕。天堂寺，大经堂，一双金色的羔羊跪卧在金顶之上，蓝天之下，细雨之中，侧耳，眼望沧浪的大通河，眼澈神明。经堂顶的雨滴，是佛手中捻动的佛珠，一滴滴散落前生的因果，转动今世的安念。经堂顶的羔羊，是万千华锐儿女虔佛的心影。

诵经声声，冲破金顶。听经的羔羊，你跪卧在佛的脚下数载，亲受佛的雨露，可曾见大经堂前老人手中发亮的念珠和膝上的补丁？可曾见千佛殿磕长头的妇女眼中的泪水？

法轮转动，白海螺吹响佛号，八个白塔待命寺前。

我也是一只听经的羔羊，每走近一步，就如一滴雨，渗入佛脚下的土地。

千佛殿的灯芯

宗喀巴，你木质的真身，银质的音容，金质的眼神，在云端之上，亦在众生之中。

来自唐朝的莲花，高傲雍容，立于佛的身后，不肯低下头濯一濯尘世众生。几千年来，谒佛的弟子，感受到了佛的温暖，却未曾触摸到莲的温度。

我来朝拜，却不敢抬头。一万盏酥油灯肃穆端立，在佛的脚下明明灭灭。缘起即生，缘去即灭。藏族儿女心中向善崇真的佛灯，千年万年，从不曾熄灭，不曾油竭。

金黄的灯盏，金黄的酥油，一段洁白妖娆的灯芯。佛啊，你永远向下的金子般的眼神，将我融为佛堂里一段双手合十、百般缠绕的灯芯。

千年的梵音，将酥油灯的灯芯渡为轮回转世的细腰女子。她点燃自己，开作尘世里未生的花朵。明媚摇曳的女子，舞动佛经里莲的姿态，一瓣瓣飘落的不是长袖，不是泪水；是真经，是风马，是佛号；是高原的雪花，是一万个朝圣者跪拜的虔心。

其实，我就是那千佛殿里最安静的灯芯。

圆形的故事

天堂寺的壁画，传承整个藏传佛教厚重繁绚的历史。你需要低下头颅，膜顶它的色彩。历史的手掌，抚过你蒙尘的头顶和心灵；宗教的真理，解开你混沌的眼眸和天性。

所有石质、金质、木质、水质的颜料，所有暗红、湖蓝、玄黄、沉绿的色彩，都为解析和浸透宗教的感召，描摹珍宝的瑰丽和神韵。

唐卡，是佛的弟子剖开的心。心丝细密、情感柔绵，需要更宽广的胸怀去感知和膜拜。

沉沉垂挂的卷轴，密密地讲述着佛祖的宽容，菩萨的怜悯，人的企盼、挣扎和最终的归属。六道轮回、十二因缘，生死流转、善恶之业。巨牙獠齿的不一定是恶，轮转不息的却一定是善。日月星辰、人间万象、爱恨情仇，一切都同时发生，有缘有由，无始无终。

白度母，菩萨的眼泪，雪山般洁白的七眼佛母，月光般清净，无垢光明，照耀世间。

藏八宝，宝伞、金鱼、宝瓶、妙莲、右旋法螺、吉祥结、胜利幢和金轮，佛的牺牲，佛的威严，代代相续，生生不息，护佑雪域儿女吉祥如意。

吹过金顶的风

风从雪山来。路过莽莽高原，路过大通河，吹进峡谷中的天堂寺。

风吹过八瓣莲花山，吹过马耳山，吹过八吉祥徵，吹过小布达拉，在释迦牟尼殿金顶之上久久盘旋。

金顶的风，听过许多传说，但它从不愿复述。"毒龙"、"却典堂"、龙驹驮宝、文殊宝剑、一百零八座镇龙塔、天堂八百僧、神龙石……它选择和寺院保持一致，安静、肃穆、干净。吹过金顶的风，它的盘旋，就是佛经的诵念。它转动"玛尼"石磨，淙淙流淌"六字真言"；它转动万千个羊皮包裹的转经筒，"嗡嗡"传唱吉祥圆满；它拂过万千个玛尼旗，轰然作响，地动天摇。佛悯苍生，幸福安康。

在风中跪拜的信徒，听到了最真的经义；在风中行走的石头，幻作守护一方百姓的神灵；在风中滔滔奔腾的大通河啊，滋润方圆千里土地肥沃、苗青木郁。

金顶的风，请拂过我的头顶。

散 文

张瑞（山东）

赵丰（陕西）

唐仪天（甘肃）

欧阳云照（广东）

秦不渝（甘肃）

晓荪（甘肃）

赵武明（甘肃）

吴晓明（甘肃）

丝路观陶

▶ 张　瑞（山东）

中国文化，用"华夏文明"来命名，本身就是一种象形思维的聪明。

单从字面来看，华者，花也。夏者，一只斑斓的兽皮。如此，华夏二字，从字形上就在诠释着一份文明的特质，简而化之，可谓花纹与兽纹。

这其中，华所喻示着的是中原的农耕文明，采摘为业，安适、悠闲，故而尚静。夏所喻示着的是游牧文明，驰骋狩猎，血性、追逐，故而尚动。如此，一静一动，一雅一烈，相容相吸，故成华夏。

用了这样的观点，顺着地图上的那条狭长的走廊看过去，这块如此富有曲线美的土地，妖娆而又曼妙地在"华"与"夏"的衣襟上系上了一条婉约的丝带，由此，文明在这里混血，文明在这里闪现出一种斑斓的面目——于是丝绸上闪烁的光影，瓷器上漂浮的写意，佛脸上的大派雍容，洞窟里前世与今世的欲望与超脱，还有那飞天的幻影啊，那驼铃的叮当；那崇山间的客栈，那亡命天涯的刀客……这一切的一切，无不在诠释着这块土地上的血脉与烈性。还有那些绵延的山，那些绿了黄黄了荒的大漠啊，孤烟直，落日圆，地老又天荒着。这样的地脉，生产出生命，那生命必得是韧着；生产出文化，那文化必得是炫着；否则，怎么对抗得住这自然强大的气势？也如此，再没有什么会像这块土地上的事物那样，别有那份健气勃发的飒爽之气——是一份血性而斑斓的特质。表现在文化上，那气质里便多了一份激荡与朝气，有一种蓬蓬勃勃的生机在里面。

这种感觉与印象的引发，是来自于陶器，丝路上的陶器。

甘肃的陶器，颇有些大名鼎鼎。从类属上看，当归于马家窑文化，属于陶器的鼎盛时期，故而那作品是那种有着极强的时空之感，极易引发出旷古幽思的那种。这种情怀，再配以甘肃特有的翠的山、碧的河、蓝的天、白的云、旷的野——简淡而空旷的自然生态，配了那些伊斯兰风格的色彩与装饰——把色彩用得如此的喧哗本也似乎是为了对抗一种旷古的静谧,就仿佛是特有的一个气氛。是可以用来配了陶器,以及它所衍生出的神秘之感的那种气氛。

说到陶器,我们的祖先对其仿佛有一份特殊的喜好,品种繁多,多处可见,本也不见得稀罕。但丝路上的陶有它让人稀罕的地方,是一份特质——对美的那份独到的理解与表达,于"形而下"的器具与"形而上"的哲思之间的那份很适宜的处理,这使它别具了一份魅力。

这份魅力,首先体现在它的诗性气质上,体现在它对形态之美、装饰之美的追求上。

看一只古陶罐静默在光线里,本身是一件很耐品的事情。尤其这件陶器有着极富韵味的线条与形态。那是一件叫"瓮"的陶器,腹部极度地隆起与突出,却并不臃肿,腰间有两耳,似乎在彰示一份认真的聆听,又因了这聆听的姿势的用心,就更添一份静谧的古雅之气。那样的一件叫了瓮的器具,仿佛需要一个围着花布围裙的姑娘顶在头上,袅袅婷婷地走过野花灼灼的集市,芳香的背影会让一条喧闹嘈杂的集市沦为背景,多么芬芳的姑娘!这集市应该是那个叫斯卡保罗的集市吧?这时光,应该是那样的一个散着紫色迷雾的早晨吧?而这一件,要小巧些,浅一些,是一只叫"罐"的器皿。似乎有点像鲁本斯画中那个丰腴新鲜的女子倾出泉水的那只陶,抑或是适宜了一个脸蛋红扑扑的姑娘,包着蓝印花布的头巾,沿河取水,抱罐而归,恍惚间打了一个照面的那件?还有那种叫了壶的,气质上似乎淳朴家常一些,箪食壶浆,装了浆水,田间地头,是寻常日子里的温暖。而瓶,似乎要贵气了,细而高挑着,摆了来看……

这样的一群陶,尽管光芒似乎已经收敛进了岁月的深处,但它们呈现出的那种形态之美,有一种安详而娴静的气度,有一种浑融而恰当的圆润。仿佛是一群女人的身体,如此的丰润与饱满,如秋后累累的果实,洋溢着生命的喜气洋洋。

这样地来塑造着形态之美,想来是一种古老的原始的审美眼光,里面有着对饱满丰腴的极度偏爱,对曲线的刻意逢迎,对生殖的极度崇拜,对感官的激情渲染。因为想来,抟土造型,本是一种极有意味的形式。西方宗教里,上帝取亚当的肋骨捏出了夏娃。东方传说里,女娲抟土造人——土与人的血肉似乎天生地有着一份相通。于是,那个抟土的过程,本身就包含着一种创造的快感,一种生命被塑造的欣喜。于是我想,当一个工匠面对着一件陶坯时,那感觉应该像极了捧着自己心爱的女人,像极了捧着一根肋骨去再造一个生命,而且这个生命与自己血肉相连。也许正因了此,那些陶器会呈现出一种女性的气质——这是一群男人眼中的女人,一种旋转而造就的初生,秀美而洁白。

想起那部经典的美国电影——《人鬼情未了》,女主人公莫莉专注地做着陶艺,男主人公山姆在身后相拥,陶坯瘫塌成泥……从新来过,旋转的木轮,细高的陶坯再次成型。塑造、创造、激情、短暂相拥的爱情、人与鬼的相隔……旋转,眩晕……oh,my love,my darling……深情的渗入灵魂的曲子响起,淹过来。

此时此景,也许再没有什么,能像一个制陶的过程那样可以诠释那种水乳交融生死也相容了的爱情;也许再没有什么能比得上陶器,以它的隐喻与象征,诠释这冥冥之中的感知。

是的,这世界上有很多事物是充满着灵异的,比如说生命、存在,还有爱;比如说时空、永恒,还有灵感;很多是没法解释的存在,以它特有的方式在拒绝着理性和凝重,在释放自由与自如。这样的一种方式或存在,如同一个隐喻或者象征,它存在,便不复只是一个形体的存在,就像一只古陶器沉落在时光里,总有一些灵性的气质闪现。

而造出这件灵性之物,需要有好的技艺与眼光,更要有好的情感。据说,一个好的工匠的境界是:心里有陶,目中无人。只有投入全部的身心,葆有纯粹的情感,那陶才会具有灵性与神采——中国的器物文化里就这点好,它们有着一种神奇的力量,能在最低的层面上完成一种功用性的功能,同时又能在精神的层面上葆有一份升华了的境界。这真是一份奇妙。

是的,当万物有灵,当世界不仅仅是一个功用性的存在,当一个精神的世界被创造出来并且被敬畏着,还有什么能阻挡得了那个亘穿千古的目光?还有什么能阻挡一个走向永恒的愿望?

有时候我们真的不得不叹服这种灵性,和这种灵性身上的力量。尤其是当人类陷入一种技术与科技的操纵中,当世界已经物化成一个生硬的存在,我们是否看到了一种来自远古的呼唤与冥想,听到一种心灵的节奏与韵律?

只有踏上了这个节奏与韵律,那些美丽的陶的形体,才会以一些旋转的曲线呈现一种生命的律动。也只有踏上了这个节奏与韵律,那些陶上斑斓的花纹,恣肆着血脉贲张的狂野,而呈现出繁复与华丽的气质,才有一种与天地共舞了去的虎虎生气。

前面说过,较之华族,夏族的文化特质是动感血性的,这份特质,在甘肃陶器的纹饰上就有着极其淋漓尽致的表现。

粗犷的线条,豪迈的笔意,大手笔的圆圈,旋转感,这似乎是甘肃陶器纹饰的主旋律。这种风格马上会让人联想到印象派大师梵高的《星空》,那种旋转感,那种天地相依相融的通一感,那种人仰望星空的敬畏感,那种有一种神秘的力在驾驭时空的宏大感,与甘肃陶器上的纹饰,穿越着时空,有一种不谋而合的感应。我想这种感应应该来自于一种相同的精神气质,一种可以融化不同时空不同种族不同文化的精神气质。是来自于一种承载着冥想与哲思的心境与追求。

当天空雷霆滚滚,当闪电撕裂天空,当大雨倾盆、天地混沌一片,这些天地间的生民,以他恐惧而满含敬畏的眼睛望着天地,灵感同时降临。他们以生命之初的眼睛,看到了这种激烈的冲撞之中蕴含着的力量以及生命的诞生过程,他们又仿佛通灵一般地感知着生命诞生与生长的疼痛与欣喜。从某种意义上,他们都是诗人,是通灵者,是灵性的存在,是通晓宇宙秘密的哲人。他们把这种力量视为神明而顶礼膜拜，由此，一种原始而天然的宇宙观，与一种充满诗意的哲学思考，以线条的形式在表达，在宣泄——那些舞蹈着的花纹啊，那些飞舞着的线条！

天地氤氲，万物化生。

阴阳至和，云化雨生。

刚柔有体，以通神明。

头上的朗朗天空寓意神明，雷电云雨喻示生命不息，天地化育万物的欣喜，要以一种虔诚的态度去歌颂。于是，化形于罐，那些飞舞的线条，是雷声与闪电的舞蹈；那些缀满纹饰的陶器，包容着我们寄身于此的时空。于是，一件陶艺的成品就是一种对宇宙的言说，多么让人惊奇的言说——多么神秘而神奇的言说！

当然，这种蕴藏在花纹里的哲学气质，不只体现在这些动态感十足的如雷的圆圈纹与如闪电的锯齿纹上，还有一种看上去简练一些的"回"字纹，也有着一种通透的明慧。不同于那些对曲线的痴迷，回字纹饰更多的是用一种直接的线条，陡直的拐弯，刚硬而绝决，这是一种更为直接的表达，甚至去掉了修辞，只说事情本身。回，封闭、循环、归一，又看不到始终，思维里的明慧里其实有着通透的悲哀与悲凉。

欢快一些的倒也有，比如那个很著名的舞蹈纹，一群舞蹈着的人，手拉手，扭动身躯，动感、释放、单纯，他们被一种神奇的节奏控制着，以致有一种飞腾之感在产生，轻盈的飞腾，可以走出躯体的羁绊，成为符号的那样一种飞腾；被神秘的巫术力量与强大的精神力度而控制的飞腾。

还有一种，就颇具生活情趣了。不像上面的那些有一种形而上的气质，看上去写实的成分要多一些，是一种叫"人神纹"的，绘着一个写实的人脸，手脚是比较符号化的蛙形，但身体的表现却很诡异，仿佛是披着件披风，也仿佛是一对如蝉翼般透明的翅膀，一个长着翅膀的人！一个要飞的人！——多么稚气天真的思维，又是多么新鲜的喜悦！

还有一个场景，似乎更写实一些，是一个播种的人，好看的是那种子，极其夸张地硕大着，扬了满天，有一种膨胀的感觉，种子生长的感觉——多么丰沛的金黄色的快乐！

当然，让人印象深刻的还有水波纹的奇谲之气，菱形格的雍容华贵之感；还有鱼纹的滑腻自如，网纹的精细跳跃……这些纹饰，它们飞奔相舞，它们粗细相刚，它们交错对比，它们以一种充满律动感的节奏，在传达一个种族血液里的烈性与活泼，快乐与强健。

也正是因为这些形态与花纹，这些情感与感悟，这些活泼与刚健，一件陶器在获得一种生命的气息，在超越它的实用的功能而具有了审美情愫与哲学思考，于是形下之器与形上之道如此浑融地成为了一体。

一件陶器笼罩在时间的光晕里。爹，朝天敞开，这是一个吸纳的姿态；大肚，包容相囊,这是一种容蓄的样貌。如此,也许再没有什么可以像一只古陶器一样,如此生动而象形着时间感与空间感。也许再没有什么可以像一件古陶器一样,既是承载之器,又是灵性之皿;既可外秀于形,又能内涵于质。

在一群古陶罐间行走。当我们相望,我们的眼睛也许会迷失于时间的旷野;当我们驻足,我们的脚步也许会停滞于空间的荒凉。当我们抬眼一望,当看到一只只古陶罐沉静于时光之尘,它们的身上有经火淬炼后的冷静,有蒙尘打磨后的超然。当它们以一种高蹈着的精神、舞动着的灵性于时光中脱颖而出,实际上,我们看到的是一个个血肉丰满的生命——承载着文化的特质,承载着生命的精华与精神,在为那些美而痴迷,为那些神灵而舞蹈,为那些生命之为生命本身的光彩而绚烂,为那些伟大的创造而呼喊和高歌。

如是,陶,可观。观之如观女人,如观自然,如观宇宙,如观生命,以及生命的斑斓光彩。

如是,丝路观陶,是美的巡礼,亦是关于生命的哲思。

西出阳关无故人

▶ 赵　丰(陕西)

　　西出阳关，是一种孤独。少年时不懂得孤独，喜欢"劝君更尽一杯酒，西出阳关无故人"这两句诗，那时只知道这是朋友间殷殷的牵挂和眷恋之情。如今读来，却另有一番复杂的滋味。那时很好奇，阳关在西边什么地方呢？怎么出了阳关就没有朋友了呢？现在想来，岂止是没有"故人"，出了阳关，怕是连人也少见了。"渭城朝雨浥轻尘，客舍青青柳色新。"在春天的一个早晨，王维送别他的朋友，离开帝都，前往荒远的安西，是谁的孤独蔓延？

　　前些年在女儿的影响下开始听音乐，无意中喜欢上了张楚的那首《西出阳关》，悠远，清澈，悲悯，凄凉，是一种渗入灵魂的力量。

　　张楚，看上去总是带着一个大孩子的天真和落寞。听这首歌的时候，很奇怪，总会想起他那张并不是很帅气的脸，有几分孤寂的凄美。在静谧的环境里谛听，所有的声音都淡去了，音乐很低沉，歌声带着一种冰凉的黯然轻轻袭来。

　　我坐在土地上，我看着老树上，树已经老得没有模样／我走在古道上，古道很凄凉，没有人来　也没有人往／我不能回头望，城市的灯光，一个人走虽然太慌张　……

　　我站在戈壁上，戈壁很宽广，现在没有水，有过去的河床／我爬到边墙上，边墙还很长，有人把画，刻在石头上／我读不出方向，读不出时光，读不出最后是否一定是死亡／风吹来，吹落天边昏黄的太阳……

　　这就是阳关，是我心中感觉到的阳关。老树，古道，戈壁，远古的河床，斑驳的旧墙和墙上不知是什么时代留下的那些读不懂的符号，是这些具体的物象，更是凄凉、空阔、四顾茫然的生命背景，是仓惶孤独的生命本质。风吹，日落,生死存亡是否发生过?

对阳关的悬想,成为生命里的纠结。

站在猎猎的风中,眼前戈壁无边,哪里是阳关呢?是缓缓的山包上那个方形的土垛吗?一种孤独的共鸣瞬间让我亲近了它。

昔日的阳关城已荡然无存,仅存这座被称为阳关耳目的汉代烽燧遗址,无言安坐在墩墩山上。它什么也不说。它忘记了吗,曾经繁华热闹的过往?

阳关博物馆,展示了阳关的辉煌历史。公元前二世纪时,西汉王朝为抗击匈奴,经营西域,在河西置武威、张掖、酒泉、敦煌四郡,并设立了阳关和玉门关,从此阳关成为通往西域之南大门、丝绸之路的咽喉,地理位置突显重要。在久远的历史岁月中,阳关都与汉武帝拓疆、张骞出使、霍去病出征、李广利伐宛、玄奘取经等风云人物、历史事件浑然一体,不可分割。自西汉以来,阳关是古代兵家必争的战略要地,许多王朝都把这里作为军事重地把守。在中西方贸易往来上,阳关又是通商口岸,东来西往的商贾、使臣、僧侣和游客都在这里查验身份证,交换牒文,办理出入关手续。在阳关通往西域的这条古道上,曾经商队络绎,驼铃叮咚,可以说是当时世界上最繁忙的一条路,被历史学家和文学家称为"阳关大道","你走你的阳关道,我过我的独木桥"之说,大概来源于此吧。

可是宋元以后随着丝绸之路的衰落,阳关也因此被逐渐废弃。

眼前,没有城垛,没有商贾和驼队,也没有繁忙的贸易,听不到驼铃叮当,只有茫茫无际的沙漠和一个废墟,只有成群的游客喧嚷地拍照留影、汽车的鸣声。我仿佛听到阳关在说:"热闹是他们的,我什么也没有。"我懂得它的孤寂,那不是抱怨,是淡然。

想当年,年轻的阳关,曾经多么威风八面。而那些后来缔造了它的人,也正富于春秋,汉武帝刘彻 19 岁,张骞 27 岁,霍去病 17 岁。是天意吧,赐予大汉这样的君臣,武帝锐意图强,张骞主动请缨,执节探险,霍去病铁骑怒出,击退匈奴;他们相得相能,彼此信任、支撑,把汉帝国带到了一个开疆拓土、威仪天下的强盛时代,并从此奏响了中西方文化交融的伟大乐章,流传千古。

风在呼呼掠过,是它带走了昨日的辉煌吹老了阳关吗?

墩墩山上的汉代烽燧,为景区制高点,被称为"阳关耳目",它是阳关的历史见证。

距烽燧遗址不远处的古董滩,还残留着历史的痕迹。一位当地的妇女指着烽燧下眩目的平地说,那是古董滩。进了古董滩,空手不回还。这是当地人的说法。古董滩因地面曾暴露大量汉代文物,如铜箭头、古币、石磨、陶盅等而得名。据说以前经常可以捡到西汉钱币与别的器物。它现在拉着铁丝网,受到了保护,否则淘宝之徒会频频光顾。

现在只有一望无际的沙滩,沙丘纵横,一道道沙梁的砾石平地,呈现似锈铁一般的红褐色。当我垂下头,伸长脖颈,并没有看到什么钱币、箭头甚至陶片,只有房屋、渠道等遗址依稀可见。据说古董滩的面积约上万平方米。1972年酒泉地区文物普查工作队勘察古董滩四十道沙梁后,发现了大片版筑遗址。经挖掘、测量,这里的房屋基础排列清晰整齐,附近有断续宽厚的城堡墙基,还出土了大批遗物。从遗迹及文物分布来看,古代这里是一个十分繁华的地方。考古学家根据史料考证,认为现在的古董滩就是古代阳关的关城所在地。至于阳关何时何因被掩埋,至今无从考证。

西出阳关,阳光从车前挡风玻璃直射进来,照得我眼睛生疼,看什么都是紫红一片。恍惚之中,我仿佛看到取经归来的玄奘大师正踽踽独行,迎面而来。一千多年前,在这条路上走来了一个特殊的行者,他就是赴西天取经从印度归来的唐玄奘。唐太宗命令敦煌官员和百姓到阳关去迎接这位历经"八十一劫难"的高僧归国。阳关路既无鸟迹,又无兽迹,充满了一种绝代隔世的荒寂。高僧一个人的取经路,一定充满了艰辛、凶险和孤独,但他毕竟归来了。

阳关归来是安全、繁华和人世的温暖;阳关外是无边际的黄沙,曾经意味着征战、孤寂和一去难回。多少将士曾在这里戍守征战,留下了"古来征战几人回"的悲怆。阳关是别离,是老死不得相见的悲怆。戈壁上的黄沙永远望不到尽头,回头频望,徒增加倍的辛酸与无奈。西出阳关,就永别了回头望的幸福。何苦回头?

长长高高的边墙,带着一种隔断的象征永远耸立在视线的尽头。

君王,臣子,士卒,商旅,僧徒,谁的孤独不孤独?谁的孤独历经长夜开出灿烂的黎明之花?

出阳关向西,是鄯善、于阗,过葱岭,可以至安息,今之伊朗。向着未知的世界,不断地走出去,突围,孤独的生命才能不断丰富从而得到慰藉。刘彻,张骞,霍去病,阳关……曾经年轻的梦想,曾经执著的身影,曾经辉煌的历史,都是孤独最好的诠释。

阳关是一座被流沙掩埋的古城,阳关,是怎样的凄凉?风吹来,吹落天边昏黄的太阳。恢弘的音乐如风灌耳,带动人的感叹情绪。风吹来,吹落天边的太阳,朝阳起又落,落之后必然又将升起,我们无可避免地都将混入处于历史惨淡的洪流中,成为过往。

长河落日,大漠孤烟。孤独是美丽的,正如忧伤是美丽的。阳关,一座被历代文人墨客感慨万千、写下不朽诗篇的古城,更是一座被宫廷乐师谱曲吟唱的古城。唐人诗歌被谱入乐府,成为唐代流行的歌曲。《阳关三叠》是唐人根据王维为送友人至阳关外服役的诗谱写的一首琴歌。入琴曲后又增添了一些词句,加强了惜别的情调。据清代张鹤所编《琴谱入门》的传谱,全曲分三大段,基本上用一个曲调作变化反复叠唱三次,故称"三叠"。白居易最早给《阳关三叠》诗题作过注,而且他在《对酒五首之一》中说:"相逢切莫推辞醉,听取阳关第四声。"后来,苏东坡在《东坡志林》里说:"余在密州,有文勋长官以事至密,自云得古本阳关,其声委婉、凄断,不类向之所闻。每句唱而第一句不叠,乃知唐本三叠概如此。"

离别之时，一曲《阳关三叠》，一唱三叹，千回百转，道不尽的绵绵深情。

　　伫立在沙丘上，我默诵着王维的诗。也许如此能近距离地感受阳关的寒冷，想象古时的凄凉，可我无论如何也作不出比王维等古人更精彩的诗句来。我一直以为，唐诗的境界是后无来者的。阳关这片古遗址，就这样无限悲凉地横亘在风沙之下，站在死亡与悲壮、黎明与黄昏之间。

　　向西南行，丝路南道在层峦叠嶂中蜿蜒延伸。附近的沙漠森林公园林阴茂密，古木参天，暗泉、溪流潺潺流淌。远处，阿尔金山白雪皑皑，戈壁浩瀚，大漠苍茫。不远处，汉晋墓葬群星罗棋布。深远、厚重的历史和雄浑壮美的自然，此刻，如此浑然一体地呈现在我的眼前。阳关古道上传来驼铃声声，那是从两千年前的时空随风而来；风云变幻，夕阳古道，黄土蓝天，见证着每一个生命的孤独前行，无论尊卑，他们都不屈地行走在荒凉和希望里。

　　又想起了那个张楚。沉浸在他的歌词里，我思索着：所有的一切都将逝去。老树会在某一天倒在崎岖不堪的古道边上。孤身上路的人在某一天会走不动，坐在地上直至某一天死去。所有的一切也许会被重新建起。戈壁会在某一天变成绿洲。远古的河床上会重新淌着甘甜的水。斑驳的砖墙会被推倒重新建起。古时候的符号终会被解读。

　　孤独的个体生命终会消失，它会被历史掩埋或者遗忘，凄迷和悲凉的一切会被另外的情感所替代。但它会或隐或现，融入人类历史的长河中，继续流淌。

　　西出阳关，带着自古以来文人们一脉相承的那种特有的孤独和忧伤。

　　我突然发现，我还是幸福地活着。

　　阳关，穿越了2000多年的时光隧道，在我的心中留下了一首千古绝唱。

遥听天堂的水声

▶ 唐仪天（甘肃）

天堂的水声响了。

自祁连山的冰肌玉骨，带着雪的轻盈、冰的高洁、雨的机敏、山石的刚强，点点滴滴、潺潺涓涓、叮叮咚咚，汇成一条条活泼泼、清朗朗的小溪，唱着、笑着、挤着、涌着，走出蜿蜒跌宕的千曲百绕，汇聚成一条石羊大河，汹涌澎湃、大浪滔天，卷起千堆白雪。她以万马奔腾之势，以雷鸣地震之声；以千年万年的不停不歇，以锲而不舍、金石可镂的执著，向北，向着北方奔流而去。

她像一柄锐利闪光的银色之剑，劈开腾格里和巴丹吉林亘古的缠绵，涤荡出一块狭长舒缓的平原———一个绿茵扑地、碧树参天的沙漠绿洲。平原上溪流纵横、湖泊星罗、绿柳依依、碧草萋萋。翔的、奔的、游的，各种各样的动物，在这天堂般美丽的家园里自由自在地生存着、繁衍着……试想，那时候的石羊河是何等的窈窕和美丽啊！

历史上的民勤绿洲，大河轰鸣、溪流潺潺、泉水叮咚、古木参天、牧草萋萋。天堂般美丽的家园不能没有这汩汩、琅琅复哗哗的水声啊！我仿佛看见历史那头的水以排山倒海之势，以雷鸣风吼之声，以翡翠碧玉之质，以堆银簇雪之色，向我扑来，向我扑来。

2002 年 5 月 2 日，我来到石羊河下游的一个地方。这地方史称猪野泽，经过千百年的自然萎缩，渐次演变成白亭海、柳林湖，而今我们称她为青土湖。

此地再也寻找不到壮丽景观。曾经葳蕤葱茏的柳林不见了，曾经碧波粼粼的湖水不见了；曾经玉树临风般的苇林不见了，曾经人烟辐辏的景观不见了。良田沃土因干旱而龟裂荒芜，村庄变成了残垣断壁的废墟，人因上游河流的枯竭和地下水源的严重恶化而无望地游走他乡，变成了新世纪的盲流。

在一个名叫志云的村子里，我们没有寻到一个人，一排土夯板筑的农庄寂静地蜷伏在黄土上默默发呆,像个沉浸在美好记忆中的老人。有一家的庄门用土坯封砌了,门前横一根七拐八弯的沙枣树,门楣上发白的联额写着"迎春祈福"四个字,显然春是迎来了,而祈求的福祉却成为遥不可及的梦幻。

我立在残村的断垣之上极目远望,整齐的土地和沟渠已被旱生的荆棘侵占,麦秀豆香的情景已不复存在。偶尔能望见的生灵只有骆驼,在荒野上出没采食。

荒野连着荒野,孤村望着孤村,给人一种"黄鹤一去不复返"的苍凉。不忍卒睹的现实,让我惴惴不安;不忍卒睹的现实,让我如卧针毡。我仿佛又听到了天堂的水声⋯⋯

那时候,古老的月氏人生活在流光溢彩的石羊河畔,他们像亚马逊人一样过着自给自足的生活。农、牧、渔、猎,无论哪一种生产方式,都可以让他们过上丰饶富足的生活。后来,北方的匈奴逐渐壮大起来,他们发起一场场血肉横飞的战争,占领了这片觊觎已久的汪洋水泊、森森绿洲,成就了休屠王梦寐以求的恢宏大业。

就因了这方水土的丰饶和美丽,引发了一场场群雄逐鹿的战争,推动着朝代更迭的步伐。光阴似箭,岁月如梭,我们的先民们在这里锻造了无数次的鼎盛和辉煌。连古城、三角城、沙井文化、汉墓群,不用掀动那发黄发霉的历史,我们也能想象曾经的风光。今天我们捧读着先民们留下的石斧骨针、青铜器、秦砖汉瓦、断碑残碣、锈剑腐镞⋯⋯就能领略当年的文明和发达。

遥想一个个倏忽而过的历史时期,潴野泽、休屠泽、白亭海、柳林湖、青土湖,在它们相应的时代里渐次诞生,"泽"也罢,"湖"也罢,都能让我们聆听到那清明悦耳的水声,都能让我们窥见当时的烟水苍茫。

那时候,莱菔山像个亭亭玉立的少女,被西大河汇注而来的水千缠百绕,青山倒映绿水,绿水簇涌青山,云雾山岚,如在画中。山因水而灵秀,水因山而动人。方圆几十里的青土湖,水光潋滟,绿波荡漾。水上古拙的木舟荡开如玉的清波,蓑衣的渔者摇动着简陋的桨板。湖畔如竹的芦苇,幽邃而深密。到了雨季,如柱的雨水自天而降,如万千只素手叩响清脆悠扬的琵琶,湖面上此起彼落的水泡,宛如浮而又沉的玉珠。风横雨斜,柳摇苇荡,天地间浸淫的是一个水的梦幻。天朗气清的日子,天上翱翔着水鸟的浪漫,湖里游动着锦鳞的机智,日影憧憧、月光灿灿,北国不让南疆;清波粼粼、碧浪簇簇,北漠胜似江南。最是那柳林湖沁人心脾,数以万计的柳树在这里汇集成林,沼泽、草甸、绿树、碧水、庄堡、田园,构成了一幅北国水乡的壮美画卷。这里氤氲着一个个神话般美轮美奂的梦幻和现实:高大的青砖门楼,勾心斗角、气宇轩昂;土夯的庄堡端正工稳、古朴大气、壮严肃穆;华美的中式建构,飞檐斗拱、雕梁画栋、窗花艳丽。红柳花燃放生命之焰火,白刺果结出甜蜜的浆果。农牧并举的经营格局,使岁月异常的温馨富足;崇文尚武的淳朴民风,使生活超凡的优雅浪漫。这里草丰水甜,六畜得以兴旺;这里土沃人勤,五谷得以丰收。诗思荡动着柳枝的秋千,情歌漫上白云的山巅。

水声,水声,让人产生了多少亦真亦幻的梦想和憧憬。

水声,水声,让人产生了多少拂之不去的邪恶与贪婪。

军屯、民屯开始了。江南江北的人来啦。山东山西的人来啦。士农工商、三教九流的人都来啦,九州十八府的人都来啦。骆驼队在夕阳的烨炜中匆匆而去,木轮车从朝暾的灿烂里滚滚而来;四海的商贾在这里云集,五湖的民众在这里垦荒。小小一片疆土,不胜芸芸众生的践踏和掠取,美丽倏尔既失,水声渐渐渺远……

是我的姗姗步履延误了那迷蒙的季节,还是那烟水浩淼的时光太匆促、太急迫的弃我而去了?我爬在柳林湖的一眼机井上,望着深不可及的井底发出的幽幽之光,我俯望登上龙宫的路径,比西天还遥远和崎岖的路啊!是谁和你背道而驰呢?我问龙王。我听不到一点水的鸣响,井底反问我:是谁?

我问一个过路的老人:"这水能不能饮用?"老人摇动着头,长叹一口气说:"这水不要说人吃,连毛驴吃了都甩头。要不,谁愿扔了祖坟,背井离乡看别人的下巴活人呢?"

在这个村庄里,我看见一个个用水泥抹得光光的灶台,暴露在烈日之下、风沙之中,它们的主人已经远走他乡,窜起过人间烟火的灶台,在这荒芜的家园里默默发呆、静静守望。甜甜的记忆里存留的该是遥远的水声,该是如诗如画般的美景……

天堂的水声响了。那如雷鸣、如洪钟、如婉约之曲、如铿锵之诗的水声,连那一浪一浪的水波,自大河源头、自时间源头汹涌而来。任意采撷一朵浪花都能让人激动。

遥望一个春天,肥硕的耕牛扛着木杠,健壮的农夫扶着老犁,柳林湖的土地肥沃得松软而发酥,农夫以无限饱满康健的步履,把一畦畦土地用犁铧劈开。土地飘溢着淳厚质朴的清香,等待金亮的谷物植入它肥腴汪情的器官。汗水漫过额上纵横的沟壑,喜气飞上颤悠悠的眉梢。

到了清明亮丽的夏季,清风挟着水气,把燥热的皮肤呵护得无微不至;沙枣花的芬芳,一波未逝一波又至。轩威的门楼外,歇凉的老人倚在高大的柳树上,用石质的纺槌捻着丝丝如雪的毛线;年轻的汉子就着水塘,在青石上磨砺如月的镰刀;女人们用沙竹叶子搓着捆田的草蓁。原野上的麦香飘来了,季节用这样的方式传播它的信息。

秋风一凉,骆驼起场。驼户家忙了,他们摸着骆驼的双峰,掂量膘分,三五户联起来,就成了远征的驮队。东去兰州,西去新疆,北上包绥,南下青藏,一路艰辛和豪迈。驼铃声声中,拉驼的汉子体味着想家的滋味。

冬天，溪流封冻，湖水凝冰。土地懒洋洋地沉睡了。晶莹的雪花就飘了起来，柳林苇林银妆素裹，飘逸如仙，在白雾茫苍中欲腾欲飞。农户家掩了庄门，宰猪杀羊，收拾院落，准备过年。屋子里煨了红柳疙瘩梭梭柴，锅里煮着他们欣慰满足的日子，烟囱里冒着旺气十足的人间烟火。

四季就这样不经意地流过。这一切的一切都离不开潺潺不绝的水流，离不开那汩汩、琅琅复哗哗的水声。听听，那水声。看看，那水色。梦里也能嗅到质朴而醇厚的水之味，感到那绵软柔滑的水之质啊！天堂的水声响了。涓涓滴滴潺潺，汩汩琅琅哗哗。

2002年5月2日，呈现在我眼前的却是荒村残垣、枯木凄风、满目疮痍。

随着石羊河上游人口的增多和土地的开发，丰满的石羊河开始萎缩，湖泊海子在相应的时代里渐次消亡，柳林苇林大片死亡，鱼骨蚌壳暴尸湖底，沙尘暴如劫掠成性的强盗，毫无顾忌地任意横行。

二十世纪初，瀚杆频频出现；二十世纪中叶，水车、离心泵开始使用；二十世纪末，大功率的潜水泵在无情的吞吸着已不丰盈的地下水源。环境严重破坏，土地大片龟裂，人口向外迁移，民勤绿洲开始迅速萎缩。

龟裂的土地是柳林湖张开的嘴巴，枯败的树木是柳林湖举起的拳头。柳林湖再也不能容忍无知的掠夺和糟践，柳林湖在呐喊，柳林湖在嘶吼……

救救柳林湖！救救这曾经美丽富饶的家园！

这洪钟大吕般的呼喊引起了社会的广泛关注，也引起了大国总理的关注！总理来到民勤县，深入腾格里沙漠和巴丹吉林沙漠交会处，察看防沙治沙情况，并提出"绝不能让民勤变成第二个罗布泊"的口号，这不是对大自然的宣战，而是对大自然的认同和致歉，石羊河综合治理的号角吹响了。

多少年来，孤军奋战的民勤人迎来了综合治理的曙光。青土湖在干涸几十年后，通过禁牧、封沙、种树、涵养等科技手段的介入，再次出现几十平方公里的水域，潜伏在地下的芦苇再也按捺不住焦躁的心情，纷纷破土而出，形成一片片诗意而又风情万种的青纱帐，各种水鸟仿佛嗅到了水雾的清香，重新来到故园一般亲切的青土湖畔安营扎寨、生殖繁衍。

天堂的水声终于响了！

麦积山，丝路上的艺术驿站

▶ 欧阳云照（广东）

一座百米高的小山能有什么内存？不走近它看不出它的独到之处，不攀缘到它的怀抱不知道它的博大精深；看不到它的独到之处就不能目睹立体的历史画卷；看不到它的博大精深就很难理解佛文化的源远流长。

印象中的西北大漠荒原、黄土高坡、沟壑纵横，没想到甘肃天水市有着江南葱茏润泽的韵致，有着"天河注水"故事的城市又因麦积山的魅力，平添一个美丽的注脚。

山不在高，有仙则名。麦积山的名字通俗易懂，平淡无奇，因其状如麦秸垛而得名。山势走向造就了麦积山这座孤峰，秦岭山脉是它巨大的屏风，丝绸之路筑成它文化艺术的驿站。千百年来，群"仙"毕至成就了她的卓尔不群。众"仙"各具神态，多姿多彩，它们在一个令人仰望的高度飘逸或端坐，注视着苍生或闭目默念经书。

栈道长廊悠悠　寻觅"仙踪"处处

成百上千的"仙"从何处来？历经不断地开凿和修缮，小小的麦积山荟萃后秦、西秦、北魏、西魏、北周、隋、唐、五代、宋、元、明、清等十多个朝代的塑像7200余尊，壁画1300多平方米，分布在194个洞窟里。

追溯历史，自佛教传入中国后，很快成了中国先民们的精神信仰，许多地方留下了与佛有关的艺术文物，特别是石刻雕塑艺术，更成了中国雕刻艺术的主流。佛教提倡遁世隐修，因此僧侣们常选择幽僻之地开凿石窟，以便修行之用。后因封建统治者为加强其统治地位而大兴佛教文化，于是佛教石窟得到大规模的兴建，也逐渐形成了密集的石窟群。后秦时期，佛教在关中得到大力传播，麦积山石窟即是此时开凿的。

"仙踪"何处寻觅？麦积山石窟开窟在凌空的崖壁上，目光到达的地方脚步却很难抵达，只有凭借"空中长廊"——栈道的延伸才能看到众"仙"的真面目。

石窟空间错落有致，散点排阵，极富韵律，与修筑石窟时留下的木桩序列孔洞彼此呼应，犹如佛祖的念珠一颗颗的镶嵌于佛阁的四周，使整个石窟的立面与现代的平面构成艺术空间，有异曲同工之妙。

"Z"字形设计的栈道层层叠叠，这些栈道很是刺激，很有寻古之况味。人在栈道游，佛在窟中坐，动中有静，静中有动，动静结合，悬浮于空中的栈道使人们于空中的自然景观达到了完美的契合，人们会在此刻真正感受肌肤与风的摩擦、瞳孔与山峦的交汇和人性心灵与弥陀净土的碰撞，从而达到一种艺术享受；从审美角度讲，在完全闭合或完全开场的空间模式下，营造出一个灵活的灰度空间，使整个石窟艺术更富于层次感。

栈道设计与山体和石窟达到了同生共长的结合，而这种融入自然的表现手法体现了"随形而弯，依势而曲"的意境。随着山势的走向，这些悬浮在空间中的长廊时而狭窄急促，时而小如洞穴，时而陡峭高耸，时而又豁然开阔，移步一景的多层次空间变换表现得淋漓尽致，如距地面50米高的第13窟菩萨与佛，建于隋代，长达15.70米高的佛像依耸着山崖的西南部，是石窟中最高的佛雕，工匠们在其东、西两侧分别建造了四层蜿蜒曲折的栈道长廊，而只有在每个长廊的尽头才能看到悬浮于空中的大佛，由于佛像巨大，观者只能仰望或是俯视巨佛的某处局部。

引渡心灵的空间 "得道"于精妙设计

颤颤巍巍踩在栈道上，俯瞰脚下的小径，人影如蚁，有一种飘飘欲仙的感觉。随着一个个佛龛、石窟在眼前掠过，觉得自身慢慢地进入了佛的世界，俨然忘记自己身悬峭壁，脚踩青云的处境。回首一望，松桧阴森，横云飞渡，烟雾团绕，碧水长流。

这里的"超度"可以理解为一方面是净化心灵的表现手法，另一方面表现为民族化融合的产物

麦积山石窟所宣扬的佛法精神选用了一种"引渡"的手法，它在整个石窟的设计中并不是单单采用高度差的手法来渲染对佛的崇高，而是让人们通过悬挑出来栈道一步步的爬到佛龛的所在地，让人们站在佛的高度去感悟和参禅，也许这正是中国儒雅的神佛观念——普渡众生与众生得道的思想。

从人文情怀来看，朱砂色的围栏使麦积山石窟蒙上了更加浓郁的佛教色彩，蜿蜒盘旋于山体与石龛之间，而仅有一米略宽的栈道设计更加凸显了佛教

僧侣们苦修、出世、四大皆空的修佛之道,排除了以威严和肃穆的表现手法,而借自然之手来渲染环境。

与全国各大石窟的空间艺术作品相比,麦积山石窟在空间的营造上可谓是独树一帜,另辟蹊径,它是国内石窟空间艺术的集大成者,不仅拓展了西魏之后佛殿空间艺术样式,而且对北周、隋唐、宋等时期的石窟艺术均有极大的影响力。麦积山石窟和谐地将民族文化融到石窟建造之中,是中国留给世界文化的一笔宝贵遗产。

神态各具众佛像　巧夺天工冠中华

在狭窄的栈道上,有时脸紧贴着岩壁,如此近距离中却不能触摸到"大仙",因为每一处石窟都用细密的铁网阻隔着,只能透过渔网状的空隙观看"众仙"。"大仙"们仍处惊不乱,默然无语,五彩塑像已经被岁月的尘埃磨砺得褪色一些,但仍能看出斑驳的色泽,惊叹那些朝代的工艺和聪慧。

麦积山塑像主要题材有佛、菩萨、弟子、天王、力士等,各代塑像同处一堂,神态各异。

麦积山经历大地震后分裂成东、西两崖。数千尊塑像感觉中最壮丽的是4号窟上七佛阁。七间佛龛里有42尊菩萨塑像,神态庄严可亲,华美而不俗,充满着人间善良、慈祥和世俗的感情。各龛间都装饰着天龙八部的浮塑,面容狞怪而不丑恶,表现了男性的健美、威严、正直、勇猛、坚毅的性格。

在西崖的石窟中,以133号和127号石窟为最大。133号碑洞,是麦积山最特殊的一个洞窟。洞中不仅有许多泥塑作品,还有石碑,有几块碑面密列众多小佛像,因此又称"万佛堂"。127号窟更为精彩,四壁及藻井壁画大部皆存,笔致纵放,为后魏作风。中绘佛说法图,千乘万骑来听。尤其正壁龛中一石雕佛,最为妙绝,石佛背光中,上部有伎乐天人12个,各奏乐器。下部有飞天8个,左右各一侍者,虽小而各具神态。卷涡莲花中,亦有莲花生小佛头。中间坐佛,举掌端坐,显出说法时的慈祥和悦。这座雕像,不要说在麦积山中,就是在世界佛教艺术中,都是稀有的珍品。

麦积山石窟是中国古代石窟艺术的代表之一,由于保存得相对完整,所以比较生动具体地揭示了佛教雕像、佛教艺术在中国的发展在中国艺术史上占有的重要地位。

抒发书卷画中情　艺术魅力麦积山

大自然赋予如此壮美的山峰,经过先人和传承者的智慧打磨,麦积山在人们的心目中已经成为一幅画、一本书、一座艺术的殿堂、一个朝圣的地方、一处精美的建筑。

远看麦积山，赭红色沙砾岩似油彩铺底，栈道划过山间，曲曲折折，廊腰缦回，层层递进；石雕崖阁独具特色，雄浑壮丽；大佛像贴着岩壁耸立，显示出威严和神圣，小佛像藏身石窟，神秘莫测，引人向往。

麦积山周围风景秀丽，山峦上密布翠柏苍松，野花茂草。栈道外，绵延起伏的秦岭把视野带进远方，只见千山万壑，重峦叠嶂，青松似海，云雾阵阵，远景近物交织在一起，构成了一幅美丽的图景，这图景被称为天水八景之首的"麦积烟雨"。在我国的著名石窟中，自然景色以麦积山为最佳。

麦积山是本立体的史书，一座山峰被削掉了一面，这是一处充当着历史的剖面，粗粝的砂岩和密如蜂房的石窟见证着多少朝代风雨的变化。

麦积山石窟的一个显著特点是洞窟所处位置极其惊险，大都开凿在悬崖峭壁之上，洞窟之间全靠架设在崖面上的凌空栈道通达。游人攀登上这些蜿蜒曲折的凌空栈道，不禁惊心动魄。古人曾称赞这些工程："峭壁之间，镌石成佛，万龛千窟。碎自人力，疑是神功。"麦积山石窟形成一个宏伟壮观的立体建筑群。其仿木殿堂式石雕崖阁独具特色，雄浑壮丽。

麦积山是一座艺术的殿堂，精美的雕塑博物馆。这里佛教窟龛数量众多，如前文所述，有 194 个，泥塑石雕、石胎泥塑 7200 余身，壁画 1300 余平方米。这里绝大部分为泥塑彩妆，被著名雕塑家刘开渠誉为"东方雕塑陈列馆"。

这里的泥塑以形传神，神形兼备，反映的内容具有彻底的世俗和浓厚的生活情趣。无论是高达 15 米的巨像，还是只有 0.3 米的小像，都充满着人间世俗的感情，数以千计的与真人大小相仿的圆塑，极富生活情趣，被视为珍品。

麦积山石窟在这样潮湿的环境中历经了千年的风雨，这些泥塑造像为什么还能完好的保存到今天呢？据说为了提高泥的硬度，工匠们在精选的细泥当中还添加了细麻丝、棉花、鸡蛋清、糯米浆汁。这些配料的加入使得干透的泥塑造像坚硬无比，有些泥塑的硬度堪比烧陶制品。

麦积山玲珑精致，神秘莫测，或许在不能企及的高度还有一些神像被保护着；在某一个深处，或许还有不被发现的精妙作品，这个地方也许就在你触摸过石壁的后面，也许就在某一个神龛的背面，隐藏着神奇，隐藏着智慧，隐藏着岁月，这些都耐人寻味，都会令人意犹未尽。麦积山是用智慧、勇气和坚韧开掘的艺术之山，让一座不起眼的独峰拥有了艺术的内涵和气质。

落叶满凉州

▶秦不渝（甘肃）

一

一座城，屹立在丝绸古道上，寂寞千年。

一个人，盛名在西域诸国中，万众敬仰。

巍巍长安，本是他梦想的弘法之地。然而一千六百年前的那个深秋，命运之手却将他捆绑在凉州古城。那时落叶沙沙，人们时常会看到一幕奇怪的情景：一个西域相貌的僧人，不管走到哪里，身边总围绕着一群怒目冷面的宫廷士兵。

鸠摩罗什，中国佛经翻译史上公认的第一大家。因为争夺他，烽烟滚尘，金戈怒马，两场规模盛大的战争为他爆发，两个相安无事的国家为他灭亡。因而，这些士兵并不是他的随从手下，而是后凉王吕光派来监管他的心腹亲信。

吕光，这个野心勃勃的枭雄，奉苻坚之命，荡平西域，大破龟兹，俘获了这个久负盛名的西域高僧。不料苻坚在淝水溃败，狼狈逃回长安后不久，又被部属篡逆。回军途中，得此消息，吕光索性羁留凉州，开国立号，干脆当起了皇帝。

吕光眼里，鸠摩罗什不过是一件特殊的战利品而已。什么法相庄严，什么普渡众生，远不及那两万峰骆驼驮载的从西域掠夺而来的奇珍异宝所散发的魅力。

于是，浓重的悲哀便由此荡漾开来。据《高僧传》记载，吕光鄙视鸠摩罗什姿貌平平，断定盛名难副，就强行灌酒迫他娶龟兹公主为妻，让其破戒；然后又在大庭广众之下命他骑上恶牛烈马，让其出丑。

鸠摩罗什七岁随母出家，十二岁开坛讲法，二十四岁被龟兹王誉为国师。据说，龟兹王动用国库黄金在佛坛上锻造了一座金狮宝座，西域诸王和各国法师来听经时，虔诚地长跪座侧，让鸠摩罗什踩着自己的脊背登上金狮宝座。受尽恩宠的一代高僧绝没料到，自己会以这种方式来到东方，折辱和囚禁成了最大的礼遇。

一个征伐糟乱的时代里，佛教思想的微弱光芒不能穿透战乱和灾难造就的坚壁，无法成为慰藉世人心灵的信仰和寄托，一代高僧只能在逆境中隐忍苟活。这种锥心的痛苦，长达漫漫十七年之久。

虽说依然拥有国师的尊贵身份，可他主要的事务，无非是为吕家小朝廷谋划些不被采纳的治国大计。十七年的凉州岁月，鸠摩罗什如同囚禁在笼中的困鸟，每天都能听到自己的生命在平庸岁月里渐渐衰老的叹息。是生？是灭？光阴无情地流走。当初离乡背井，来到凉州，支撑他的正是传教到中国的使命。鸠摩罗什不再沉沦，开始走入市井坊间，和农人货郎倾谈，习惯驻足北凉宫廷，和文士豪望交流，阅鉴儒家经典，学习汉语文字，同时强烈要求吕光建塔造佛，终于一座简易的寺院矗立于凉州古城。晨曦黄昏，踩着簌簌落叶，一个清瘦的身影走进寺来，转庙修法，抄经讲经，成为十七年里他惟一可以欣慰的时光。

戏剧的是，虽然吕光无视鸠摩罗什，但是对鸠摩罗什渴慕景仰的国君却摩肩接踵。后秦国君姚兴为将鸠摩罗什据为己有，不惜在公元401年五月，派遣十万大军讨伐凉州，五十八岁的鸠摩罗什彻底摆脱了半囚徒式的生活，来到梦寐以求的长安，成为后秦的精神领袖。

在长安逍遥园译经场，鸠摩罗什率领八百弟子，日夜畅游于佛学海洋。他的译著触及佛教浩繁经文的各个方面，绝大部分成为中国佛教各派立宗的经典依据。鸠摩罗什通过对中国语言的超凡理解，将印度佛经化作优美的汉语经典，一千六百多年来没人增减或改变过一个字眼。烦恼、苦海、未来、心田、爱河……这些最初由他创造出来的汉语词汇，早已融入我们枯寂的生活，丰盈着我们的精神世界。

公元413年八月二十日，七十岁的鸠摩罗什在长安逍遥园圆寂，临终前留下遗言："如果所译经典无误，愿我身体火化之后，舌头不会焦烂。"太过神奇的是，他的形骸灰飞烟灭，舌头果真焦硬不化。

一千六百年后，公元2016年农历八月二十日，凉州城秋风拂拂，我踩着沙沙落叶，在鸠摩罗什寺前驻足。这是鸠摩罗什遗留在凉州大地的关于他最真实的佛骨气息和地标印记，这里香火依旧，肃穆安然，一代译经大师的舌舍利奉养此处，正默默地见证着我的满腹惊愕。

和他所有的弟子一样，我所惊愕的是：凉州十七年，鸠摩罗什苦闷无为，而十二载长安译经，使其成为中国历史上和不空、真谛、玄奘、义净并称为"五大译师"并位居榜首的大德高僧，为何临终之际，仍然眷念着赐他苦痛与折辱的凉州古城？为何还要遗下淳淳心愿将自己的舌舍利千里迢迢运至凉州埋葬？

秋风无语，落叶沙沙。忽然，我被一枚落叶击中额头。树高千丈，叶落归根。

那十七年的风雨磨砺，一定镌刻在大师心中，成为他进德修行弘业渐成的无量砥石；而作为第二故乡的凉州，一定也镌刻在大师心中，成为他成长过程中不可替代的精神驿站。那一刻，犹如醍醐灌顶，我幡然而悟。

二

十年后，一位名叫沮渠蒙逊的匈奴勇士率领族人攻克凉州，建立北凉，自称"河西王"。

与吕光截然相反的是，沮渠蒙逊不遗余力地弘扬佛法，矢志要让黎民百姓因信仰而凝聚其麾下。然而此时，鸠摩罗什离开凉州已经整整十年。落叶沙沙，沮渠蒙逊只能遥望着茫茫长安独自哀叹。

恰在此时，天竺高僧昙无谶来到凉州，追随他的还有风华正茂的昙曜。昙无谶随身携带着一本写在桦树皮上的古老佛经《涅槃经》。一入凉州，便被沮渠蒙逊尊为上宾，恳请他翻译佛经。而昙曜，就是为修习《涅槃经》不远千里追随而来。历时七年，几地寻索，三十三卷《涅槃经》终于完整释译，这是昙无谶在凉州翻译的最重要佛经，最终成为中国佛学史上的经典之作。

然而，纤薄的经卷，又如何能够抵挡住岁月的风雨吹剥？佛法怎样才能普及传播？佛意怎样才能永恒定格？昙无谶和昙曜，这两位杰出的佛家弟子，踩着凉州的簌簌落叶苦苦思索。石窟造像，那个一直沉埋在他们内心深处的执念被沮渠蒙逊的热情点燃。

佛教石窟艺术发端于古印度犍陀罗。在清幽险峻的石壁上，雕刻自己心目中的圣人，不仅可以表达崇拜者的奉献和虔诚，更能让瞻仰者感受佛祖的庄严和神圣。

公元 412 年，昙无谶和昙曜受命登上天梯山。天梯山峰峦起伏，登临之难犹如上天梯，如此清幽险绝之地，正是开窟造佛的理想场所。于是，声声斧凿开始在山中回荡，中国历史上第一个由一国之君开凿的石窟，在他们心血主持下，赫然凿成。

沮渠蒙逊欣喜若狂，率众虔诚朝拜，祈求国靖民安，一统千年。然而，历史永远是胜利者主宰的游戏，有名字的英雄，往往是杀掉无名英雄的胜利者。因此，沮渠蒙逊并不是真正的向佛者，他舍不得江山，怎么会放下屠刀？

大佛凿毕，思乡心切的昙无谶请命回访天竺。你在佛在，你走佛走，沮渠蒙逊狐疑昙无谶投奔北魏拓拔焘，派出刺客尾随前去。一代高僧横死凉州城外，落叶沙沙，覆盖住他无辜的身躯，惟余一地悲凉。

六年后，北凉国破，五胡乱华的乌烟散尽。而昙曜，连同三万吏民及僧众工匠，被拓拔焘押赴北魏首都平城，在那里开凿了蜚声世界的"昙曜五窟"。

毫无疑问，天梯山石窟的格局是印度式的，而云冈和龙门的格局却是凉州式的。凉州僧人的智慧和三万吏民的血泪开凿了举世瞩目的云冈石窟和龙门石窟,当它们双双荣膺中国四大名窟时,作为石窟鼻祖的天梯山却门庭寂寥,二十八米高的释迦牟尼大像,静静地端坐在凉州的春雨秋风里,沉默不语。

石窟是佛教进入中国的清晰线索和深刻烙印,不朽的岩石赋予佛像永恒的气质,让我们千年后依然能感受到超然物外的沉静,在其巨大身量面前,瞻仰者因为震撼,还是会不由自主地伏拜下去。这是佛家的神秘与智慧,也是遗留在凉州大地上又一处佛家气息和地理标记。

落叶沙沙,常书鸿两上天梯山,探寻敦煌的前世今生;而宿白也不顾七十岁高龄,毅然登临天梯,为著名的"凉州模式"建言实证。两位博学大家,携带着他们寂寞的身影,和天梯山石窟凝固成一道永恒的风景。

三

幻化寺,这是遗留在凉州大地上的第三处佛家气息和地理标记,它默默走出历史封藏,终以"白塔寺"之名再次举世瞩目。究其原因,缘是七百年前那一场两个人举行的 "凉州会谈"。

萨班,萨迦派的第四祖,二十五岁削发出家,拜印度高僧为师,因不世博学,被尊称为"萨迦班智达",成为藏传佛教历史上获此殊荣的第一人。

阔端,成吉思汗之孙,窝阔台汗次子,沙场百战,功勋卓著,二十九岁入主凉州,荣封西凉王,成为蒙古帝国在河西走廊的最高军事统帅。

公元1247年八月,祁连山白雪皑皑,幻化寺戒备森严,在古老神秘的光芒里,两位领袖在凉州相见,一场关乎吐蕃归顺蒙古帝国的会谈,注定名垂青史。

会谈的结果是,阔端皈依佛教,吐蕃归顺蒙古。萨班起草发布了著名的《萨迦班智达致蕃人书》。吐蕃各派顺应潮流,遵从蒙古法度,从此天下大融。凉州会盟结束了藏地四百余年的分裂,让无数百姓免遭战火涂炭,为西藏纳入中国版图奠定了坚实基础。

面对强大的蒙古,吐蕃自知无力抵抗,深明大义的萨班,以六十三岁的高龄跋山涉水,从西藏到青海,穿过大草原,整整走了两年才来到凉州。

我所纳闷的是,当初吐蕃推举的谈判人并不是他,为何萨班毅然冒险前往?而且还带上两个侄子——八思巴和恰纳多吉?

没有答案。依然是在深秋的凉州,我踩着沙沙落叶,走进幻化寺里。这里松柏葱郁,白塔成林,阔端塑像伟岸不语,萨班灵骨寂然无声,无论我们怎样在历史长卷上信马由缰,也不能绕过他们缔结的这一座情感驿站。

阔端和萨班一见如故,博大精深的佛学让他重新思考战争和杀戮的意义,思考的结果就是选择皈依佛陀。会谈结束后,阔端不惜财力在凉州扩建四座寺院,即城东幻化寺、城西莲花寺、城南金塔寺和城北海藏寺;其中幻化寺规模最盛,阔端恭请萨班驻留寺中讲经弘法。兵家必争的凉州,是佛教进入中原的唯一通道,萨班把佛家的经典智慧带到凉州,又在凉州散发开来,一时梦幻凉州佛气冉冉,一跃成为元帝国的藏传佛教中心。

公元1251年,七十岁的萨班在凉州圆寂。阔端为他举行了盛大的悼祭活动,并在幻化寺旁按藏式佛塔的形式为萨班建造了一座灵骨塔,后人称为白塔。此后,幻化寺便改名白塔寺,称谓至今。

而十七岁的八思巴接任萨迦派教主之职,成为萨迦派第五祖。随后,忽必烈慕名召见,八思巴在六盘山下为忽必烈举行了灌顶仪式,三十六岁时被忽必烈封为帝师,迎来了他人生的辉煌顶点,无可争议地成为藏传佛教一代宗师。公元1276年,元帝国攻陷南宋,中国再次统一,青藏高原正式纳入中国版图。

凉州之行,萨班功德圆满,不仅成功举行了凉州会谈,更开启了一个巨大契机,那就是让佛教潜移默化地替代了蒙古人信奉的萨满教。萨班的勇气和远见,让人折服。而佛教文化又在八思巴的强力推动下,成为蒙古人文化生活的主流,开始深刻影响蒙古人的精神世界,并持续影响到今天的世界。如果追溯源头,这种影响一定是从凉州开始的。那个地方,就是白塔寺。

四

三位高僧,驻足凉州。

他们带着无上的使命而来,在凉州大地上遗留下灿烂经典的佛家智慧;他们带着不死的灵魂离去,在凉州大地上凝固成不可抹除的地理标记。

千年之后,凉州城依旧佛音袅袅。我们在初秋里参谒,在中秋里谈法,又在暮秋里伏拜。落叶沙沙,一片一片,覆盖住凉州古城,却覆盖不了他们的佛音和足尘。

这凉州城啊,锁住了他们和我们的一生。

华家岭的风

▶ 晓　苏（甘肃）

这是早在明代初叶的事情:一位僧人从华家岭出发,跋山涉水,餐风宿露,一路向西。他饶有兴致地考察沿途的民风和佛事, 去完成一次筹谋已久的修行。接近乌峭岭,进入了牧区,与他熟悉的农区相比,这里人们更加虔诚于佛祖的教诲。这让他无比兴奋,决心小住时日。然而,部落里充斥着悲凉的空气——前不久,一场瘟疫夺走了许多老人和小孩的性命。僧人问:何不修座寺院呢? 牧民们摇头,没有工匠啊! 僧人还年轻,他心灵手巧,有的是力气,于是自告奋勇地说:我能。他挽起袖子,既当木匠瓦工,又当画师,在大家的帮助下,一座小寺很快就建成了。小寺似乎给牧民带来了吉祥,人们纷纷来这里祈福。小寺后来扩建,取名华藏寺,成为华锐藏族的精神象征。

大约五百年后,从华家岭又走出一位僧人,他天资聪颖又用功甚勤,成为一代佛教领袖赵朴初先生的得意门生、北京密云普照寺主持、中国知名佛教书法家,他就是法闻法师。法闻心系苍生,广结善缘,功德无量……在我心目中,华家岭不但地势高,它还是一块思想的高地。

三十多年前,当我在一座叫帽儿山的山梁子上放牛的时候,我放眼所及是绵延不绝的山岭,像涝池里混浊的水纹扩散开去。有一条莽莽苍苍的山领横亘在我东边的视线尽头,父亲说那是华家岭。后来,我急切地走出山村,去到城市,去看外面的世界,去过另一种生活。我深藏一个心愿,就是要爬上华家岭,去感受山的高峻,去感受尘世的宏阔。没想到真正实现这一愿望时,已是人到中年。

2017 年的夏天,我在做了许多次的打算之后终于成行。我拖着久病的身子,自驾小汽车,沿着老西兰公路,出定西,上八盘山,穿慢湾,去到华家岭。一路上,天高云淡风清扬,我时不时停下车子,看看山川地势,看看远方。再也没有比今天更晴朗的天空了，然而，远山十分模糊，我一次又一次扶正我的近视眼镜也无济于事。这让我很沮丧，让我思考到年轻和健康的日子总是十分短暂。些许能让人安慰的是，我带着四十年的磨砺和见识，庄重地与华家岭对话，不至于因为无知和轻狂而成为人生的遗憾。

接近华家岭，山上突然生出些怪物——风电塔，这座山头上两三座，那条山梁上十几座，望过去密密麻麻。这种气势，也只有顺着《西游记》的思维才能想像，像施了魔法一般。五六十米高的塔杆上，镶了三枝风车叶片，在慢悠悠地转动。它的转速，大概有秒针转速的三四倍，我心算了一下，到了叶片末梢，每秒钟就有十多米的移动距离，相当于汽车五六十码的时速。风有如此力量，当然无所不能。然而，除了在建筑工地打工，风电项目还能给华家岭人带来什么呢？祖祖辈辈害苦了人的风，都能一夜之间变害为宝，那么祖祖辈辈养活了人的黄土，会不会遍地生金？这也许会震撼到华家岭人的心脏。

华家岭一带有句顺口溜："华家岭，刮南风，婆娘出来骂男人。"但我觉得，华家岭的男人真没什么好骂的，除了一天要喝一顿罐罐茶、一年要耍一场社火、一生要置一屋子字画，这些举止显得有些奢侈而外，他们和岭上的牛马一样勤勉和辛劳，一样要气喘吁吁地过完一辈子。华家岭的女人，也不是那么凶神恶煞，但她们除了结婚那天温柔过一阵子，一生就那样高声大嗓地吆喝着牲口，吆喝着孩子，也吆喝着男人。当然，女人敢吆喝男人，总归有其资本，那是因为她们并不比男人少了劳动，她们一样要顶天立地。华家岭的女性"解放"得早，其结果是她们变得虎背熊腰，变得丰乳肥臀。这都不是事，若是长得苗条了，她们说不定会被华家岭的风吹跑——风真的吹跑了华家岭一些年轻的女子，她们去了城市，使得守望在这里的青年彻夜难眠！

在茂盛的白杨、旱柳、云杉、油松，以及柠条、沙棘和野花野草的簇拥下，汽车在罅隙中穿行，公路显得十分狭窄，路面多有破损，但依然感觉很结实，像一条不屈的脊梁。走着走着，我看到前面山巅上有一座白色的建筑，泊车步行，才看清是"中国华能"的办公场所，这是华家岭风电项目的管理机构。路边有位农民兄弟在砌墙，给自家修汽车库房，我上去发了香烟和他闲聊。他说：华能公司那儿，以前有残壁断垣，据说是华家人的古堡遗迹，但现在，华家岭上没有一户华姓。这儿就是很有名气的老站村，是老西兰公路的必经之地，曾经设有道班和旅馆。我知道茅盾来过这里，张恨水也来过这里，他们都领教过华家岭的恶劣天气，并留下了如今还很鲜活的文字。我向他打听华家岭的老旅馆，他说应该就在原来的道班、后来的粮站、现在的养牛场位置。我们常常感叹物是人非，但岁月留给我们的，更是地是物非啊！

华家岭被称为陇东高原的最高峰。据说在民国时期，这里就有气象测候站，而今，这里的气象站应该还担负着重要的信息采集任务。前几天，我从网上看到，华家岭气象站八名工作人员中，其中有五朵"金花"。她们都是从城里来的姑娘媳妇，华家岭上没有3D影院，没有特色火锅，没有健身房，这些她们都认了，可怕的是，强烈的紫外线和干燥寒冷的季风，像刀子一样摧残着她们青春的面容。她们或许没有那样娇气，她们的工作一定是华家岭人羡慕的，然而，有没有城里人真正愿意把自己的女儿、爱人打发到华家岭上工作呢？我想，她们除了要有必须的吃苦耐劳精神，还要有一份对事业的痴迷。如果运气好，我真想在华家岭上见到她们，哪怕是其中一位。

绕过一个簸箕弯，又到了山顶。靠山一侧的路边，有两个砖墩，砖墩的中间用水泥抹面，上面雕了几个大字，漆成红色，右面是"与天奋斗"，左面是"其乐无穷"。我推测，从这儿进去就是气象站了。沿一条水泥路爬坡向上，大概二十米，就碰上一道铁栅门。铁门旁边的磁砖贴面墙上，镌刻着一行大字："华家岭国家基本气象站"。门面还算气派，铁门紧紧地闭着，但没有上锁。我从门口向里张望，一座纯白的二层小楼，楼前两排树，左侧有一副篮球架，右边一间平房，应该是单位食堂。这是周六的中午，我想有部分职工正在这里用餐，但院子里静悄悄的，没有一点声响。我在门口抽了一支烟，然后掉头离开。

"县上的气象站，不如老人的关节炎（天气转阴时病情加重）。"这是过去人们对天气预报的评价。现在的天气预报就准确多了，用老百姓的话说："只要预报了小雨，哪怕挤也要挤两点眼泪。"这除了气象科技的进步，也与气象工作者的辛勤努力，与他们采集的准确而详尽的基础数据是分不开的。每一次极端天气的到来，也许他们比常人更谨慎，更紧张，他们虽然不能干预天气，但他们更懂得老天的脾气，更清楚天气对人们的生产生活带来的影响，我们要真心感谢他们！

再下坡就到了华家岭街道，山坳里一块开阔的场地，对面一排平房，上面写着标语："营造绿色屏障，建设生态文明。"这应当是华家岭林业站了。这个林业站，属定西市管理，我不知道它管不管白银市的会宁县地界，但华家岭周边通渭县和安定区的林带都是它管的。遍布各条山梁的据说四百多公里林带，有个专业术语叫防护林，我理解为是防止水土流失的，或者是防风沙的，这里是黄土高原丘陵沟壑地区植树造林的试验区和样板工程。

我倒是幽幽地想起一件事情：八十多年前，红军长征经过华家岭准备在会宁会师，国民党部队组织通渭会战，企图将红军主力部队一举歼灭。担任阻击任务的红五军在光山秃岭之上，与有飞机支援的敌人展开殊死搏斗，虽完成了阻击任务，但伤亡十分惨重。华家岭上越来越繁茂的树木，也许能给牺牲在这里的亡灵一片籍以歇息的阴凉。华家岭阻击战后，还有一场小型战斗——王家山阻击战，虽然史载甚略，但我爷爷说得有头有尾，因为他给红军送过麦草，清理过战场。多少年后，属于华家岭山系的王家山，白杨和沙棘长得十分茂密，夹杂着郁郁葱葱的松柏。我小的时候，经常在王家山的树丛间背课文、扫树叶，我和更小的树木一起长大，我其实也是个华家岭人！

下到街道尽头，路分两岐，左边去了静宁，就是老西兰公路，右边去了马营，通往通渭县城。街道两边有二三十家商铺，出入着光着肩膀的男人和红衣绿裤的女子，他们手里拎着大包小包，显示出不同寻常的购买力。我一路能看出来的，华家岭人除了地膜洋芋和包谷，就是松柏育苗的收入，一方水土养活一方人，他们还有什么生财之道，我不得而知。我想在街头吃碗面，其实只是想再坐坐，再和华家岭人聊聊天。叉路口有一间低低矮矮的小饭馆，掀开纱帘，里面已经坐了好多客人，他们说着绕舌的南方话，主人也忙得不可开交，我犹豫了一下，决定放弃这顿午餐。

对于华家岭，我只能这样浅尝辄止。这除了时间匆忙的原因，也是我的性格使然。就像交朋友一样，我只想了解他的大致，欣赏他的长处，怕知道了底细，会让我失望。那样又何必呢？人在中年，身陷病中，一切都该放下了。我心里又想起从华家岭走出去的无名喇嘛和法闻法师，因为舍得起、放得下，他们的思想才走得更远。我还要沿西兰公路往前走，再走八十公里，就是界石铺，那里有中国革命的又一处不朽丰碑，有激励我勇往直前的长征精神！

焉支秋韵

▶ 赵武明（甘肃）

一

焉支山是一幅油画，远观比近看更和谐、丰韵，充满遐思，多了美感。

每每回家，总想去拜谒盘桓在心间的那座名山，但终因琐事缠身总是擦肩而过，留下哀叹。长假腾出身来，总算圆了心旅之梦，少了一份牵挂，多了无限感慨。

焉支山坐落在河西走廊峰腰地带的甘凉交界，位于山丹县城东南40公里处，东西长约34公里，南北宽约20公里，自古就有"甘凉咽喉"之称。焉支山主峰百花岭，海拔3978米。焉支山又叫胭脂山，因山中生长一种花草，其汁液酷似胭脂，山中妇女用来描眉涂唇而得名。景区内松柏常青，草木葱茏，蜂飞蝶舞，鸟语花香，风光秀丽，景色宜人，有河西"小黄山"的美称。焉支山载入史册已久。先有公元前121年，汉武帝派年轻将领骠骑将军霍去病率兵西进，过焉支山，击败匈奴，夺得河西地区，打通了中原与西域交往的通道，自此，焉支山成为胜利的象征而载入史册。后有隋大业5年（609年），隋炀帝西行，登此山谒见西域二十七国使臣，在张掖举行"万国博览会"，甘州、凉州府派仕女歌舞队在路口朝迎，成为世界博览会最早的发源地而闻名天下。

焉支山是祁连山的一个支脉，横卧山丹与永昌之间，绵延起伏，蓄积着许多名贵动、植物，是我国著名的自然风景区。奇异的地形和植被，自然景色秀丽壮观，几百座大大小小的石林奇峰耸立其间，形态各异，有的像龙腾，有的像虎跃，有的像马奔，有的像熊伏……山中的自然风光和人文景观丰富，这其中最著名的依次是杨四郎泉、西北民族风情苑、玉皇观(前寺)、万佛殿、隋炀帝行宫遗址,钟山寺、百年焉支松、焉支玉溪等。

汉武帝时,骠骑将军霍去病征战河西,"过焉支山千余里",逐匈奴于大漠之北,于是就有了匈奴那首"亡我祁连山,使我六畜不蕃息;失我焉支山,使我妇女无颜色"的千古绝唱,焉支山的名声也就随着这首有名的胡歌而远扬了。焉支山,一个很好听的名字,仅仅因为这个名字,便心生几分喜欢。等身临其境,更有一种莫名的喜欢:天是那样纯洁的蓝,水是那样透彻的清,草原更是一望无际的绿,仿佛手织的地毯,透着让人欣喜的梦幻般的童话色彩,就连草地上的羊群,也仿佛天上的繁星,点缀着美丽的草原,点缀着游人对草原美丽的渴望。

二

金秋季节,是焉支山一年中最勾人心魄的季节。明净的天空,丰硕的秋果,醉人的阳光,山挺拔俊秀,五彩斑斓;水多情柔润,静静流淌,一切只与心情有关。

初秋的阳光,慵懒地洒在午后的焉支山上。哗哗的小溪流水带着淡淡的秋意一路欢唱着,而不远处的松树林偶尔传来游人的嬉闹声,使整个山谷形成动静结合的美,远景、近景层次分明,像一幅流动的山水画,人在画中,画在心中。在两山对峙的峡间,一泓清泉淙淙流淌,清澈见底,水间许多大石当流,吞吐成音。夹峡松山,争高直指,千百成峰。松林间一些低矮的灌木生出各色杂花,星星点点掩映在枝头,耀得让人心醉,世外桃源般的清爽沉醉了每一个人。听导游讲杨四郎泉、百花池等景点的传说,一样地引人入胜。顺峡而下,或沿峡水而行,或穿松林嬉游,我们且走且看。马莲滩是花最繁盛的地方,在峡谷的一个平缓的地带,密密地形成了一个花海,淡雅的花瓣,清幽的花香,缕缕地弥散在清风中,让人神醉。阵阵松涛从山谷滚滚而来,顷刻间,绿风浩荡,给人以天地无限广阔之风韵。胭脂的妩媚,丝绸的光芒,马背英雄孔武彪悍的魂魄总在人们心中。仰卧于焉支山茵茵的软草之上,透过温馨的阳光,正临驾在苍翠的峰峦之间,艺术与自然在这里神秘地融在了一起,顿觉心静神畅,兴致沓来,仿佛置身于千古不灭的乐土之中……

焉支山有肤、有血、有语言、有慨叹,焉支山是一个活脱脱的生命群,它行走在时间的琴弦上,倾听月光的诉说,狂风的呼啸,白雪的吟诵;峡谷的水清澈,比水晶还要剔透,它蜿蜒着、欢乐着,挟着流云,漾着树影,捎着鸟声,沐着阳光,捧着月晕,长歌一腔,低语一阕,阅山听水也是一种极致的享受。

焉支山是一处看不够的风景,一部读不完的书卷。焉支山,山有山的故事,水有水的传奇,一棵草,一个传说;一块石,一段历史。可谓一山故事一山歌。这故事、这歌都在静静地等待着有心人的聆听!鸟有善翔者,鱼有善游者,兽有善搏者,人有善生者。伫立在万寿岩前,伴着淙淙流水,凝眸翠松红叶,我想鸟翔者则俯凌霄鱼善游者则穷渊薮,兽善搏者则王于森林,人善生者则知况味。其实,很多人都不知自己所处的位置,不知走向何方,但是萧瑟的秋风染红叶子之后,便是皑皑白雪覆盖的苍茫大地。秋天的焉支山更加多情,你看看她羞涩的红晕,染得山崖红了半壁脸。

三

"虽居焉支山,不到溯雪寒"唐代诗人李白在此留下的绝句,更耐人寻味。焉支山南屏白雪压顶的祁连冰峰,北倚岩石裸露的龙首山岭。两山对峙而望,其个性极为鲜明,龙首山山石裸露,寸草不生,祁连山青黛如墨,林茂草丰;前者挡住了巴丹吉林沙漠的南袭,后者扼住了青藏高原的北移,焉支山正安详地坐落在两山之间,犹如躺在父母中间的婴儿,天真无忧,幸福无比。流连于这层峦叠嶂、绵延无际的绿色中,把焉支山下昔日皇家的军马场,连同焉支山上的汉唐之柏、宋元古树连接在一起,用尽力气也读不出霍去病将军曾以"千里不运粮,百里不运草"的焉支山为绿色大本营,挥鞭纵马,以秋风打落叶之势,把人丁兴旺, 牛羊遍野的匈奴民族追逐到大漠以北, 从此匈奴漠南无王庭的悲壮;也没有捡拾到隋帝艰难地穿越六月飞雪的大都拔谷,御驾亲临焉支山,调集数千美女,迎接西域二十七国王公使节,举办万国博览会的遗贝。但一个把史诗写在马背上的匈奴民族,失去生存的命脉——焉支山后,发出的"亡我祁连山,使我六畜不蕃息,失我焉支山,使戎妇女无颜色……"的哀叹,却如暮鼓晨钟,穿越数千年的岁月,至今仍然在青山绿水中回荡。啊,焉支山,是一座散发着历史沉香的山;焉支山,是一座撩拨男人心房的山!上得山来,只觉得相见恨晚!

是的,心里惦念着窈窕淑女般纯真的红蓝草,循着重量级的边塞诗人王维当年踏着水秀山清、吟诗作赋的履痕,我来到了焉支山顶传说中的百花池边。王维,这位被称作诗佛的人,也是一代书画大师。在自由逍遥地攀山道正涌动诗兴时,忽然,一池荡漾的水波迎面撞入视野,水的中央,亭亭玉立着一位穿红着绿的纤纤秀女,王维欣喜若狂,但向前驻足细看,却是一株胭脂花。王维顿觉心旷神怡,当众吟诗作画,池水、胭脂花即可就成之时,突然,一只飞鸟落到颜料盒中,随即又跳到画面上,众人来不及收拾,正在感叹之际,王维大叫奇妙。原来,飞鸟的爪印正好踩出斑斑花色,从此,胭脂池百花争奇斗妍,山花四野相闻,松柏掩映,流水潺潺……绕"百花池"缓步,层林深处的寂静和着布谷的鸣声由远而近,我眼前的景物本已是江山如画了,但"祁连雪皑皑,焉支草茵茵"如诗的景象又在我的心头涌动。这样的高山流水,可藏龙,可卧虎,是剽悍的游牧民族耀武扬威的乐园,是养育天资掩霭,雪肤玉貌绝代佳人的风水宝地。

焉支山下是很难尽收眼底的一片大草滩，山清水远的时光里，匈奴昆邪王在这片风吹草低、牛羊如云的土地上，豪气十足地牧马屯兵，修养血性，大块食肉，大碗饮酒地享受。酒足饭饱后，气力无处发泄之时便沙场点兵，扬鞭纵马，燃烽火，点狼烟，角号声中，发兵南下，直奔西汉王朝的心脏。但他们的兵马还没来得及用喝马奶酒的大碗换上春江花月夜的小玉杯，就被大汉王朝的豪气挡在了长城以北。

古老与新生的链条是如此缠绵地链接着。不教胡马度阴山的功过是非，已被重重叠叠的时间压在了昨天，在漫山遍野、争奇斗妍的花草中，谁也没有准确地认出来哪一朵山花是胭脂花，但雕刻在我心版上的"失我焉支山，使我妇女无颜色"的一声慨叹，还有那一山仍然鲜活的流水，一山青春的绿色，一山的湿润，一山的宁静，都像丁冬而来的流水细细地滋润着我的心田，照耀着我的灵魂，使我真切地感受着胭脂山养育英雄的刚强与美女柔情的源远流长……

焉支山下曾经蔚然大气、匈奴人牧羊放马的大草滩，借着超越时代的一山灵气，此刻，一望无垠的油菜花正孕育着人们新生活的元素。数十万亩黄色的花朵编织成一幅绵绵的锦缎，柔柔地铺展在山环水绕的土地上，山南海北的养蜂人在这里为人们增添着生活的蜜素，饱满的青稞酿造着醉人的美酒，还有那穿越历史的牧歌，正在焉支山头缭绕，把马背上写意的故事从古说到今……

四

焉支山一座神奇的山，感谢造物主为我们创造了一座焉支山。"云想衣裳花想容"，焉支山上盛产的胭脂花，又为男人一刻也离不开女人制造了一条动人心弦的理由。

下山时，蓦然回首，一轮橘红色的太阳，巨大而温馨，慢慢地一丝一缕从天际消失在地平线上。彩霞满天，锦绣万里。停下脚步，好想夜宿焉支山，聆听匈奴铁骑阵阵踏梦而来，遥看月影下涂着胭脂娇羞的妇女容颜。西沉的夕阳，催促着我们下山的步伐。日子仍在继续，唯有风景因心而动。记忆是美好的留声机，值得灵魂为之粉身碎骨。

清幽大佛寺

▶ 吴晓明（甘肃）

大佛寺坐落在金张掖古城的中心。她的对面是古朴而又现代的佛城广场，看上去开阔而又安静。广场上一块硕大的石头上是一个"佛"字，在清晨的阳光里散发着柔和的光。

我忽然就有点恍惚了，千年以前，这里是什么模样，在她的周围是什么样的建筑，生长着什么树木？那一定是"一城山光，半城塔影，连片苇溪，遍地古刹"的诗意家园，在这些柔软而又湿漉漉的文字里幻化着历史优雅的背影。我似乎看到了流淌的水、摇曳的苇、伫立的塔，风鬟雨鬓的小城在这样的黄昏一定诗意得无与伦比。可惜那样诗意的家园永远鲜活在我们的想象中了。

此刻，大门的静穆、凝重与广场的安静、开阔显得和谐而自然。时光的脚步匆忙而又从容，这里似乎就是历史和现实交接的地方，她们的交接仪式是不是就是通过卧佛进行的？那一定是彬彬有礼的。我们看不到岁月交锋的刀光剑影，因为这里总是有一种静谧的气息，让你无法张扬。

大门上朱红的油漆已经斑驳了，显得有些陈旧和古朴，真有一种"雕栏玉砌应犹在，只是朱颜改"的感觉。其实，多少东西能经得起岁月的推敲，多少东西能经得起时光的雕琢。那些木头因为陈旧而苍凉，因为苍凉而温暖。

走进大院，里面的树叶凋零了，因为毕竟到了冬天，显得有几分凄清和冷寂。淡淡的青烟在空气里流散，有几个香客正专注地在香炉里点燃香，在袅袅的青烟里他们脸上的表情显得柔软而又释然。

从远处看，大殿没有金碧辉煌的那种富丽堂皇，木头的本色经过千年风雨的洗礼显得更为陈旧，整个色调就是一种典雅的黄、一种高贵的黄、一种沧桑的黄，黄得让人感觉亲近又自然，温暖又心安，似乎就是传说中的天堂。

寺院里行人不多，只有几个老人站在大殿门口轻言着什么，好像怕自己大声说话吵醒了佛祖千年的梦。

我轻轻跨进门槛，又看到了卧着的你。多少次走近你我都是相同的感觉，不敢言，面对着你庞大的身躯；不敢说，面对你安详的模样。我只是静静凝望着你，想听听你的心跳；我只是想默默抚摸你，想感受你的体温。多少次一直想把笔触延伸到你的微笑、你的心跳，可是我却久久不敢动笔，怕笨拙的文字玷污了你的灵魂。多少次我站在你的身边，那一瞬间似乎眼里满满，全是你美丽的姿态，是你恬静的笑容，是你安详的面容，那一瞬间似乎所有的过往都离我远去，我的心里一片空旷的静谧。我不知道是佛祖离我近了，还是我离佛祖远了。我只是用我柔软的眼神一次次打量你沉睡的模样，我的眼睛就有一种潮湿的东西蔓延，你睡了多久？你还要睡多久？千年的时光在你的沉睡中悄然远去了，你的容颜上却看不到时光走过的痕迹，似乎你的微笑足可以抵挡所有的光阴。

那一串熟稔的数字在我的脑海里跳跃：身长34.5米，肩宽7.5米，耳朵约4米，脚长5.2米……我知道，这些数字似乎是你生命的标签，可是你的身体不需要标签，因为数字测量的是你的身长，而测量不出你的心路有多长；可以测量你的肩宽，可是无法测量的是你的心宽。

西夏，清朝，明朝……

这些朝代的名字诉说着你绵长的脚步，镌刻着你心灵走过的痕迹。是不是你一路跋山涉水一路风尘，当走到这座古朴典雅的小城的时候，你累了，你抖落身上的尘土，你累了，想睡了，谁知道你却长睡不醒；如果醒来，身边的世界早就换了模样，索性永睡不醒。你一路走来，一定是看到这个大西北的小城有江南的容颜，有蓝得洁净的天，有摇曳在风中的芦苇，有袅袅的炊烟，有安详的人群，你选择了在这里落脚。我知道，你选择这里一定是有理由的。

1098年，那一年纷繁的历史上不知道有多少值得书写的文字，那一年发生的事情似乎都离我远去了，我都忘却了。可是我知道那一年，在这个叫宣化府的地方，西夏皇帝不惜劳师动众大兴土木，在这里修建了中国西部第一大寺院，西夏贵族更是不辞辛苦，跋山涉水，从遥远的都城兴庆府赶到这里烧香拜佛，这座安静的寺庙选择了在这里安身，全球最大的室内卧佛选择了在这个小城落脚。那时候静谧的古城一定到处是芦苇花开，到处是草长莺飞，它是一个适合神仙居住的地方，因为它离雪山最近，离天空最近，离佛祖最近。

西夏太后，忽必烈，元顺帝，马可波罗……

也许有史书记载，忽必烈、元顺帝都是出生在你的怀抱，也许只是一个美丽的传说，其实都已经不太重要了。这些美丽的文字只是告诉世人，这座安静的寺院是皇家寺院，因为高贵所以典雅，透过那些遥远而恢宏的名字，我们都可以拥抱那些名字背后的温暖和苍凉。不管是皇上居住过还是神仙居住过，那都是一种精神的高度，灵魂的皈依。也因为这些温暖的名字，让这所小城显得诗意而又柔软。它们的脚步串起小城的历史，也串起小城那些美丽的传说。一座城市需要文字装点，需要历史充实。一个人有了历史，他会显得成熟有魅力；一座城市有了历史,它会显得厚重而大气。因为它有了皇家的大气,自然的灵气,自然滋生出了人气。

释迦牟尼,罗汉,壁画,经卷……

多少脚步匆忙而来,就为了看看你沉睡的模样。多少不同民族的人来过,多少不同肤色的人走过,我相信他们都会对你投去惊叹而又深情的视线。木胎泥塑是你的骨肉,金装彩绘是你的外衣,"视之若醒,呼之则寐"是你最美的表情。我喜欢看你的姿势,喜欢读你的表情,你的表情温暖、和谐,那是你涅槃的表情。那一瞬间,你超脱了生与死,那一瞬间万物成空,你的心灵是一片净土,心灵的语言折射在你的脸颊,你安详而又脱俗。

你周围那十八罗汉,个个惟妙惟肖,我虽一一叫不出他们的名字,可是看到了降龙伏虎罗汉,空中腾飞的龙进一步表明你的不同寻常、你的高贵、你的皇家血脉。他们都以各种的形态坐立成永恒的模样。你睡着,他们或坐或站,似乎都在守护着你,你的身边并不冷情。

那些精美的壁画斑驳了许多,导游说,唐僧西天取经的壁画,上面最勤劳的是猪八戒,版本不一样了,可是那些师徒依旧惟妙惟肖栩栩如生,似乎从脸上的表情都可以看出路途的辛劳。其实我感觉谁勤劳不太重要了,只是表明玄奘取经的故事源远流长、思想和文化源远流长。斑驳了的是壁画,沉淀下的是智慧。

藏经阁内珍藏有明英宗颁赐的六千多卷佛经,经文保存完好,以金银粉书写的经文最为珍贵。那些经卷、那些文字,每一卷经书都有一个故事,每一个文字都有那些僧人的体温。那些文字看上去熠熠生辉又安静踏实,趟过岁月的河流,也许只有文字可以记录岁月走过的痕迹、心里走过的足迹。如今那些经书很少有人去翻动了,只是拿出一小部分供来来往往的人们瞻仰、点亮游人的视线了。在文化大革命的时候,有一部分经卷惨遭破坏。后来一些僧人把遗失的经卷一卷卷背着书写出来,那是怎样虔诚的心才一笔一画写出了世间的传奇。

因为有信仰,这个世界多少东西才会得以流传;因为有善良,这个世界多少东西才得以延续;因为有坚守,这世间多少东西才得以传承。

中国,亚洲,世界……

你不需要这些文字来装饰你。因为全世界都笼罩着你的光芒。最大也许只是说你的身躯,其实你的脚步走过地球上的每一个角落。你的沉默触动的是人心灵深处最柔软的地方,你的沉默里包含着千言万语。如果人的心陬里都有你的身影,这个小城是多么温暖,这个世界又是多么平和。

因为有你,这座小城变得厚重而又诗意;因为有你,人们的视线变得真诚而又柔软,你是这座小城最柔软的地方,小城的心脏。

看到的是你的身影,看不到的你的行程;听到的是晨钟暮鼓,听不到的是你的呼吸;听不到的是你的声音,感觉到的却是你的心跳。

这座小城,你属于历史,你属于现在,你属于善良,你也属于那些虔诚的脚步。

走在洁净的初冬里,夕阳依旧洒下柔软的光芒,我闭上眼,让那份温暖熨帖我的每一个细胞。

知道你依旧安静,依旧安详。

卧佛长睡睡千年长睡不醒;问者永问问百世永问不明。

睡吧,以最美的姿态做最美丽的飞天梦。

你以沉默的方式让多少浮躁的心安静得如你身边的一个罗汉、一幅壁画、一卷经。

不管多少年,你的岁月秀丽依旧,幽静依旧。

我知道,每一个生活在小城的善良的人们,都会听到你优雅的呼吸、美丽的心跳……只有你的心可以最优雅的方式跳动出最美的旋律。

散文

优秀奖

丝路西北

▶ 亚　男（四川）

崆峒山

去之前，我就想过——

一座山的历史，应该具有人文向度。

秦汉时期，崆峒山就传递了这一样的精髓。远离喧嚣，守望沙漠。一片绿多么珍贵。云雾走来，木鱼声声。

我在一片空旷之地，仰望山峦。

这是一片民族融合之地，东连关中，西接陇右。

毗邻长安。

一座山不会相信荡气回肠。

但，一座山的仙气一定不能缺少灵魂。先帝稍不留神就去了崆峒山，是不是寻花问柳，大臣们也无从知晓。

一旦，一座山有了丝绸的质感，纹理中的波澜，自然是少不了肝肠寸断。

也许有人私藏了酒。

我去的时候，不见道家念经，一坛酒早已备好我的行程。

一些诗句的狂放不羁，佐以豪情，又是那么的想念江南的温婉。

历史的烽火殃及的时候,酒杯已经空了。东倒西歪的我撑着一把油纸伞,忘记了断桥的江南。

癫狂的诗句,押着月亮的韵,丝绸上的花鸟赶来,也没有劝住我。

谁又愿意陪着我,今晚唱一曲花儿。沿石阶,我听到香客的虔诚。

300里之外的长安,我拴马的灞河边,歌舞升平。

垂柳系着的月光已经脱缰。

我再一次呼喊着,我的盔甲早已不知去向。远古的战事,收走了我的盔甲。而风留下的萧瑟,在月光里崛起。

西域啊,一匹丝绸裹着的玉体,战火停歇吧!我的酒,一度辽阔。冲出我的胃,一座山也是这样疲惫的。

郎木寺

还有一粒光没有走失。

我坐在郎木寺外,手中的香点燃一朵花。是酥油花。远一点的,青草和树都没有注意到,阳光在我的脸上,有一些血丝。一夜的奔袭,找不到休息的灵魂。失散了的孤独,折返了回来。

我在郎木寺的避阴处,回想。

很多人都走失了,这不就在昨天,一句话不小心,爱情就落荒而逃了。

很长一段时间的空白,塞满了忧伤。

一转眼,端来一杯月光。

我来不及推辞一场战事,凶猛的硝烟四起。再远一点的河,涨水了。我听到木鱼声和河水的声音融合在一起,越过了墙。

绛色的袈裟,没有丝绸那么从容。

步态有些萧条。

祖先开凿的这条道,天寒地冻。

开了光的一串手链,木质的心情倒回去,就是一片月光。冲锋的战马跑过古代。我的长衫遗落在路上,我承认我是一个穷困的书生。

酒肉穿肠而过,谁也不知道我今夜的醉,究竟要什么时候才能醒来。

铺下丝绸,我才想起织布的母亲已不在了。

在郎木寺上一炷香,母亲也许就会好受些。

尽管去往西域的路,在郎木寺逗留一下,并不妨碍。

对于嘉峪关的向往超过了一匹丝绸的细腻。

在那里，我可以抵御我的孤独。

挥手作别郎木寺，阳光也起了一个早，铺下辽阔，将经卷送上了马背。

嘉峪关

一个垛口，深深地陷入历史。就在一块块砖上，纹理清晰地记载了祖先的战略智慧。

这是必经之路。气候比我想象的还坏。

可是我的祖先没有现在的防御措施，还有战乱。

砖的历史烧制信念。一块一块，叠加起一道奇观。

站在垛口，关外与关内，都是战马。

厮杀声从历史的卷宗跑出来，场面宏大。

我的战马越过人间，那些死去的灵魂一定不知道，硝烟里，我的马匹多么雄浑。善良的羊群，无法靠近嘉峪关。

写在历史里的战事，我的盔甲上早已被时间磨去锋芒。

张骞路过的时候，谁在和匈奴厮杀。

洞悉战火，泥土烧制出一匹光的高度。时间的风口，刮着千军万马。

险峻的气候，抵御苍茫。

酒的呐喊，列队出发。

我在一页历史上读到的战马，已经临空跃起。嘶声中的远古，奔腾着祖先的智慧。融合在泥土中，那火的温度，洞悉了人间的悲欢。

镇守阳光，我的胡杨，一曲沙漠之歌，只有酒的烈性懂得。

今夜的月光在嘉峪关，一个写诗的朋友，举着灵魂的火把，烧烤一头羊。

饱满的香气吐出历史的真相。

出了关，再向西。

丝绸的纹理越来越清晰。

东方的美人坯子续写飞天。酒的浓度到了不可更改。

那一夜，我在月光里醉倒。

美的肌肤，就在嘉峪关的垛口，静静地看着我不胜酒力。

「大美甘肃，多彩丝路」
全国诗歌散文大奖赛

学来的花儿,唱了一夜。

莫高窟

硝烟已经精疲力尽了。疲惫的月光停在一条路上,忧伤的马蹄声变得清冷。

那些我无法触摸的颜色依然在奔腾,奔腾在河西走廊。

各具神采的场面,一定少不了张骞出塞。

他的马,很久没有粮草了。

舔舐月光,一曲悲壮藏着酒的烈性。

木质的灵魂不可复制。

造型的神态,坚定。崇尚婉约的大唐,西域迥然的性格就是一匹战马。点化历史的人,一定不是路过,开拓这片疆域,日趋繁盛。

佛心膜拜,一匹丝绸,有了水墨的浓重。

时间起的褶皱,蜿蜒而绵长。很多褶皱比大唐还早,但一点也没有褪去行走的智慧。西域,一阕悠扬似乎又不在篝火中,那些煅烧过的灵光举着豪迈。

游牧的民族,也有一份安详。

四尊大佛,在战火中也没有倒下。

苍茫中,远远的,莫高窟在闪烁。

不断修复的灵魂,一个世纪,再一个世纪,成就了西域的浩瀚。

辽阔的风吹拂着,那些依旧苍茫的山水,凝固了泥土的芬芳。

历史都是人塑造的。

莫高窟雕凿出来的千姿百态,手法依旧娴熟。

夕阳下的莫高窟,散去的人也许并不明白,历史在这里色彩那么高明。

发　现

铜奔马,一匹丝绸烧制出来的信心,质感饱满。

河西走廊,祁连山,藏经洞,壁画,石窟,穿越风雨的决心,一路向西。从这里远去,埋伏几千年,写下羊皮书。青稞酒酿浓之后,夜色的纹理清晰。

沿着雄浑,飞马扬鞭。

一路正在发芽的种子,迅速拓宽。

相信马背上的盐,有足够的力量挑一条路的延伸。

战胜黄昏,那些归鸟在云端。

云朵上的马匹,野性十足。我发现张骞和郑和,在不同的地方传播文明。足够英勇的大汉,足智多谋。

时光是不会磨平寂静的。血性的大漠,春天已度玉门关。我写下的诗句,比起丝绸和盐,传递的文明要快。

行吟的草木和牛羊,一杯花儿,不会袖手旁观。

发现,丝绸上的纹理是理想的,镶嵌着历史的波澜起伏。

远古的战马和盔甲,反复晕染。河西走廊丰饶起来,欢快的牛羊,大漠中的骆驼刺,胡杨林,可以在丝绸上写下经书。

一张宣记载了祖先的高瞻远瞩。

凉州二题

▶ 杨　先(甘肃)

一匹踏着飞燕的马儿

一而再再三多地去雷台，是因为一匹踏着飞燕的马儿。

尽管我心如明镜，清楚那匹马儿现在雪藏于甘肃省博物馆，成为镇馆之宝，在那儿永远与它无法邂逅，但我总觉得那匹马儿的元神就在附近游荡，它随时可以穿越时空，沿着丝路，迎着花雨，从汉朝驰来，从大宛国驰来。曾经几次，我仿佛隐约听到它硕大的坚蹄敲击石板的清脆回响。我想啊，千万别错过那一时刻。它一旦现身，背上端坐的肯定是将生死托付于它的青年骁将霍去病；它一旦嘶鸣，其声势如江河肯定得到司马相如《上林赋》的熏陶；它一旦思乡，面对的肯定是风吹草低时祁连山上空的一轮皎皎圆月……

当然，这都是我美好的愿望。每次我看到的不过是它或大或小的仿制品。仅看仿制品，不一定要跑那么远的路到武威，我家的电视机上面就摆着一尊。小型号，绿颜色，拿在手里沉沉的。起先，谁都认为是铁铸的，上面涂了一层绿漆当铜锈仿古。后来，好动的小女拿来磁铁一试，竟不吸不附。这才找来说明书看，见它与那出土的马儿一样，也是铜质材料。我开始胡思乱想：同样一锭铜，怎么铸成鼎、爵、尊、钟，便是庙堂中不可或缺的礼器，铸成矛、戈、剑、钺，便是令血溅丈二的兵器，铸成铧、锸、耙、铲，便是培植葱绿稼穑的农具，铸成我家这尊，便是让我陋室些微生辉的摆设，铸成出土那匹，便是传承两千年丝路文明的载体？

我不是说铸成其它器物的铜锭命运不济，我只想表明铸造那匹马儿的那锭铜真幸运，它竟然超量承载着古人独步千年的智慧！想想，一匹俊马，昂首长嘶，奋蹄疾驰，速度竟超越振翅飞翔的燕子！拥有如此风驰电掣的能耐，这马儿肯定具备不同凡响的高贵血统。况且，马儿与飞燕嬉戏竞速，即便马蹄轻踩，区区燕子，小命早就玩完，哪有回首观望马儿的时间？能将动作收放自如，这马儿定然是倏忽天地间的天马！更令人叹为观止的是，燕子处置得实在高妙：张开的双翅扩大了马儿的着地面积，使得三蹄腾空的马儿有一个稳定的重心，而不至于无法摆立。要是没了这飞燕映衬，将那马儿铸造得再栩栩如生，也是闲蛋。保不定如我等平庸之辈的惯常作派，将马儿放飞到一朵云彩上完事，并一二三四罗列出必须这样做的十条理由。大师与俗子的区别就在这儿。我的想象力是多么的苍白和匮乏！

那铸造这马踏飞燕的究竟是怎样的一位神人啊？他肩膀上扛着的究竟是一个怎样的巧夺天工的脑袋？我放飞思绪，让自己置身于东汉的武威郡。不论在车水马龙的喧嚣街市，还是在绿阴拂窗的乡间作坊，那巨匠肯定隐身其间。他是胖是瘦？是高是矮？是老是少？是吏是民？是笑眯眯的好性格，还是碰不得的火药桶？是一伙臭皮匠组成的草根群体，还是天马行空独来独往的单干户？是手握羌笛横吹曲的胡人，还是怀揣诗经折杨柳的汉民？是听幽咽芦管而一夜尽望乡的戍卒，还是铺丝绸洒香料于河西走廊的商旅？一旦邂逅，他肯定会告诉我，这匹踏着飞燕的马儿的原型，究竟是来自大宛国的汗血马，还是天生会走侧步的岔口驿走马；马蹄下惊慌失措的鸟究竟是飞燕，还是传说中的龙雀。

我睁大眼睛细瞅那些着袍、着褚褕、着襦、着裙的各色先民，听着他们操着汉语、匈奴语、羌语、氏语等各种方言，觉得他们每个人都是，又都不是。突然就想起国学大师钱钟书说过的一句话：如果你吃到一个鸡蛋，觉得好吃，你又何必去认识下蛋的母鸡呢？我不禁对自己的行为哑然失笑。对于这世所仅见的珍品，何必去寻根究底？这些千古之谜，或许正是踏着飞燕的马儿留给我们的艺术空白美呢。

但毋庸置疑的是，如同有些人刚从母体孕育时起，注定是一个非凡的人一样，那巧匠制作模具前刹那间的灵光一闪，就注定自己的一双纤纤妙手在演绎一阙惊世绝唱。裹挟着丝绸之路的风雷横空出世，在两千年的巨大时空内，碰撞出夺目的电石火光，踏着飞燕的马儿啊，这就是你梦幻般的前世今生！

一块四处游走的石头

四百吨的石头不罕见，一块能在时空里四处游走的四百吨的石头，那就是稀罕物了。

这块石头起初稳居甘州。当它听说古浪石门峡那儿洪流驱奔，下游生民涂炭，顿生恻隐之心，便趁着溶溶夜色，循着商旅们铺就的丝绸之路，若飞若滚，来堵石门峡的峡口。众飞天听到这事，深受感动，见它走得焦渴，一路为它倾洒着花雨。石头走到古浪峡，石门峡已遥遥在望，它见洪水从自己脚下滔滔不绝流过，越发加快行程。可就在这当儿，一位甘州道士听着鸡鸣趁着茅店月踏着板桥霜，打着哈欠赶路，觉得身边这块疾速东奔的石头眼熟，不由得脱口而出："这不是我们甘州的石头吗？"石头是灵异之物，见自己的身份暴露，灵气登时泄失，蜷伏在路边不得动弹。

眼睁睁地望着身边的洪流冲向下游，而自己却毫无作为，石头内心要承受一种多大的煎熬啊？这种煎熬不是一日两日，而是成百上千年！那是一个什么道士？如果我能够，非撵上去踹他的屁股两脚不可，不管他是有意还是无意，不管他为自己的言行忏悔一万次，还是半次也不忏悔。

这块石头不但游走于民间口承相传的传说中，还游走于长安的皇宫高庙之内。这就要牵扯到唐太宗李世民了。李世民子嗣众多，但太子位只有一个。在尊贵的皇权引诱下，皇子们利令智昏，忘了儿时老师讲过的孔融让梨之事，忘了手足间的脉脉温情，彼此勾心斗角尔虞我诈。李世民被皇子们逼真的表演弄得眼花缭乱，觉得这个不错那个亦可，一时没了主意。这当儿里，凉州刺史上书，说上天在古浪峡降下五块瑞石，其中一块上有"高皇海出多子太平天子李世民千岁太子李治"等字样。李世民闻奏，乍信乍疑，派自己最信任的大臣跑去验明正身后，认为天有成命，不再举棋不定，随即下诏立李治（唐高宗）为太子，并派特使拿着秘书写的祭文到这五块石头前祭拜祷告，说当今天子李世民，因您赐福统治天下。我晚睡早起，勤于政事，但还是感到力不从心，辜负了您对我的期望。您将圣旨降临在瑞石上，我已经照办。现在我献上美玉丝帛，来表明对您的敬重……

古语曰："宁可死爹娘，不可死君王。"君王在老百姓心目中的位置是何等的重要，而这块石头又让君王产生如此的敬畏之心——可以想想，这块石头在大唐地位该是多么的显赫。李治的党羽利用这块石头做文章，这是不争的事实，但我对皇家这般的龌龊事不感兴趣，让我真正趣味盎然的是，凉州沾了这块石头的光。李世民因为在凉州的地盘上出现了这"祥瑞"之兆，"赦凉州"。皇帝老儿一般在自己登基的大喜日子里大赦天下，这次独赦凉州，石头竟干了一件惠及桑梓的事。

当然，这石头还一直游走在历史的长河里。滋养我们的这块热土历史悠久，但这些历史不过是后来的人们连缀起来的一点文字片段而已。据说四千多年前的新石器时代，这儿就有原始部落渔猎游牧繁衍生息，可除了在一些遗址出土的石刀、石镰、石斧等外，谁是见证？西周时这儿由西戎牧驻，东周及秦时属月氏，汉初为匈奴所居，西戎人月氏人匈奴人长着一副怎样的面孔？五凉时期，鲜卑人在这块土地上立国，将前来统一北中国的后秦军斩杀七千余，可当年那些叱咤风云的鲜卑人到哪儿去了？不甘于寂寞落伍的党项人建立西夏，把北宋打得风声鹤唳连年进贡，要是没了那块由著名学者张澍在武威清应寺发现的西夏碑,那煌煌如炬闪耀西北大地的西夏文化,对于我们现代人,还不等同于漆黑的夜空?

可这些民族、这些时代对于这块石头而言,似乎是昨日之事。也许它一觉醒来,山河早已改变了容颜。它感受过身穿左衽窄袖羊皮短衣的匈奴人在它身上磨砺弯刀带来的阵痛,目睹过成群结队的凉州大马从身边驰过从此横行天下,嗅到过身边铁柜山烽燧上戍卒报警点燃的狼烟味道,听到过红军西路军将士喋血古浪悲壮激越的冲锋号在山谷里久久回荡……千万年的历史风云尽在它云卷云舒的记忆里。

面对这块在丝路上游走的石头,我感到自己如同一只蝼蚁一样卑微与渺小,觉得人类整日蝇营狗苟的行为又是多么愚蠢与可笑。

平凉看塔

▶ 马宇龙（甘肃）

　　塔在我的印象里一直是个神秘的建筑。少年时看《西游记》,第六十二回《扫塔辨奇冤》里金光寺有一黄金宝塔,唐僧沐浴后,执一新笤帚登上台阶扫塔,一直扫到十三层。那时不知,扫塔何故?后来长大,方才明白,见寺拜佛,见塔扫塔,是佛家的习俗,也是表达礼佛敬法的一种方式。

　　《西游记》拍成电视剧,关于那一段用了很多的镜头来表现,还作了一首背景插曲,印象极为深刻:"乌云压顶夜森森,塔铃儿响声声。夜色昏暗灯儿不明,知是宝塔第几层。一片禅心悲众僧,师徒扫塔情殷殷。驱散妖雾乾坤净,换来晴空月儿明……"

　　后来看《白蛇传》,白娘子为救许仙大战法海,水漫金山寺,被压在西湖雷峰塔下,让人心生无限爱怜。从那时候起,我就知道人间林立的塔与佛教有关。塔来源于佛教盛行的印度,中国塔是随着佛教从印度的传入才出现在神州大地。难怪塔一直以神秘面目示人。塔是佛法的象征。

　　平凉位于古丝绸之路的东段,是佛教传入中国后东来西去的必经之地,除了石窟寺、造像、碑、寺庵外,最引人注目的佛教文化遗存就是古塔。作为佛教文化的代表,座座宝塔就像是一颗颗熠熠生辉的宝石,镶嵌在平凉山川大地,专家考证,全市共有古塔七十多座,有泾川县水泉寺回中府遗址上的两处北周塔塔基。有位于庄浪县陈家洞、华亭县西关皇甫村和泾川县水泉寺的三处唐塔遗存;还有分处静宁县古城乡和泾川县泾明乡的五处宋、元塔;此外,有明代塔两处,即平凉延恩寺塔和华亭西华乡盘龙寺塔。而其中,论观赏性和价值性而言,所谓平凉古塔建筑"双璧"最为夺目:一座在城东东湖畔,一座在城西的崆峒山。

　　早些年在县上工作生活,每次到市里一进城,都要经过平凉城区东大门三角城,在那里远远就能望见一座高高的宝塔。这座宝塔被当作平凉城的象征和进入平凉的显著标志,至于它建于什么时候,有什么背景和历史,则是在我迁居平凉、真正成为平凉市民之后。

那年国庆节,我信步前往宝塔梁游玩。(之所以称之为宝塔梁,是因为它矗立在平凉城东马道门外之高梁上,故而高耸入云,数十里外尽可见。)整饬一新的宝塔梁空地上,一座仿木楼阁式宝塔拔地而起,甚是雄伟。看介绍,它建于明代,因有延恩寺故称延恩寺塔,追其来历,应该追溯到明代韩王领封于平凉时。当时历任韩王及王妃好事佛崇道,在平凉府城周围建寺造塔,延恩寺及其塔就是其中之一。

2012年10月,平凉市政府对其加固维修之后,立有《延恩寺塔碑记》,记录了明嘉靖年间从公元1535年动工,到1546年建成,整整建了十一年。这让我惊叹不已,难怪四百多年过去,它依然坚挺于世。用笃定的佛心来做事,事必成,业必久,文明必传世。走近宝塔,但见砖雕斗拱,云头花卉,琉璃瓦件,风铃作响。我能想象筹划设计者与建造者是怀着怎样一颗心来添石加砖,化腐朽为神奇。

如今细看,很多的用心沉积了,很多的工夫沉潜了,那功力里的守护是可以穿透时间的。平凉的大文人、明代的赵时春写有《东塔寺记》和《塔记》,详细地记载了当时修建延恩寺宝塔的情形。在《塔记》一文中我看到这样的字眼:"盖推广先昭王与今嗣王之令德,而欲播诸人人者也""彼以杀为戒""彼以贪为戒""彼以嗔为戒""则凡被夫教育者,必能恪守宝训,淡泊无为,静以养心,简以御事,怡神于虚明清淑之域,以享大雅乐善之休,兹塔将与有光,时存将阴受其惠焉。"原来建塔的深意旨在教化人们"戒杀""戒贪""戒嗔"并"淡泊无为,静以养心"。于是,我再望宝塔,警戒与内敛之心油然而生。

我去时木梯门封闭,不得上,不然可延木梯盘旋而上至顶层,望平凉城市风光。其实,修宝塔除了教化万物,却还有一段浪漫的故事深筑其中。这就是塔中的故事,故事中的塔,还是这位大文人赵时春,他在《平凉府志》中记载,现在所谓的"延恩寺宝塔"起初称为"东塔",是当时笃信佛教的"韩国温太妃"即韩昭王朱旭櫏的夫人温氏,爱怀已故的韩昭王,为其祈福而建。我仿佛看见一位贵妇人在此抚琴,一张古色的琴横在案上,香炉里的檀香似有似无,袅袅娜娜地飘向天空,她眉峰微蹙,眼底眉尖笼着淡淡轻愁,使她的美丽看起来高贵而迷离,像一枝开于十丈红尘之外的孤绝百合。一曲终了,深深的落寞和茫然弥漫周身,她一定是在感叹人世飘零,美好易逝,一定是在怀念曾经耳鬓厮磨的枕边人韩昭王。于是,一个大胆的想法萌生,她要建一座塔为丈夫的亡灵祈福。十年时光在守望与怀念里过去,塔终于横空出世。原来这高高耸立的宝塔,还承载着一个女人对一个男人的爱与思念。有人说,女人为爱而生,男人为江山而生。温氏与韩昭王,恰好印证了这一说法,我们无从知道他们两人的恩爱缠绵与雨露承欢,但是温夫人的爱情却凝固成一座爱之塔永存于天地间,比起镇压白娘子的雷峰塔,这让我们对于爱情有了更多的希望和坚守。尽管在后来的战乱、地震中,宝塔多有震裂,但其能在挺立四百多年后雄姿依然,必然是爱与信仰支撑的缘故吧。

怀揣着对温氏与韩昭王的无尽想象,离开东塔,西行崆峒去看平凉古塔"双璧"的另一"璧":凌空塔。凌空塔位于西来第一山崆峒山的塔院中心,关于它的建造年代,说法不一,一说是明代万历十四年,一说很可能建于宋仁宗即帝位之初,也就是天圣七年之前。两者各据一词,互不相让。我不关心它姓赵还是属朱,知道它是座古佛塔就行了。

走上塔院,一眼就可以看到,造型为七级八角空心楼阁式,有南向拱门,门上一边的层檐有浮雕三层斗拱,角吊垂于檐下,于风中作摆。塔角雕刻着精美的佛像及浮雕。更为奇异的是,在塔顶上有几株小松树,穿透百年历史风云,扎根于古老的岁月深处,枝繁叶茂,四季常青。与东塔不同的是,塔内有八十八尊佛像,蔚为壮观。东城明宝塔已看不出佛祖的影子,而崆峒凌空塔依然佛光普照,护佑苍生。独立塔前,我仿佛头顶着一只灯盏,脑海里的俗尘纷纷化作青烟,从宋或者明走来的古塔,数百年一直都在向天空攀援和祈祷,多少日子的风尘与白雪,写就了对光明祥和的炽热诵词。恍惚间,我看见,凌空刺入天幕的古塔,带动整个天空在旋转,崆峒以及我心中的历史一时间都动了起来,向"无穷"与"大我"飞去……清代静宁进士王源翰曾作《平凉竹枝词》曰:"东关浮屠起七层,禅房罗列夜传灯。韩藩好佛人多化,处处经声处处僧。"可见平凉这丝绸必经之古道上佛教之繁荣由来已久。

2015年8月,出土于泾川大云寺的十四颗佛祖舍利中有四颗回归故土。为此,平凉举行了盛大的迎归仪式,沿途善男信女夹道叩拜,虔诚膜拜,让我惊叹不已。为了这些舍利的回归,泾川人于隋代大云寺原址,修建起一座大云寺塔,像平凉的明宝塔一样,穿云透雾,成为泾川的象征。其后,去庄浪县下乡,又在通化乡陈堡村陈家洞看到了一残破砖塔,其六角体现出明显唐塔风格,清乾隆年所立的《重修龙眼山碑序》载文佐证:"吾郡有龙眼山……石佛出现,老幼惊奇,迫至唐时,蛟龙腾天……"看着那伸向苍穹的残破手臂,我似乎听到了历史的回声,听到了岁月沧桑的一声叹息。

无论庄浪唐塔,还是崆峒宋塔,抑或平凉东城明塔和泾川现代仿造塔,都不过是岁月留在人间的一株大树而已,就算承担不了普渡佛法的大任,也不枉初心留下一幅美丽的姿态供世人观赏。看过平凉大大小小、新新旧旧、形形色色的宝塔,我必仰头而视,它们高且直,历久弥坚,森森然插入天空。揽一片霞,摘几颗星,明光点点,遥不可测。宝塔深潜于笃定里,有的是岁月看不见的力量与魔法,努力的向上,沉静的望远与坚持的深入,是自在的也是洒脱和超然的,如佛,有着非同寻常的尊严。走遍平凉,步步看塔,塔总是与故乡与文明有关,在记忆的刻度里,它总是据守在那里,是家乡的一个符号,也是一个文明的印记。它只在时空深处拓展,只在我们心里负重、静候和守望,从不言语,只有禅意,只有向内的安宁。

一直以为,古老的神秘的,也便是美好的。看过那么多的塔,总能想起唐僧扫塔时唱的歌："乌云压顶夜森森,塔铃儿响声声。夜色昏暗灯儿不明,知是宝塔第几层。一片禅心悲众僧,师徒扫塔情殷殷。驱散妖雾乾坤净,换来晴空月儿明……"换来晴空月儿明,无论时代发展成怎样,这人类最初的愿望一脉相承,从不改变,尽管我看塔不扫塔,进寺不拜佛,但那又有什么关系呢?人只要向善、本真,就必算入禅。善意的执念,不可一世的专注,无论来与去,放下与拿起,记忆都守在那永恒里了。

元土村

▶ 唐　宏（甘肃）

　　元土村必然会让人喜欢，是因了它的生气、清静和恬然。

　　时下，乡村大多都荒芜了，生气早已荡然无存，可是元土村却是生气、生动、喜气的，这种生活欢喜之气，通过一个个庄户人家，阳光样暖暖地洒在村庄的角角落落。在这个村里，40多岁的壮男人和老人们还在面向土地劳作，20岁左右的姑娘小伙子出门打工，这样一茬茬人有守护村子的，有外出在南城北市打工谋生闯荡看世面的，这么井然有序地打理生活，延续香火岁月，一个村子便生机勃勃，欣欣向荣。

　　元土村是我的老家。那天，当我又一次回到元土村时，我觉得这种如洗得发白的旧时光般的感觉有些不真实，可是，村子里进出的一只只小狗汪汪着，一只只追逐小飞虫的鸡扑腾着翅膀，偶尔于宁静里冲出的一声鸡鸣，屋顶袅袅的炊烟，这一切告诉我这是真的，元土村还是一个真正的乡村！

　　元土村在空巢村普遍的今天是个奇迹！

　　其实，细究起来，是千百年来元土村人骨子里对土地和庄稼依恋、传承而生的坚守和热爱使然！

　　村子处于大山之中，地远山偏，民风淳朴，是一个原生态的村落——34户140多口人，过着原生态的生活，村民不匆忙，不急躁，生息劳作，陌烟袅然。春天撒下种子，秋天收获，一天里养牛养羊，放畜喂鸡，日子从头顶过去，风打着旋，吹着梁顶的麦子，作物成熟的味道飘过去，飘过来……村民遵循季节，匆忙的日子一天天过着，有序而瓷实。

　　村子四周是原生态的——植被很好，青峻的大山，每每春夏，草木繁茂，山石峻峋。尤其春天时，村子四周杏花开了，把个村庄拥抱着，花灿烂，村灿烂。山间沟叉，小溪清澈，浸润着村子。由于山深厚，山中野物就众多，草鹿、野猪、豹子、麂子，还有锦鸡、窜猪、野狐、野兔，出出没没着。行走在山中，每有林草簇簇，你疑心会有一只野物蹿出来，让你心中悚然。而其实，在山中行走，锦鸡、野兔、蛇啊的，就像一个个老朋友，在你身边游走，很自然的事，只是会倏然吓你一跳。当然，一些大兽也会赫然而入你的眼目——有一年，一个村人进山割柴火，遇到一只豹子，吓得惊惶而逃。还有一年，有一只狼蹿进村子，差点把一家的娃娃叼走，骇人极了。只是近年来，再没听着什么大兽吓人的事，现在常见的是野猪，成群接队，蹿入庄稼地，把一块庄稼祸害的不成样子，但没发生野物伤人的事。村里人常说："人不惹虫，虫不伤人。"是千真万确的道理，动物很有灵性，它们一般不会伤害人，除非你招惹了它！真的，自己小时，常见一条条蛇游弋于身边，如摘野草莓时，手伸过去，会遇到一只菜花蛇，上山坡揪野草时，会碰到麻线蛇，一次差点抓到手里，滑滑地溜过手指，还有一次一条蛇在我的脚面滑过去，但没有伤害我。

村子原生态得厉害，现代物质的东西一点儿都没有办法入侵。这么多年来，外界的东西是源源不断进入这个村子的，尤其近年来在中国农村城市化进程加快的情况下，人员的大量流动，带来南来北往的风，可是，元土村就是能坚守纯净和悠然。元土村如有一个无法看见的滤网，把外界的繁杂滤去了，留下本真和无邪。——村庄有十多个二十几岁的年轻人在北上广等发达城市打工，一年要带回20多万元的收入，还有在外上学的大学生，他们在获取知识、收获财富的同时，也把外界的文明带到了村里，也就是说，村里与外界文明交融是没有问题的，可是，外界的东西却没有影响到村里人的生活，村里人至今静静生活，不急不躁耕作收获，气定神闲。村里没有赌博偷盗的，没有被依法收审之人。媳妇打骂老人之事，在元土村更是没有的事。村民融融乐乐，和睦相处。这是多美的村庄啊！

其实，在多年前，我曾用批判的眼光审示着我的故乡——看到村里一个个壮劳力守在村里，守着土地，不敢走出村庄半步，固步自封，我还有怒其不争的念头。尤其是看着邻村的人们一个个走出去打工挣钱，盖起了漂亮的房屋，买来了汽车，我更觉得老家人观念的落后。可是多年后，当一个个乡村凋蔽败落了，而元土村生机勃勃气象万千之时，我庆幸村人对村庄的守护。同时，坚守土地的村民改变种植观念，大量种植苹果、花椒等经济作物，土地产值大增，村民经济宽余，生活幸福。这在如今是多么难能可贵啊！

村子没有被外界污染，仍像一个处子一样，干净、安宁、恬然。我这么说，有人会认为这个村庄是落后愚昧的，其实不然，元土村不但不落后，而且它向世人呈现了一个标本，发展而又清静、欣欣然的农村标本！每年我会回老家两三次，在春节、清明和国庆时，我会陪父亲回老家看看转转，和村里人的交谈中，我能感觉到乡亲的自足，和他们的祥和心态。坐在大伯家的炕头，听大伯说苹果卖了多少钱，羊毛卖了多少钱，草药卖了多少钱，这一笔笔收入，有的才二三百元，是何其少啊！自己一次请客都得花1000多元，这点钱真是少啊！可是听大伯说这些收入,那满足的神态,那收获的快乐,感染了我,让我动容。在那时,我能感受到那份喜悦和快乐,并且这种喜悦如电流,在一瞬间激活了我木然的心! 想想,对生活的喜悦,多少人已经丢失了啊!

真的,生活中有些人有些事能感抚心灵,引导唤醒人心中沉睡的美好的东西。回到老家,听老人们说说生活,说说日子,自己在城市里污垢累累的心会顿然清明起来!

村子美,还出产好水果。元土村的苹果清香甜美,声名远扬。早在六七十年代农业社时,种植的苹果就很有名了,是天水种植苹果最早的村子之一。那时方圆诸村都没有苹果树,元土村的苹果是那时南山沟一带独一份的,每到苹果成熟季节,有天水厂矿的大卡车前来村里收苹果,车辆出出进进,清香的汽油味飘荡在村子四周,我们一帮娃娃追着来收购苹果的汽车奔跑,贪婪地吸着在当时很少闻到的汽油味,十分快乐。在果园里,我们拥簇着一辆辆大卡车,等装好了车,再追着大卡车,看它消失在山梁后面。我们欢快而骄傲,这是当时其它村子里的孩子都没有的荣光,元土村风光无限,我们风光无限。如今,家家户户都种植着苹果树,是每家的主要经济收入。深秋时节,元土村里,一亩亩苹果园风景诱人,一枚枚肥硕的苹果红了脸,藏于绿叶间,如一个个女子,含蓄而风情,一个村子便香甜四溢……村里何姓人家还长出了中国最大的苹果。2013年,何姓人家的一棵果树结出了一颗1.8斤的大苹果,我写了《花牛镇惊现1.8斤巨大苹果》的信息在天水在线发布,天水电视台看到后派记者专程前往采访,播出后人人称奇。后来我在网上查阅相关资料,没有发现比这更大的苹果。这不能不说是一个奇迹!

元土村有戍边卫国的良好传统。早在1950年代,村里有几位爷爷辈的人参军,有一位参加了抗美援朝战争,去年去世了,享年90岁高龄。后来,父亲一代有好几个人参军,父亲当时是进了藏,还参加了剿匪。这几年有参军的,是新疆兵。元土村人卫国情绪浓郁,一代代人默默地传承着,这种正能量,滋养着元土村人形成责任、爱国意识,一个村子正气氤氲。

热爱故乡是每个人的情结,我爱元土村爱得深沉而热烈。我一年年回到元土村,四处走动,看望亲人,聊天闲谈,温暖自己的心灵。——出生成长地有着怎样让人无法言说的东西在里头呢?离开老家20多年了,那时急着离开,现在却是想着回去。真的,一天里工作太忙,写不完的材料,处理不完的事,劳神费心,无甚有趣,就想如果办个退休,回老家边写文章边种三两块地多好,点几畦韭菜,种一架豆角,还有种上黄瓜、西红柿、茄子、芫荽、再养几只鸡一只狗,一边伺弄土地一边写文字,山风清朗,阳光暖暖,文字一个个溜出来,闲闲适适……当然,这是不行的,可这样的梦时时做着,说与妻子,作为城里长大的她,就欢喜得不行,两眼生光,急切地想成行。可是,现实生活不能这样,于是,这样的想法只能是梦一样存在着,这其实是我骨子里对故乡的眷恋!

一年初夏,我邀请朋友走进元土村采风,看山看水,摘野草莓,吃美子,融入自然，放松心灵，感受恬然的元土村。我们穿行在元土村，早晨暖暖的阳光下，一座座房院，屋顶缕缕炊烟清清散散地飘扬着，一只狗汪汪着跑，间或有大人唤儿女的声音传来：去喊你爸，吃干粮（早饭）了……一个村子人声沸沸，清澈、干净，生动喜气。

日子流淌着，世事变迁着，可元土村里的人和之前一样生活着，面向土地，耕作生息，怡然自得，我心里是幸福的感觉！几年前，我把元土村给几位喜欢文化、知识丰富的老领导说起，他们皆感叹，说我老家的"风水"很好！

其实是应了那句话，礼失于朝而存于野。世界周身物质器器，人浮事躁，礼仪泊失，元土村却这么宁静，于乡野里守着自有秩序，芳香迷人，清清爽爽地立着，滋养着一个一个人的心，校着一个一个人的行。

元土村，这个原生态的村子，有人守护村子，有人外出闯荡，村人坚守土地，守住传统，又有外界文明进来。村子与文明相接，日月时序递进，人烟生生不息！

兰州的桥

▶ 刘丰歌（甘肃）

　　天上一条银河，像一条无情的鞭子，拆散了牛郎和织女这对相亲相爱的神仙眷侣、苦命鸳鸯。七夕可以相聚，河上却无渡桥。一对恩爱夫妻化作两颗星辰，只能隔河相望，泪眼相对。他们的爱情，却感动了那名叫"喜鹊"的鸟儿。于是，七月七日这天，成群结队的喜鹊们，不畏天路迢迢，纷纷飞向银河，搭成一座美丽的鹊桥。牛郎夫妻，终于在鹊桥相聚了，一年的相思苦、离别恨，在那一刻，如暴风骤雨般得到倾诉和释放。这天，鸟成了飞翔的桥，桥亦是飞翔的鸟。银河上的桥便有了一个美丽的名字——鹊桥。

　　地上一条黄河，以绵里裹刀的坚韧，从西向东，波涛汹涌而来，呼啸奔腾而去，将一座称之为兰州的城池从中截成南北两半，恰似天上银河，霸道地降临人间。于是，黄河北岸与黄河南岸的兰州人，被这条河阻挡了前行的脚步。两岸情侣，亦如牵牛织女星，饱受相见不能相会之苦。常有小伙子徘徊岸边，双手作喇叭状，看着对岸心上的人儿，使劲喊"我爱你"——这时髦了千年、最具魅力的一句话。亦有善歌的小伙子，把心中所有的情和爱通过花儿这种形式表达出来："黄河沿上牛吃水，鼻圈落在个水里；端起饭碗想起你，面叶捞不到嘴里。"那声音随黄河水飘散开来，又被呼啸的河风带走。对面的姑娘只见小伙子手舞足蹈，却根本听不清喊的什么话、唱的什么词。便有滂沱的泪滴落在河边，渗入黄河。那泪，亦如河水般浑浊起来。最终只能相互打着手语，一步三回头地离去。两岸的商贾亦饱受有货难以流通互换之愁，北岸的牛羊皮毛进不了南岸，南岸的油盐布匹进不了北岸。那河如一堵流动的墙，阻断了沿河两岸人的交往、物的交流、情的融合。人们只能把希望寄托在寒冷的冬天。只有冬季到来，寒潮过后，河面冻结为一体，变成特殊的"冰桥"。这时，两岸的人们方能脚踩"冰桥"，彼此到对岸探亲访友、相亲约会、交换货物、踏雪赏景。那冰，总算扮演了一回"喜鹊"的角色。

　　一年四季，总不可能只有冬季到河对岸办事，那该耽误多少营生、辜负多少大好时光？便有聪明的祖先因地制宜，就地取材，将一张张囫囵褪下的牛羊皮，经浸水、暴晒、除毛、扎口、灌盐、抹油等一系列的炮制工序"浑脱"后，用木棍捆绑成长方形的方格骨架，和吹胀的羊皮或牛皮捆在一起，靠牛羊皮的浮力，制成皮筏子渡人、渡物。于是，那一张张没有生命的牛羊皮变成生命力旺盛的舟子，骄傲地充当了黄河上移动的"桥"。每天从南岸到北岸，从北岸到南岸，循环往复，乐此不疲。那一个个在黄河上起起伏伏的皮筏子，远观，如一群或大或小的水鸟，在黄河上游弋着、漂浮着，方便了多少兰州人的交往，促成了多少俊男靓女的美好姻缘，渡过了多少南北两岸的生活所需，自然也推动了兰州经贸的不断繁荣。这移动的"桥"在黄河上一漂就是数百年，亦成了兰州城一道独特的风景。

　　光阴似箭，日月如梭。某一天，南方的木船远嫁兰州，与羊皮筏子夫唱妇随般共同铺就了黄河上流动的桥。随着丝绸之路的开通，兰州凭借"秦陇锁钥、东西咽喉"，津渡四境、关通八方的区位优势，逐渐兴起为丝绸之路重要交通要道和商埠重镇，于是，兰州城名气越来越大，对外交往越来越频繁，南北两岸的贸易越来越繁荣，这些流动的桥不得不超负荷运转，最终累了、老了，已满足不了人们生活所需。终于在公元 1372 年（明洪武五年），在兰州建起了第一座黄河浮桥。浮桥由木船托起，那一只只木船不再是河中纵横游弋的"鸟儿"，由渡河的主力变为充当"桥墩"的配角，从南到北在黄河中整齐排列，如列队的士兵等待将军的检阅。木船间连以木梁，铺以木板，围以木栏，用两根长一百二十丈的铁缆拴定在南北两岸的铸铁柱上，整座浮桥"随波升降，帖若坦途"。走在荡悠悠的浮桥上，情侣们笑了，商旅们乐了，走亲访友的人不愁了，到白塔山、五泉山游玩的人也可放心观景赏月、纳凉小憩了。当然浮桥的功能远不止这些，明朝兵部尚书马文升曾言："陕西之路可通甘、凉者，惟兰州浮桥一道，敌若据此桥，则河西隔绝，饷援难矣！"可见浮桥的建成，不仅方便了兰州人，对改善我国西北交通和巩固西北边防都具有举足轻重的作用。此后五百多年间，浮桥虽入春搭建、入冬即拆，这季节性的桥梁却以其扼守要津的重要地位，被誉为"天下第一桥"。清代王光晟《冰中行》一诗中就对浮桥给予了"天下神桥此第一"的美誉。聆听着行人的喧闹声、马蹄的"嗒嗒"声、木车轮的"吱吱"声，浮桥是快乐的，幸福的，他以激动的心跳迎送着南来北往的车和马、人和物。当浮桥进入垂垂暮年时，从它身上踩踏的脚步却越来越多、越来越密。浮桥尽管很苦很累，但从无怨言，仍顽强支撑着疲惫的身体，履行着自己神圣的职责。直到一座铁桥的诞生，浮桥才完成了它的历史使命，消失在历史的尘埃中。只留下一根拴铁缆的铁柱，至今仍孤零零地立在黄河南岸，像一位风烛残年的老人，看车来车往、游人如织，观黄河滔滔、滚滚东去，回忆着曾经的过往，以其斑斑锈迹和高达三米、重约数吨的伟岸身躯印证着昔日的辉煌。

公元 1906 年(清光绪三十二年)9 月 11 日,注定是个不平凡的日子,那天,兰州城天高云淡、惠风和畅,在时任陕甘总督升允的倡导下,甘肃洋务总局总办彭英甲与德商泰来洋行经理喀佑斯这两双黄皮肤与白皮肤的手紧紧握在一起,预示一个新的生命即将在黄河诞生,那就是兰州铁桥修建合同在那天正式签定。"赋性迂谨"的升允,这次却先斩后奏,自作主张拍板钉钉了,让人不得不佩服他过人的勇气胆识。然而文书报至朝廷,两年后才得到朝廷准建的朱批。所幸升允有先见之明,根据合同约定,那成千上万吨的钢铁配件,其实早已源源不断从德国漂洋过海、远渡重洋,运到兰州。经过华洋工匠共同努力,仅一年时间,一座如卧波长龙的铁桥巍然屹立于黄河之上,一举结束了黄河上游千百年来没有永久性桥梁通行的历史。铁桥以其伟岸雄姿见证了兰州城的风风雨雨,它承载过解放兰州时"嗖嗖"的枪声、"隆隆"的炮声,承受过大型失控供水船的猛烈撞击。但它历尽磨难痴心不改,只为了连接南北两岸的情和爱、商与贾。历届政府对铁桥亦是呵护备至,先后多次进行大的维修,后来又禁止车辆通行。如今铁桥已成为兰州城的主要旅游景点之一,到此赏景留影的游人络绎不绝。站在桥上,兰州城厚重的历史尽收眼中。

在兰州,与铁桥齐名的还有握桥。如果说铁桥是伟丈夫,充满阳刚之气,握桥则如小女子,独具婉约气质。握桥始建于公元 1403 年(明永乐年间),地处今兰州市工人文化宫东侧雷坛河桥处。握桥相传是仿"河厉"之制而建的。"河厉"是吐谷浑所建造的一种桥型。握桥的仿造说明,早在唐代,兰州地区各民族的文化交流已经十分活跃。此桥呈穹隆特起之弓形,且涂以红色,故又称"虹桥"。每当春季来临,常有文人墨客观握桥而诗兴大发。"不凭支柱架虹腰,独卧河干历几朝。桥上行人桥下影,年年来去送寒潮。"就描绘出了"虹桥"的独特美景。一座桥便被赋予了诸多的文化气息。握桥不仅以其穹隆特起的造型气势,也以其结构需要与造型的有机配合而成桥梁史上的杰作。中国桥梁专家茅以升对兰州握桥就给予高度评价,说兰州握桥是中国"伸臂木梁桥的一个代表"。解放后因城市建设整体规划需要,握桥于 1952 年被爆破拆除。但人们并没有忘记它,兰州市在打造历史文化、恢复建筑遗迹的建设中,先后在兰州水车博览园、金城关、五泉山公园等处建造了一批新的握桥。这些握桥已成为兰州市一道靓丽的风景。拆去的握桥若在天有灵,一定会感到欣慰的吧!

一百多年来,黄河铁桥以其坚韧与顽强保证了兰州市南北交通大动脉的畅通,但随着时代的不断发展进步,特别是改革开放后,人口流动量越来越大,车辆越来越多,铁桥已满足不了交通的需求,于是黄河上一座座新桥诞生了,像黄河孕育的孩子,呼啦啦生出一大串。短短二三十年间,修建了小西湖黄河大桥、七里河黄河大桥、城关黄河大桥、银滩黄河大桥、金雁黄河大桥等十多座桥梁。新建桥梁不再仰人鼻息,全是自行设计,自行施工。有悬索结构的,有斜拉结构的,有钢筋混凝土结构的,有钢管混凝土拱形结构的;有公路桥,也有铁路桥。每座桥都独具特色,各领风骚。那桥像唐装上的琵琶布纽扣,将黄河南北两岸的衣衫紧紧扣在了一起，兰州城不再是袒胸露背的汉子，衣着正规了起来、体面了起来。亦如在黄河上搭的一个个支架，保证了以交通拥堵闻名的这座城市大动脉的畅通。更像一排排琴键，弹奏出兰州发展变迁的时代交响。兰州，因有了这些桥而变成一个开放的兰州、包容的兰州、和谐的兰州。

兰州的桥，更是兰州城兴衰沉浮的历史见证者，如一张张闪亮的名片，连接着兰州的昨天、今天和明天。

丝路古道，步步生莲

▶ 张金凤(山东)

　　丝路是一条神秘的路，它隐藏在苍茫林海里，被花香果香呵护着、环抱着，被浓阴和鸟鸣吟诵着、认领着；它隐藏在辽阔的大漠里，被孤独的月亮擦拭，被驼铃的梵音唤醒；它隐藏在雪光映衬的阳关口、嘉峪关口，被西风摇旗呐喊，被东来的花瓣撒向香案。丝路是一条古老的路，在荆棘荒石中穿行、探寻，在藜杖如剑的岁月里寻觅、长大，在平平仄仄的诗行中和曲高调艳的歌赋词牌里丰满。

　　以丝路命名的行走是扩展雄心的行走，那时候的艰辛，是后世的浓阴。丝绸之路满载着开拓视野、认识世界的雄心，它的第一次既是一次探险的旅行，更是华夏文明向外传播的路径。从陕西的黄土高原入陇，车轮颠簸中，内心演奏出铿锵的鼓点，狭长的甘肃展开了它的曼舞之姿，之字形的道路迂回，跌宕的峰峦与平路交替展现，甘肃是丝路最为重要的一段，它容纳了古道的深度和厚度，撑开了丝路的高度和亮度。武威、张掖、酒泉、平凉、天水、敦煌、嘉峪关、阳关，那些温暖如棉、璀璨如珠的名字从史册中走到眼前，从纵深处以光速抵达我们的眼睑。那些古道西风里的意蕴，如今成了柳暗花明处的风景。一个个驿站，一道道关隘，一次次洗礼和展演，在甘肃大地上行走，灵魂越来越干净，轻盈地要飞。

　　一重关隘一重天，一道驿站一世界。西出阳关，我们行走得越来越远了，故土的歌调已经被风吹散。世界慢慢在队伍的行走中递进式开拓，远方是最有诱惑力的大梦。丝绸、茶叶、瓷器、经卷，我们已经准备好了，远方的国度和人民，这些中国大地上最华美最精致的礼品将要带给你们，它们在这条苍茫又落寂的古道上缓慢地行走，布洒恩泽，步步生莲。丝路绝不仅仅是一条贸易的道路，那是一条寻梦之旅，播撒之旅。

西去的路程太遥远，脚步太过缓慢，那些梦想的种子等不及又一季春风，急不可耐地在路上就开花了，花开了一路就洒下的一路的教义，就像传播了一路的驼铃。其实，梦想在远方，更在路上。

走过的一座座城，一个个隘，有的在时光深处挺拔生长，披了满身光辉；有的在历史尘埃中休憩，只留下一个辉煌的背影。无论如何，它们都在史册中熠熠闪光，那一颗颗镶嵌在大漠深处、古堡身边的璀璨明珠，被这条坚韧的银线穿成了珠链。那些明珠也成了狭长的陇上华夏文明走向西方的阳关道。

我的到达只是一次拜谒，一个游走的客，既没有壶背琼浆与四方商旅的豪饮，也没有身负经卷散于众生以安宁。我来自珍珠如雪的海滨，走过玛瑙闪烁的山地，我有美玉横陈的国土，有芬芳沉郁的四季风。而我到这里满怀着虔敬，来拜谒那些寻梦者的脚印，在甘肃的古丝路上，感受着密集的感动和震撼。

在苍茫的大漠中，在浓密的树阴下，在古堡的荒凉里，到处是崭新的脚印，他们踩着几千年的脚印在追寻在拜谒在怀古。如今的古道不荒凉，再没有幽怨的羌笛吹奏，而是探险的雄心，更是寻找灵魂的皈依。

甘肃像一泓甘泉。甘肃之"甘"，有大美之意，大甜曰甘，其名取张掖的旧称"甘州"与酒泉的旧称"肃州"联袂而成，一个饱含甘甜酒意的地名，必定暗含了诸多香醇，这片古老而神奇的土地，像一张通达时空的网，既从远古而来，孕育了伏羲、女娲、黄帝、西王母等传说的神宿，也纵通四海，触角深入古老的西域、波斯、西夏等域外。在这片大地上，襁褓中的黄河走出摇篮，在这里展开臂膀飞翔般地奔跑；它囊括着黄土高原的沟壑纵横，青藏高原的千锋林立，又通达着内蒙古高原的一碧如毯，万里无涯。一片祥云笼罩着甘肃大地，它早于半坡氏族的文明，将中国历史拓展到八千年，中华民族和华夏文明的一脉根基，在戈壁深处的绿洲悄无声息地繁衍，在岁月风沙遮蔽下葱茏着数千年。

青云朔风，甘州大地的驼铃和传经者，每一行脚印都是经幡上密密麻麻的符咒，祈祷四海升平，天下祥和。伏羲、女娲、黄帝、西王母相传都诞生在这片热土，传说本身就是芸芸众生的热望，他们期盼着圣人明君来帮助战胜自然，战胜灾害和疾病，降人间以祥和安乐。圣人和仙人本身就是药，是芸芸众生的主心骨和自信的精神支柱。

身居内陆的甘肃，是一个修炼者，在时光里战胜干燥和寂寞，将身上披满金闪闪的叶子。敦煌是一团火，每一个朝拜者都像千里飞奔而来的飞蛾，是的，一旦飞进莫高窟，这些俗世中的形骸就顷刻粉身碎骨了，灵魂也瞬间缴械，膜拜臣服于无与伦比的艺术之门。那些神像是逼真的，每一个姿态和仪容都绝不雷同又无可复制；那些壁画是飘动的，不仅仅是飞天们的羽衣和裙裾、衣袂，更有那拨动中的弦音，似乎穿越了人仙之境，抵达虔诚者的耳鼓。那些眼神也是飘动的，是活的，你虔诚凝视，就看到了佛的慈悲和菩萨的严正。那些窟、洞、窖，每一处都有巨大的磁场，每一处都以极强的感染力在击毁尘世中的琐碎和劳乏。在莫高窟，你看不见绘画艺术，看不见雕刻艺术，你看见的美已经早超越了它的存在形式,你看见的只有美和震撼,你交出的只有感动和泪水。

我曾经一直不解,一座一百余米的沉积岩小山丘,如何能承载了万佛之窟,成为众仰之地。麦积山,它的名字太过烟火了,形如麦秸草垛,众佛栖身的地方就是民间仰望的粮草之源啊,这足以证明,佛教等宗教从来都不仅仅是精神领域的高蹈,而是紧贴着民间生活运行。或许麦积山就是个千古例外,它的佛僧菩萨供养等诸神像,均用了众生平等的理念来塑造,泥塑神像多发生在寺院庙宇,而山崖之上都是借助山势,援用山石,因石造型成骨相庄严之态,千秋不坏之躯。而麦积山的一万多塑像都是泥塑。尘世多少风雨,竟然没有毁坏这些泥塑的庄严,就连历史上一次次的灭佛运动也没有将他们摧毁。他们的泥胚中饱含着麻缕布缕发丝,包含着各种各样的药材,更饱含着人们的期盼和信念。这里的菩萨与弟子的亲昵,打破了佛届一贯的庄严,给了尘世以创新的思维和无限温暖,东方的微笑更是以迷人的魅力征服了世人。神态安详而美丽的供养女,凝眸处是无限慈爱的佛像。被废的皇后,没有被世间颠覆的生存击倒,而是在这所庙堂里找到了归宁的安心,眉间无憎恨,心头有慈悲,所以一个凡间女子的塑像,只有母爱的慈悲和神性的宏阔。麦积山的佛就是一个奇迹,在这片特殊的地域,以一种特殊的众生平等、大爱无疆的手抚慰着每一位历史中风尘仆仆的过客。没有知音的觉悟和慈悲,这条丝路不会有当年的繁盛,那些身负使命的远行者,从那些神像中领悟到启示,转身成佛。

麦积山,天水东南西秦岭山脉小陇山中的一座孤峰,左右无兄弟,相邻无友邦,就那么孤独地佛性地存在着,一百余米高的红色砂砾岩,远远看去就是农家庞大的麦垛。也许它愿意以这样的形式存在着,山何必高,有大爱之心,庇护之心足以。它被众多的树托在手掌心,远看去,与其说是麦秸草垛,不如说是一个披着绿头巾的女神,那面容是山体,而头巾是绿树。众多的树在她的外围,它就是一个被绿云托起的女神。

我将一一走过这些在历史深处站立并一直站立着的地名,武威、张掖、酒泉、敦煌。它们也许曾经只是民间的草花,并不入高贵者的眼,但是长得卓尔不群,终究掩不住它的光华。时光的指针指到公元前111年,雄武的汉武大帝将眼光停留在这片被长久忽视的神圣土地上,把目光定格在几个边塞小驿。他在河西走廊封了四个名号,寄寓了自己的一份期待。他设立了武威、张掖、酒泉、敦煌四郡,又建立了阳关、玉门关两座边防关隘。那时候的汉武帝雄视环宇,将他的雄心寄寓在郡名中,分别寓以"耀武扬威"、"张国臂掖"和"美景倾泉",他战胜匈奴、卫护国土、宁静边疆的雄心由此可见。而敦煌这个命名众说纷纭,"敦,大也;煌,盛也。"当时的敦煌应该是一个繁华的要塞,是东西通衢的咽喉要地。或者说,汉武帝预见了它日后的辉煌和不朽。敦煌是一个交汇点,是汉民族和少数民族融合的要津。在这样两江水中,还有失意的才子,寻梦的侠客,戍守地方武将戍卒,肩负使命的使臣、以及羁绊不归的游子,在这片土地上他们诉说乡愁与梦想,展望或者回望。

我们沿着丝路的脚印前行,在沙柳婆娑的石滩下回眸,一匹巨大的铜奔马隐约在云端,那是一座城市的标识,它高耸在城市的顶端,是行者的马,是飞翔的马。行者无疆,当年的丝路经过了漫长的开始和长久的繁华,当今的我们,依然踩着它的脚印,以一种时代的步伐在追赶和超越。

　　丛林退后,朦胧暮色里,面前就是雄关嘉峪关了,突然一首歌横空而来,"雄关漫道真如铁,而今迈步从头越。"不管这片大美的土地上有过多少辉煌,那一页历史我们在铭记的时候,也一定有更辉煌的历史来续写它,超越它。"从头越,苍山如海,残阳如血。"每一个关口都在等待超越。大美的甘肃,也是一天天一年年在超越中前进,在辉煌里走向更辉煌。

佛孔寺的鸽子与灯

▶ 波　眠（甘肃）

　　佛孔寺是我曾经上小学的地方，木质土墙的小学校原本是寺院僧房所在地，后改为学校的。学校后面是一座突兀高耸的山，酷似陇右名胜麦积山，有小麦积之称。悬崖上分上中下三层石窟，原有栈道，现只剩密密麻麻的栈道口。顶上树木葱郁，青柏森森，有石窟边的树倒长下来，若亭翼一般。石窟内的佛像雕塑大多已损毁，里面多有带粉彩的断肢残臂，墙壁上还残留一些壁画，有高如真人的菩萨、金刚、武士，也有小如拳石的邪神饿鬼。这些人物线描勾勒传神，一丝不苟。我们上学时常去那儿玩耍，偷了老师的粉笔在墙上一通乱画。

　　最底层大殿的右侧还有一眼泉，不知何故，有人唤曰"海眼"。泉上边崖上生有钟乳石，泉周围用石头箍着，地上铺设的石基已磨得光滑可鉴。这个叫"海眼"的泉一年四季不盈不涸，我们上学时曾用罐头瓶舀水喝，清甜凉爽。忽记得那块碑有"闻听珊瑚无人见，一洞有水三洞干"之记载。据说周围有人挖出古钱，当时古钱通常也叫麻钱，家家有几枚，不能使用，我们并不在意，只是好奇。

　　寺院前面堆放着不同形制的石碑，有的已磨损得字迹模糊，大都是清三代镌刻的。最早的一通为明代万历年间重修佛孔寺的碑，可见佛孔寺建制之久远。这通碑碑身不大，有茶几面一般大小，字也不多，正文只有几句："佛孔寺，古察院，打石洞，别改换，再生石，重相见。"书法工楷中有逸趣。此碑俗称透明碑，乾隆版的《西和县志》有记载。透明碑是形容其石面光洁干净，光可鉴人，敬香的人老远从碑上可瞧见自己拿香火的影子。

　　寺院内大殿前有一棵香柏树，树向西斜倚，作侧卧状，树身皱裂生苔，纹理清晰。因为树身低矮，来礼佛上香的人都要摸一摸，天长日久，中间分枝处摸痕隐隐，已如旧家具一般。据说此香柏为唐朝僧人所植，已有八百多年的历史，可谓寿者相也。顶上柏叶青青，绿意盎然。寺窟间的鸽子斑鸠从崖间飞到树上，又从树枝间飞到崖窟间,旋来飞去,自在祥和。寺里没有僧人、尼姑,我想他们的前世或许就是佛孔寺的僧尼,眼神里满含慈悲,没有嘹亮的嘶叫,只是咕咕地低鸣,像为众生祈福的诵经人一样,连身上的羽毛也仿佛穿的是海青色的僧袍。有些鸽子亲和地在寺角边找食吃,回头看人,微微含首,若做杂役的小沙弥。

佛孔寺的对面建有戏楼,旧制已拆除,现在是七十年代建的鞍架式大房子。每年三月十五左右要唱会戏,这时节尚未动农,杨树叶柳树叶刚刚绽开,油嫩如新,半崖上梨白桃红,花盛草密,新煊一时。四路八方的小吃杂耍摊拥堵在四周围,熙来攘往的人穿戴一新。时见买了香火去寺里敬香的香客,有求财的、求平顺的,也有求儿女的,应有尽有。家乡人求儿女有给送子娘娘献花的习俗。花是一种纸花,先用绿纸粘托底叶子,再用大红或桃红的纸粘花朵,有雏菊样的,有荷花样的,猩红鲜亮,一枝枝插在一个草扎的棒槌上卖,更是惹眼。卖花人多是半老婆子或年轻媳妇,收拾得很是干净利落,重送花而轻收钱,每每买了花,边递你花边要说几句吉祥祝愿的话,听来温馨顺耳。

听人说过去唱戏之前还要传神,就是会头负责将远近各庄的方神请来,在寺里供奉几日,等戏唱完后又恭送回原来的地方,像请客一样。

三月十五正会的晚上还要逍灯。家里若有不吉祥之事便给神许灯一盏,凡许了愿的一并在此时节践行还愿,不然再有不安然之事必生疑虑。所有十里八村的许愿者提前备一盏灯与大家汇合。灯多是自制灯,有方灯、圆灯、筒形灯、玻璃灯……糊灯的油纸上有写了吉祥语或画了梅兰竹菊的,里面插一支蜡烛。几百盏灯在静谧的乡村夜里一字排开,巨龙一般,影影绰绰,非常壮观。头人在前以锣鼓引领,提灯人一个跟着一个,凡唱戏出份子钱的村子基本都有人去。

因为是许愿,愿灯也是心灯,散着一种虔敬之光,夜阑灯明,风似梵音,许灯人也在此盛大的灯阵中完成了一桩向善的心愿。灯逍毕,回寺院里诵经收灯,大人把贡果给小娃娃们分散一些,戏也就开锣上演了。

我在故乡长大,成年后才出来工作。一直喜欢写字,多少也有点小名声,于是佛孔寺每年唱戏寺里都请我给戏楼上写对联,于情于理我都不能推托,每年创作两幅,用红宣纸写好,背面右下角用铅笔再写上左右,以便他们张贴,唱戏前用白纸卷包好送达于寺里。他们很是慎重,未贴之前总是放于神龛前的香案上。这是我自写字以来受到的最高礼遇了,愈是那样我愈不敢轻慢。

写了多少年戏台上的对联,我也没保留一幅的内容,倒是唱戏的情景一直在脑海中历历在目:

台下的石头多起来
花脸就杀出帐外
……
粉红脸的女人接连走出来
像桃花一树树的开

「大美甘肃,多彩丝路」全国诗歌散文大奖赛

190

白塔山，你为谁怀想为谁颂扬

▶ 黄　杰(浙江)

　　晨曦揭开兰州的面纱时，沉静一夜的城市又恢复了喧哗。不管是叫"馒"还是"馕"的面食，被撕裂后泡在诱人的羊肉汤里，任谁走过都会馋涎欲滴。几千年来，兰州人爱吃面食的习惯，一直被这简单却又日复一日的腾腾热气传递着。

　　2000多年前，一位叫张骞的陕西汉中人，走出西安城门，宣扬国威，互通有无。寻找一个可以通天的世界，既是帝王的睿智，更是一个民族持之以恒的信念。当他跨过渭桥之时，却不曾想到，自己牵出了一条名垂千古的丝绸之路。张骞的"凿空"之旅，成就了一个王朝的繁华，更为后世留下了无法衡量的财富。

　　如果不是那些羊肉泡馍的滋养，不知无数商旅还能不能有力气推开丝绸之路上那一扇又一扇厚重的门。

　　不说丝绸为西方人装扮出什么样的生活，也不说佛教、伊斯兰教在中国遍地开花的轻易，胡椒、洋葱、葡萄等这些带有异域色彩的蔬菜水果，还有西方人习以为常的茶叶和瓷器，足以让这条古道赢得世界的崇敬与尊重。

　　兰州，黄河惟一穿城而过的省会城市，是这条古道上不可或缺的节点。兰州和长安，两个本不相干的地名，被一条路紧紧相连。"落花踏尽游何处，笑入胡姬酒肆中"的风情，长安轻易揽入怀中，自然也有兰州的功劳。

　　当一位叫程佛儿的舞伎，在长安用舞蹈演绎生活的万种风情之时，敦煌的石窟也灯火通明，一个王朝的奢华被尽情地用壁画、石刻浓缩下来。而在两者之间的兰州，也在品位异国的情调，遥想丝路的艰辛与希望。

　　当南方的茶马古道还在襁褓之中，丝绸之路早历了人间800年的烟火。这一切兰州知道。匈奴的袭扰，它会皱眉头；丝路中断，它更会痛入心扉。

　　当蒙古的弯刀将欧亚诸多山川斩落于马下，兰州自然是欣喜若狂的。为了一条路的通畅,更为了一个王朝可以威加海内外。

白塔就这样高高耸立,直刺苍穹了。

从兰州安定门往北一直走,过西关十字,上中山路,距离不远就到黄河第一桥——中山桥。跨过大桥,正对桥头的是白塔山。巍峨起伏的山势,与黄河构成一道天然屏障,大有拱抱全城之意。白塔则傲立山头,雄姿飒爽。擎天一柱俯黄河的意气风发,只须一个弯腰即可。

不知山因白塔而得名,还是塔因山名而有了归宿,这些俱无法考证。塔依旧,山不移,白塔山公园还是眉清目秀。出使西域的张骞,投笔从戎的班超,西天取经的玄奘……白塔山都一一放在心里。

兰州是中国西部重镇,如果将它形容成一幅绝美的画卷,那白塔山就是它的扉页,而白塔则是切入扉页最自然的点。

听滔滔黄河歌唱,思长城古道沧桑,白塔山的重担着实不轻。亭台楼阁,茂木修竹,装点得了它的风情,却解不了它心中几千年来的深沉。

矗立的白塔,是有些突兀。白塔与黄河上的铁桥构成雄浑壮丽的画面,成为兰州城的标志。

关于塔的形制,或许有无数个版本。由原始的单层结构,融入了中国亭、台、楼、阁等建筑元素,糅合出形形色色来。可于白塔来说,受藏传佛教覆钵式塔的传入影响,为汉藏结合的典范。塔基各面雕上垂幔及各式花纹装饰,塔身逐级收敛,砖砌檐口。顶部八脊封山,上置塔刹。白塔独特的造型,赋予一座山的风采,还丰满了一座城的灵魂。

塔在中国是数不胜数的。白塔也为数不少,北京的北海白塔,辽阳的白塔……像兰州的白塔,立于山巅,守着黄河奔流,伴着丝路苍茫,怀想长城烽火,是独一无二的。

关于它的故事,数不胜数。

蒙古帝国的马蹄让大地颤抖的同时,也让人心悦诚服。来自西藏的萨迦派喇嘛绝没有想到,一片虔诚心愿,到了兰州就灰飞烟灭了。草原上的雄鹰也许飞得太高,连拜谒也不是一件容易的事情。

成吉思汗的子孙们没有忘记心有所属的夷邦,白塔的横空出世,既为了记起这位喇嘛,也是彰显天恩浩荡,更展示了帝国的强大。

人虽有意,风雨沧桑倒未必有情。残败,破损,坍塌,似乎有损礼仪之邦的面子,大明朝景泰年间,镇守甘肃内监刘永成重建白塔。清康熙五十四年(1715),巡抚绰奇补旧增新。起名慈恩寺,本为诏告天下,皇廷的恩泽无处不在,却实实在在地为兰州留下一道美丽的风景。

白塔那17米的高度算不得什么,可站在海拔1700米的白塔山,硬是扛起数百年的春秋,是令人仰视的。塔外通涂白浆,如白玉砌成。寓意清清白白、坦坦荡荡的态度,不曾因岁月的更迭而削减。下筑圆基,上着绿顶。实心的八面砖塔,有玲珑之意,是否还有八方来贺的意味在里面,就很难说得清了。七级浮屠,更显对生命的敬畏。每个檐角小龙头上系着的风铃,迎着朝阳送走晚霞,还叮当响个不停。清脆之音里,还有一股沧桑,越过黄河,飘入兰州城,再沿丝路后退或前进。

白塔山撑起了300多万平方米的景区。也许一座塔、一座山得要好好装扮一下。依山而筑的景区,分为三台建筑群。飞檐红柱,参差分明,各建筑以亭榭回廊相连,四通八达。古称"镇山三宝"的象皮鼓、青铜钟、紫荆树,只落得鼓与钟守着晨昏的出入口。

山顶的古建筑物有迎旭客阁,东、西、北三山之巅还有东风亭、喜雨亭。登临诸殿阁,凭栏远眺,放眼九曲母亲河,气象万千,思绪自然也是万千的。

白塔有了众建筑物的簇拥,更显精神。数百年的风尘,似乎只需抖动一下,便会落得一干二净。

出白塔寺门西下右转,水濂观音洞倾听着大千世界的声响。在洞西北台上,关帝庙、驻春亭、兰台……星罗棋布。

树高林密,曲径通幽。公园内独特的"黄河奇石馆"和裕固族的帐房独具风格,为白塔山平添出无限风情。

到了兰州,白塔、白塔山、白塔山公园,是必游之地,否则不算真正到过兰州。

自唐末以来丝绸之路已错失了许多机会。当中亚和新疆地区的草原、绿洲被连年战火摧毁后,一条路忽然沉寂了。偶有孤寂的驼铃声,也被那些无厘头的关卡断成了一节又一节。

成吉思汗及他的子孙们孜孜不倦地开辟疆土,当那份广阔用精密的地图无法画全之时,丝绸之路已成了一个王朝的官道。白塔在山上默数20个春秋之后,忽必烈在气势恢宏的官殿里接见了马可·波罗。遍地流金的东方,是世界上的人们梦想成真之地。

白塔山清楚地知道,蒙古帝国虽然短暂,箭矢飞石的霸气足以摧毁丝绸之路上大量的关卡和腐朽的统治。也许,马背上的民族讲不得那么多繁文缛节。弯刀的寒光里,丝绸之路的通行比以往哪个朝代都方便了。

后来的权力继承者,对一路东来的旅行者也是开明的态度。今日所见的白塔,雄浑古朴,为明代所修。方形塔基,须弥座、覆钵形塔身,一一垒出白塔山的名片。

白塔山博览了岁月沉浮,它见证了丝路贯穿亚欧的荣耀与失落。小到家畜、野兽,大到外奴、艺人,从器具牙角到书籍乐器,无所不包。核桃、胡萝卜……从西面涌来,铁器、银器……向西流水而去。皮毛之路、玉石之路、珠宝之路、香料之路的名誉,不会消失的。

中国的商旅西行没有带去杀戮和掠夺,双方的交流始终坚守平等与共享。那条逾7000公里的长路上,似乎只要白塔檐角的铁铃声响起,一路驼铃便会和起来。

人类与自然本身是相通的。在白塔山跟前,工艺、风俗任意传递与交融着。这是天地间来往的最高境界。这一头或那一头,一定有着神奇的山水。苍莽、渺远的天宇下,大印象、大气魄时时被传承着。

丝路上运输的不仅仅是财富,还有宗教信仰、文化艺术。不管是悠远、广袤的大漠与草原,还是生命情怀里那种雄壮、火热,在白塔山的心中,是一种精神寄托与内涵。

羌笛一曲丝绸路,泽遗百代。白塔山记得那样清晰。

当丝路步入公元 14 世纪——中国称为"明清小冰期"的开端后,西域许多地方已不再适合人类居住。雄关空锁,西北丝绸之路的东端几乎荒废。西域各古国大多不复存在,只有流沙触摸丝路的辉煌。白塔山也陷入了深深的沉思。难道,只有日月来打扫古道的灰尘么?

白塔山没有失望。在一番艰难的文化思考和探索后,热烈、奔放的旋律又在这条路上扬起。

白塔几经强烈地震,依然毫发无损,巍然屹立。是一座山的沉稳,还是兰州城人的笃信,或是建筑之科学精巧,智慧高超绝伦? 也许,冥冥之中,见证一个又一个奇迹是它推却不掉的使命。

战胜墨守成规的眼界,是需要巨大勇气的。

历史渐行渐远,曾经的驼铃声声早已变成火车的汽笛声。丝绸之路再次繁荣,白塔山见证了一个大国重新崛起。在卡塔尔多哈的第 38 届世界遗产大会上,中、哈、吉三国联合申报的丝绸之路"长安—天山廊道路网",成功列入为世界文化遗产。玉门关遗址、悬泉置遗址、麦积山石窟……白塔山一一数着。似乎一夜之间,敦煌、凉州、古楼兰、坎儿井……这些自然景观都复活了。遗址旧物重见天日,丝路也生机蓬勃。白塔山用粗犷、夸张的笔墨又可以写着、画着。

丝绸之路,一条由拓荒者在戈壁中闯出来的道,时过境迁又充满了活力。"羌笛何须怨杨柳,春风不度玉门关。"此诗怕要改动了。

一条路承载的和平合作、开放包容、互学互鉴、互利共赢的精神,过了数百年终又薪火相传了。如果 2000 年前的驼铃,响出数个世纪的繁荣,那么以今天的自信,必将重新卷起汉唐雄风。

目睹翻天覆地的变化算有幸的话,那黄河有幸,白塔山有幸,兰州更有幸。

匆匆走过

▶ 蕙　子(甘肃)

一

嘉峪关是我那次敦煌之行计划外的。

就在去敦煌的前几天,一个爱旅游的朋友告诉我,你去敦煌不去嘉峪关有些遗憾,因为嘉峪关不但是丝绸之路的交通要塞,而且还承载着很多历史的过往。说着,他滔滔不绝地道出了一连串镶嵌在那个沙漠城市上的名胜古迹:嘉峪关城楼、悬壁长城、第一墩、木兰城、黑山石刻、魏晋墓群等等。最后,他又加重语气,强调似地说,还有嘉峪关城内的夜景也是可以让你一饱眼福的。

为了这个理由我改签了火车票,敦煌之后直奔嘉峪关。一路还是沙漠,望不到头,看不到边。绿皮火车(据说是酒钢的通勤火车)咣当咣走了四五个小时,到嘉峪关地界时已是晚上九点多了。

夜色中的嘉峪关在不远处像个不眠的醉人,摇曳着身姿,在霓虹闪烁中,像是诉说着什么。于是,我怀疑我此行的目的,是想走进它的过去,看那些波澜壮阔的历史故事;还是要走进它的现在,和它说"你好,我来了。";亦或我今天的到来,只是为了见证它明天的历史,还是想把自己的脚印,踩在这个被誉为河西走廊的咽喉之地,以一个游客的身份,匆匆路过,挥一挥一衣袖,不带走历史,也不带走现在。离别时,还要像个朋友似的说,再会。

走进嘉峪市,我在灯火辉煌中,在凉爽的夜风中,在一个个烤肉摊前,在稀稀拉拉的行人中,寻寻觅觅,想找一些与兰州相似的熟悉的东西。可是我突然发现，对于一个没有方向感的人，除了眼前的烤肉摊似曾相识，再想找点熟悉的景点给我指向几乎是不可能的。正在我准备翻手机，看看我订的酒店地址时，一位老奶奶迎面走来，我赶紧迎上去问丝露花雨酒店的位置。

老奶奶知道了我是外地的游客之后，竟自顾自地给我介绍起来嘉峪关必须要去的地方："东湖一定要去，前几天这里举行了铁人三项赛；南湖必须要去，那里投资了几个亿，将建成世界级的公园；大唐美食街一定要去，那里有你们姑娘家最爱吃的各色小吃……"奇怪的是，老奶奶给我介绍的这些必须、一定要去的地方，却没有城楼、悬壁长城、天下一第墩，更没有木兰城、黑山石刻、魏晋墓群等等。

望着远去的老奶奶，我突想生活与旅游的关系。旅游虽然能增长这个城市的GDP，间接地改变人民的生活，可生活是实实在在的，是天天要过的，所以生活与老百姓或许更重于那些名胜古迹。老奶奶，站在琐碎的生活角度看到的定不是悬壁长城、天下第一墩，而是在她晚饭后领着孙子该去哪里溜湾，或者早晨和老姐们儿在哪里晨练。东湖、南湖公园的不断建设正好满足了她某一方面的生活需求。

二

第二天一早坐出租车直奔天下第一墩，据说这是明长城最西端的起点。完全出乎我的意料，没有我想象中的万里长城，只有一堆方土墩，普普通通，不耀眼也不夺目，不雄伟也不壮观。如果不是旁边矗着"第一墩"的牌子，谁也不能把它与历史联系起来，因为墩子上的土与别的尘土没有什么区别，不轻也不重，对于现在的建筑师来说，给他们一堆土，他们可以造出一模一样的"墩"来。可是，土墩可以复制千个，万个，历史却不能复制，所以"第一墩"是独一无二的。它承载着历史、记录着战争，它的每一粒尘土或许都记录着每一个为这座长城付出生命和汗水的战士或者民工。尘土虽轻，可它背负着历史的重量，它的重，是你我这等匆匆游客看不透的。所以，有了历史学家，考古学家，他们会寻找历史，还原历史，给我们学习、参考的宝贵文献。

再看看旁边因第一墩而建起的讨赖河墩、讨赖客栈、滑索、透明观景平台、古代兵营、吊桥等等，他们或许和历史没关系，却因历史而存在。看介绍我才知道，原来电影《新龙门客栈》场景就是这个叫讨赖客栈的小小院落。这个院落似平常的一户农家小院，几间土坯房，简单、粗糙，跟普通农家的院子不同的是，院子外面有一个比较大的马厩。真看不出电影里那种荡气回肠的大气和千回百转的神秘，更没有什么密室藏着黄金白银、美玉珠宝。可它经过摄像的取景技术，再经过后期的特技加工，在银屏上却展示出了一种高大、宽阔、神秘、离奇的场景效果，让观众为之叹服。这不就像第一墩，虽然只是简单的一个土墩，可是放大、放远了看,他是中国从古到今的一段过去,是历史留在那里的一个印记,一个见证。

当我气喘吁吁地把明长城踩在脚下的时候,我似乎明白了第一墩的意义,有开始,有过程,也有结束。如果没有那第一墩的开始,悬壁长城今何在,这片在战争中争来夺去的属地又归何处,关于它的历史又将如何存在。没有了这段历史的记录,没有了第一墩的存在,也就没有了现在以各种目的在这片沙漠上来来往往的人们,嘉峪关不但多了几分寂寞,少了几分厚重,恐怕连嘉峪关城楼等一些历史足迹也会因少几分陪伴,而孤单,寂寞地立地那里。如果没有第一墩的开始,如今的嘉峪关还是这个模样,还会以天下第一雄关而自居吗?

从小缺乏锻炼的我,从悬壁长城下来时,已经是累得筋疲力尽,可当我看到有关丝绸古道的雕塑群时,我又莫名地来了精神。我在张骞、玄奘、班超、林则徐等的雕像中穿梭,在介绍他们的字碑前贮足,我看到了张骞的风尘仆仆;看到了玄奘的执著虔诚;看到了林则徐的忠勇刚毅等。说实话,在看到张骞的雕塑时,我的眼前浮现的不是我从历史书上看到的那些线条式的张骞,而是我在观看电视剧《汉武大帝》时勾勒的那个生动、形象、饱满、个性的张骞。当他第一次出使西域被俘后,经过种种艰难困苦,十三年后返回到汉武帝身边时,我不知道是为他的坚毅、忠诚的人格魅力所感动,还是为汉朝终于跨出了通向世界的第一步而感动,反正当时我喉咙肿胀、鼻子酸水倒流,胸腔憋闷,想嚎啕大哭。我在想,是什么力量,促使他有了那样壮士一去不复返的勇气,行走在国与国的逼仄道路上,如果没有他们,这段历史还会是这样? 望着他们大气凛然的雕像,我肃然起敬。虽然只是雕像,可是他们的生命之光熠熠闪烁,照亮了历史,也照亮了后人。

带着对那段历史的敬畏,我踏上了嘉峪城楼,这是过去的又一种呈现方式,不知道这座始建于明洪武五年(1372年),经历168年建成的城楼,又记载着怎样的一段历史。

此时,太阳高照,行人渐多,走在城墙内外,你似乎能感到它的历史内涵,能看到站在城墙上指挥千军万马的将军的那种气慨和忠勇,那不是电视剧中的戏,而是遥远的历史穿越岁月在你脑海中形成的样子。

而此时,导游正讲述着一个美丽的传说,这个传说关于这个城楼,关于城楼的城墙:古时有一对燕子筑巢于嘉峪关柔远门内。一日,两燕出关,日暮,雌燕先归,等雄燕飞回时,城门已关,不能入内,一急之下雄燕鸣叫着触墙而亡。为此,雌燕悲痛欲绝,不时发出"啾啾"之声,直到悲鸣气绝。燕子死后其魂灵不散,所以击墙有"啾啾"的燕鸣声,游人每到此,都要击墙听燕鸣。这个传说,无非是告诉我们"连一只鸟都飞不进去的城墙"有多么坚固,高厚。

站在城墙下,我在脑海中用自己的想象回放着这对燕子的凄美故事,心中充盈着两个字——爱情。城墙与爱情,两个多么不般配的词;城墙与爱情,又是多么浪漫的般配。雄伟坚固的城墙与爱情联系在一起,人性就流露了出来。那些守城的士兵、将领，个个是英雄好男儿，在残酷的战争中他们心中最柔软的那块地方留给了爱情。谁说，儿女情长无壮志，有爱有情有意的壮士一去不复返，才更显凄凉。

三

来去一样的匆匆。第一墩、悬壁长城、嘉峪关城楼等景点也好，历史也好，从形式上都慢慢退出我的视线，在我的身后渐行渐远，远成一道风景。可是由于来过，由于被厚重的历史熏陶过，对于我这个想在"行万里路"的过程中，有所收获的游客来说，嘉峪关已种在了我的心里。它再也不是一些文字中以及一些朋友嘴里简单的一个地名，而是一个有故事、有内容，有自己独特魅力的城市。它空间的宽敞，街道的干净，不知道给生活在这里的人多少的幸福感。

要离开了，还是有点不舍，所以，在利用上火车之前的有限时间，我去了老奶奶说的东湖公园。一走进公园门，我就被震惊到了，我的记忆中从来没见过这么宽敞、幽静的公园。一眼望不到边的东湖公园，绿树成阴，长廊、小桥、湖水、亭台等等，一一印入眼帘。公园内寂若无人，乘凉的人行走在湖边、小径，享受着旁晚的时光，那么安然，那么安静，那么满足。我突然明白老奶奶为什么要让我一定到东湖公园、南湖公园看看，她是想告诉我：她，他们的生活多么幸福，多么舒心。

站在东湖公园中的一个湖边，望着对岸隐隐约约的灯光，真想用自己的脚步去丈量它，感受它，可惜时间太紧我无法沿湖走一圈，更没再去老奶奶说的南湖看看，只能带着遗憾，默默离开。我知道，对东湖公园的这离别一瞥，足够我调和着嘉峪之行的所有经历、收获，在火车上慢慢回味了。

徜徉渭水上游

▶ 汪海峰（甘肃）

仲夏的夜晚，我伫立在陇西渭水南岸，看古莱坞绚丽的灯光倒映出一派梦幻，想眼前并不存在的苍苍蒹葭，心灵溯洄、溯游于河之东西，纵横千里，穿越万年。

从此，往西有渭源鸟鼠山，往东有秦安大地湾。

渭水是黄河最大的支流，发源于渭源鸟鼠山品字泉，全长 818 公里，至潼关汇入黄河。十年前，我曾探访过渭水源头。在鸟鼠山麓，有一古庙"禹王庙"，庙前不远处就是渭水源头品字泉。当时禹王庙已经破败欲倾，品字泉也将干涸。据说禹王庙始建于西周初期，历经两千多年风雨，屡毁屡建。现存禹王庙修葺于清光绪末年。前几年，当地鼠山村有识之士上下奔走呼吁，募集资金，翻新了禹王庙，使文物古迹得到了保护，也突出了品字泉作为渭水源头的纪念意义。

《山海经》称："鸟鼠同穴之山，渭水出焉。"渭源县的名称也是与渭河源头相关。《尚书·禹贡》："导渭自鸟鼠同穴，东会于沣，又东会于泾，又东过漆沮，入于河。"与各个民族的早期传说一样，古中国也经历了一次大洪水时期。大禹用疏导的方法治理水患，足迹直至渭水源头，可见当时渭水是一条大河，黄河水患与渭水密不可分。禹王庙当然是为了纪念大禹治水的功绩。站在此处，我仿佛听到了几千年前的滔滔洪水，看见了大禹率众治水"三过家门而不入"的忙碌身影。也仿佛听到了古中国第一首有史可稽的爱情咏叹——涂山氏"候人兮猗"的远古情歌。涂山氏支持大禹治水的事业，但由于难得见面，因而用一首"候人兮猗"的远古歌谣寄寓了对大禹的无尽思念。这首歌只有四个字，其中两个还是虚词，就这么一首短歌，断续抑扬、情深意长。我想涂山氏吟唱时千回百转、余音不绝，激荡回旋山林河谷，大禹肯定听到了涂山氏深情的歌吟。

在渭水源头处的支流莲峰河边，有山曰首阳山。当年伯夷叔齐宁死不食周粟，溯渭水而上到了首阳山，结庐定居，采薇而食，终于饿死此地。作为人格操守的典范，几千年来受到了封建时代士大夫的景仰。

如此宁静的夏夜，眼前的渭水无语东流，我的思绪也随之而东。它的第一大支流葫芦河从静宁蜿蜒南下，经庄浪，到秦安汇合了清水河，一路向东南在天水三阳川汇入渭水。这条伟大的河流流淌在古成纪大地上，也不知流过了几万年几十万几百万年。在它的滋养下，女娲部落、伏羲部落相继产生，绵延发展。女娲在渭水上游抟黄土造人的传说，不就是陶器的发明吗？葫芦河和渭水交汇处有卦台山，是伏羲一画开天之地，在此伏羲制定了初期的文明规范。女娲补天、伏羲画卦，华夏文明之光在这片神奇的陇中大地上生发。请你到秦安去看看大地湾吧，看看距今8000年前的我们的先祖是如何创造了辉煌的史前文明。我惊讶于大地湾的彩陶人头罐，我惊讶于大地湾的大房子，那代表着当时世界上最先进的文化。我猜想，以人头罐为代表的大大小小形状各异的彩陶，就是伏羲社会的日用器皿；那座大房子，就是伏羲社会的国会大厦。我们的先祖富于激情和创造，渭水上游呈现出繁荣昌盛热气腾腾的史前文明图景。

在距今5000年到8000年之间，我们的先祖在此创造文明、开拓进取，文明的曙光沿着渭水东流，进入关中平原、进入中原大地，在黄河流域广袤的大地上，创造了辉煌的仰韶文化。曙光渐明，天色渐亮，此后黄帝和炎帝携手，从渭水上游出发，大踏步挺进黄河流域，逐鹿中原，合二为一，创造了华夏文明。

如果说黄河是华夏文明的母亲河，那么渭水就是华夏文明的祖母河。

大地湾在距今5000年时消亡了，也不知是由于气候的原因还是瘟疫战乱的原因。但大地湾文化并没有消失，几千年时间里这一最初的原始文明沿着渭水河谷向东迁移扩散到渭水中下游和黄河流域，从而孕育出了仰韶文化。仰韶文化又回头沿着渭水河谷向西，影响了渭水上游直至洮河流域以及更远地域的文化，马家窑文化的兴盛繁荣就是最显著的例子。

马家窑彩陶是彩陶发展史上的艺术巅峰，那妙曼的器形、精美的图案令人惊叹不已。马家窑文化距今5000年左右，那时还没有文字，只有各种纹饰图案附着在形态各异的陶罐上，令今人生发无穷想象。这些纹饰图案就是先民的语言，这些语言与先民对生殖崇拜、农业生产、捕鱼狩猎、天地认知等相关。我曾惊叹于先民的技艺高超，是用何等的工具在球形的表面绘制出如此工致整洁的图案！尤其是网纹图案，交叉的每一根线条都是粗细均匀、边缘整齐、间隔相等。当我在洮河流域参观过一个彩陶工艺品制作者的绘制过程之后，我终于相信，新石器时代晚期的制作者，就是用柔软的毛笔进行绘制。你可以想象一下，先民拿着兽毛做成的毛笔、蘸上矿物颜料在一件件陶坯上描绘的情形，那可不就是中国最早的书法绘画吗？彩陶的制作者可不就是当时的工艺大师、艺术家吗？真正的艺术家是通神的，他们总是掌握着人与天地万物交通的密码。彩陶艺术家是幸福的，他们在为社会生产祭祀、日用器皿的同时，尽情地抒情写意，他们也在艺术创作中获得了最广阔最深刻的自由。我们面对彩陶上流畅的线条和精美的图案感受到了这种自由,这就是艺术之源。

渭水上游的陇中是彩陶的故乡,这里广阔深厚的黄土在史前最适合烧制彩陶,在后来最适合生长土豆。人类发展的不同时代,我最钟情于彩陶时代,那是最温暖的时代。黄土的细腻温润,洮渭之水的含情脉脉,注定了彩陶的温婉迷人。马家窑文化延续了1000多年,之后在渭水上游和洮河流域又产生了齐家文化、辛店文化、寺洼文化。这时的中原大地,已逐渐进入了青铜时代。自从进入青铜时代,金属器皿都透着冰冷、带着戾气,几千年的历史大书,都在刀光剑影中翻过。青铜器上的图案多见象征权力的怪兽,狰狞恐怖,令人生畏。当然,社会进步了,人类成长了,但我们也为这种进步和成长付出了惨重的代价。我最怀念彩陶时代天真单纯的岁月,那是人类的童年。

就是这条汤汤渭水,为陇右广大地域带来了繁荣昌盛。在东南沿海还是蛮荒之地时,这里早就进入了文明时代。直至安史之乱之前,"天下称富庶者无如陇右"。这里曾经水草丰美,物阜民丰。还是这条渭水通道,是丝绸之路的必经之地,是历代中原王朝经营大西北、经营西域的重要地带。实际上,这条通道也被称之为史前丝绸之路,也就是在史前、在贯通东西的丝绸之路之前已经有这样的通道。起先人类的足迹总是沿着河谷地带行进,在史前漫长的岁月里,文明的传播、人口的迁移,早就在渭水河谷踩出了这么一条便捷的道路。

白马驮经,翩翩西来,丝绸古道,云蒸霞蔚。佛教经丝绸之路传入中国,此后中国人有了儒释道三重哲学信仰。佛教遗迹也遍布丝绸之路甘肃段,最西边有敦煌莫高窟,渭水上游段有武山水帘洞、甘谷大像山、天水麦积山等著名石窟群。武山水帘洞石窟群因知名度未若莫高窟、麦积山,到访人数相对较少。其中有一处拉稍寺,为巨型摩崖浮雕壁画,高、宽均为50米左右,所谓"砍尽南山柴,修起拉稍寺",是目前中国最大的摩崖浮雕。到过此地,有幸见过这一佛教艺术巨作的人,无不叹为观止。七八年前,与上海大学一位博导前往拉稍寺,先远看宏伟巨制,又走近细看局部,当看到一尊真人大小、只剩胸像、被当地称之为"东方维拉斯"的塑像时,终于,用他自己的话来说:"轰然一声,大脑中一片苍白,整个人都傻掉了。"拉稍寺的艺术魅力于此可见一斑。

丝绸古道,东接西连。早在先秦时期,秦就在陇右地域设置了陇西郡,郡治狄道。秦统一天下后,陇西郡为三十六郡之一。后因羌人袭扰,在魏文帝黄初年间将郡治迁移至今陇西县。陇西县旧称巩昌,是元明清巩昌府府治所在地,也是当时陇右政治经济文化中心,康熙六年陕甘分省后一度成为甘肃省最早的省会。

丝绸古道上,渭水岸边有巩昌府南安书院,洮河岸边有临洮府超然书院,这两个书院因与明清时期两个著名人物相关而彪炳史册。明代杨继盛因谏诤被贬为狄道典史,他在此地募集资金建超然书院,手书"铁肩担道义,辣手著文章"。清代安维俊因谏诤被贬后回陇中执掌南安书院,被誉为"陇上铁汉"。无独有偶,这两个不同代的人却都是铮铮铁骨,为了国家民族的利益,直言敢谏,奋不顾身,体现了在其位必谋其政的作为。杨继盛以《请诛贼臣疏》弹劾严嵩,安维俊以《请诛李鸿章疏》弹劾李鸿章,都体现了知识人格的大义凛然。至今,南安书院故址陇西师范院内的古松、临洮岳麓山超然台上的古塔,面对渭水、洮河,依然在宣示正道直行、舍身取义的爱国精神。

"蒹葭苍苍,白露为霜。"渭水上游,说来话长。我站立渭水岸边,跟随渭水的脉动而神游,抚今追昔,思绪万千。《秦风·蒹葭》产生于秦人的故乡渭水上游段,两千多年来,这一片蒹葭及其水域就荡漾在我们民族的血脉里,成为一道经久不衰的旖旎风光。

文明之脉,确实存在,源头就在渭水上游。如今,渭水上游段这一地域还较为贫困落后,在几千年的发展过程中逐渐失去了昔日的光辉。但是炎黄子孙不应忘记根本,发达地区应对这一地域给予更多的关注,使这一地域能够与东南沿海均衡发展。好在 2017 年 7 月 9 日宝兰高铁正式开通,东西高铁大动脉联通,丝绸古道渭水上游段必将以自身深厚的文化积淀再次焕发青春。

固城河

▶ 赵　殷（甘肃）

　　固城河发源于北秦岭西延的分水岭，分水岭山势高峻，连绵起伏，山梁向蜿蜒曲折的固城河倾斜，河流上游与武山、甘谷县毗邻，流入固城境内的两条支流自岭东而下，一条自岭北的李家台子庄流经高家庄到固城村的上磨里，到白杨林村与从岭南芦化沟流来的支流汇合，形成固城河，流向永坪峡与西汉水汇合于嘉陵江。按河流走向，固城与甘南舟曲都在长江上游。而以地理位置论，固城乡则属黄河流域。

　　上世纪六七十年代，冬天农闲时，漫天大雪封锁了来往于各个村庄的山路，野兽们躲进提前垒好的窝中，岭上仍然会出现深深浅浅的脚印，能吃苦的甘谷、武山人脚踏过膝积雪，在暮色降临的傍晚抑或夜晚，扛长木头或背被套、床单和铝壶来到固城街歇脚。夜里，谁家屋里有甘谷人喝茶或落座于炕沿聊天，推销铝壶和床单，孩子们就扎堆挤在那家门口不肯离开，哪个孩子要是用一个鸡蛋换一只嘘嘘羊，那个孩子就会被小伙伴崇拜很久。当然，男人们都会管好自己的女人，甘谷、武山人背篼里的花边镜、牛角梳、花丝线对年轻女人更有种特别的诱惑。固城人叫甘谷、武山人为"水眼"跟前的人，意为分水岭周边生活的人。岭上原始树木茂密，白桦树粗壮，松树苍黑，青枫林成片生长。动物繁多，豺狼虎豹、狮子，锦鸡生活在林子里，西山一带有山歌：

　　　　野白杨树上搬干柴，
　　　　你是黄鹰翻山来。
　　　　你是黄鹰我是鹞，
　　　　你能翻山我能到。

岭上终年很少有人走动，便有了让人惊悚的传说与故事。说那一年，村里人过分水岭到洛门镇去赶集，被守在山门的老虎精掠了去，捆绑在洞口，要此人上山打猎，给它的老虎家族做长工。人说，我家也有老小，我要回家。老虎精说，你先打来猎物让我们吃饱再走。那人便到岭上去打猎，谁知岭上都是大大小小的老虎，连一只其他的动物都没有。那人打不到猎物，还是被饥饿的老虎吃掉了。还有人说有个靠抢劫生活的人，某日晚，他爬上老桦树朝路口张望，远远望见有个背背包的年轻人向他走来，他赶忙跳下树，猫在路口等待。年轻人刚走到他眼前，他一斧头砍下去，年轻人当即倒地。他抢走年轻人身上的东西跑下山，回家看过，却发现是自己当兵复员回家的儿子的东西。他哭叫着跑上岭，儿子尸骨早已不知所终，仅剩几截野兽吃剩的骨头。他怀抱儿子骨头，叫着儿子的名，喊了声报应跳下了悬崖。

这些故事至今还在村里流传，老人们不厌其烦地讲给后来者。

令人毛骨悚然的分水岭生长野葱花，野葱花的根茎呈圆形，可吃。固城叫"害"（"害"是本地话，书面语为"薤"），意为发物，生病的人忌讳的东西。野葱花是固城人一年饭菜桌上不可缺少的香料，炝饭汤，做烙饼，都是上好的天然香料。长野葱花的山梁路途遥远，远到太阳落山的地方。有一年秋天，村里突然来了一位骑白马的牧羊女子，到街中央还骑在马背上，村里人都看傻了眼。女子到醋坊门前跳下马，村民跟在她身后看她脚上的红色马靴，女子打了壶醋，返身跃上马背，扬鞭朝西山飞奔而去。村民说她是分水岭上的人，年轻男人为这女子还唱了首山歌：

芍药挖了根朽了，
把你看下人走了。
骑的白马踩的镫，
心上有你不敢问。

骑马女子走后，总有三三两两的年轻男人翻过分水岭到武山洛门镇、岷县马坞里去贩卖粮食，但谁也没有再见过骑马女子。很多年后，骑马女子梦一样晃荡在村人的记忆里。每年秋季落下霜，小伙子相约到分水岭去采摘野葱花，天不亮起身，月儿浮上屋顶才能回来。某年秋天，大哥跟着大人们到分水岭去摘野葱花，半夜才回来，疲惫不堪的大哥把蛇皮袋子里的野葱花倒进竹筛，金子似的小花朵散发着浓浓清香，一朵朵像要跳出筛子。我当时惊喜得怨大哥为什么不带我一起去。大哥吃着烙饼说，路太远了，他说这野葱花全长在水里，万一踏进野葱花覆盖的深潭，就再也出不来了。长大后，和伙伴们去过一次分水岭。一个秋天的黎明，天空悬挂亮闪闪的晨星，二十几个大人孩子挤在一起，默默向前走，到处都是影子，到处都是影子发出的沉闷声。一路害怕地走到天亮，向山顶爬去，越爬地越湿，水凉得透骨。满坡的野葱花含羞带露、翩趺起舞，犹如千万个天真烂漫的小姑娘，无忧无虑地合唱天堂的童谣，无数柔弱的美组合成高原壮观的景象。到达山顶，大人们说这是分水岭边缘，而真正的分水岭是永远走不到头的。站在山顶，只见绵延不尽的峰峦叠嶂都戴顶白雪帽子，沉浸在高天云雾深处。

我们没有看到野葱花丛中骑马驰骋的女子，更没有见到鲜衣怒马的劫匪，香气弥漫的野葱花丛里，听得见汩汩的水流声。祥顺大哥说："谷底有一个深不见底的水洞，水咕噜咕噜地往上冒。它是固城人的水眼，里面住着水龙王，如果谁把脏东西丢进水眼，水龙王发怒，大水就会淹没固城。"我们顿时感到像是站在一只薄薄的装满水的巨大无边的塑料袋上。大家不由自主地跪在山顶，朝水洞磕了几个头，就赶紧下了山。从那以后，真怕有一天从分水岭下来一股大水，淹没了我们的家园。

岭往下，山势顺河流形成丘陵与缓坡，河流两岸坐落着野猪沟、庐化沟、朽木头沟、韩家窑、上店子等村庄，山岭生长白桦树、野核桃树、青枫木、野白杨，野鸡、锦鸡飞落其间，山鹿、山羊与农人为邻，坡梁种大豆、洋麦、洋芋、胡麻等作物。农舍修在田园之间，可谓一望二三里，烟村四五家。有民歌：

> 隔山的烟雾缠咀里，
> 看见花儿担水里。
> 隔山的烟雾缠梁里，
> 看见花儿放羊里。

河边大多是颂唱爱情美好的民歌，悲情的似乎很少。小时候，村里有个叫凤儿的姑娘，喜欢上一个分水岭上的男人，男人每次背着花线和冻梨夜宿在凤儿家里。有一天，凤儿发现自己怀上了男人的骨肉，期待男人来娶她，可从那天起，男人再也没有来过，凤儿独自到分水岭去找，走烂了两双毛底鞋也没有找到那个男人。凤儿的父母为了遮丑，将岭下一个癌症晚期的男人接来与凤儿成亲，男人是躺在担架上抬进凤儿家门的，几声鞭炮响过，凤儿就是有夫之妇了。不到一个月，端午刚到，男人死了，凤儿家打了棺房，村人帮忙将男人抬至岭下，埋在河边，几声清冷的鞭炮，将男人送到另一个世界去了。其时，山梁拥抱着沟底的河流，梁上豌豆花开得像铺了层雪花。凤儿坐在男人墓前，晚霞涌起时分，她歇斯底里地唱道：

> 大豌豆开花白孝衫，
> 河边一位好少年……

凤儿一遍遍唱，唱得天光失色，歌声的余音还未消散，就生下了儿子。儿子随了癌症男人的姓，凤儿再也没有结婚，直到离开村庄。村人唱起这首歌时，都说这是凤儿的歌。很多年过去了,凤儿的山歌被村民反复吟唱,经久不息地飘荡在固城河上。

听着凤儿的歌声往下走,河流把作物区与村庄自南向北划开,河流南岸,一排排挺拔的白杨树跟着乡间公路排列到村庄尽头。由岭北流至村庄的北固城河,流到高家庄村拐弯到高家峡,挤进长满地蓬草的喇嘛墩梁与黑崖山之间,峡里四季寒风飕飕,有"高家峡,冻得娃娃丸疙瘩"的谚语。炎热的夏季,黑崖山歌声起伏,缠绵不绝。

> 隔山听见郎的音,
> 前院跑到后院听。
>
> 黑崖山上的一杯茶,
> 到死烟魂在一搭,
> 黑崖山上的一盅酒,
> 死后烟魂手拖手。

这首山歌也是有名有姓的。据说村里有个女人,男人是木匠,常年在外做工。孤独寂寞的女人爱上了一个光棍,两人情意深到越过底线。夜晚,光棍将猪油抹于女人家的门轴,以免开门时弄出响声。如此,白天唱歌,夜晚相聚。直到有一年闹饥荒。一日,女人挖来一篮野菜焯过之后提到河边淘洗,饿昏在河边的光棍伸手向女人要一把野菜充饥,女人头也没抬提起野菜回家了,第二天,光棍饿死在河边。为此,村人又唱了一首歌:

> 月亮出来一张镰,
> 旁人的夫妻是枉然。
> 旁人的夫妻外夫妻,
> 你放实心待不的。

冬季,峡里裸露的石头冻得受不了,便紧紧地抱住河水,河水和石头冻结一起,直到次年春天融化。有一年秋天,村民在黑崖山取土垫牲口圈,男人们在山顶挖土,土顺陡壁溜下山,山脚下妇女儿童一趟趟地用背篼背土。突然,山顶的男人们扔掉镢头,大叫着跑了。几个人索性抱住头从山顶往下滚。山下的妇女们见状扔掉背篼,哭叫着跑回家,男人说山顶上挖出了太岁。事后,村人在高家峡祭奠太岁,香烟弥漫几日,再也不敢挖取黑崖山上的土,黑崖山变得愈加神秘冷清。而对面的喇嘛墩梁,因梁陡峭如刃,无人能攀越。有一天,队里的一头老牛竟然攀到梁上的地蓬林里,老牛对着高家峡一声接一声叫,人都听见老牛的叫声,却找不到老牛在哪里。第二天中午,高家庄人看见老牛在喇嘛墩梁。

上磨队长喊村民都到高家峡集合，大家站在河边喊叫站在陡壁上的老牛，老牛只管叫，身体却不动。上磨队长高声骂老牛："你到喇嘛墩梁寻魂去了？"村民也齐声骂老牛："挨刀的老牛，跑到喇嘛墩梁上寻魂呢？"村民骂老牛骂到太阳落山，老牛还是寸步难行，大家只好散了。第三天早晨，老牛迈着疲惫的脚步回到村里。上磨队长看见老牛回来，跳了八丈高地骂老牛："你跑到喇嘛墩梁寻魂去了？死了再去，死了魂轻！"老牛头也没抬回到自己的圈里。

> 沙石河坝白草滩，
> 和碗大的白牡丹。
> 水把金山寺淹了，
> 夜鸽子把你的魂揽了。

　　河边的歌谣无不包含着水和水的性情。炊烟四起的傍晚，鸟雀归巢，大人孩子们牵拉骡马，到河边饮水，骡马饮足水，重又连蹦带跳地回到瓦房，合着山梁上飘荡的歌谣送走最后一抹霞光的情景，是村庄里最动人的一幕。

　　隆冬，分水岭冻成一座雪山，在春节燃放烟花的夜晚，透过强烈的彩色亮光，会看到来自雪山的反光，这光点是固城河的摇篮，它们紧紧地抱在一起沉睡。春天来时，又发出欢快的歌声，流向大地，河流哗哗流动的声音，像是告诉岸边的人们，春天到了，冰雪消融了，快到地里去干活吧！

> 凌霜落在高山咀，
> 立春一过是雨水。
> 立春冷了不算冷，
> 惊蛰冷了寒半年。
> 谷雨梨树开花哩，
> 家家点瓜种豆哩。
> 立夏的谷子小满的糜，
> 四月的树木八片叶子齐……

　　河边的民歌四季不同，村民们唱爱情、亲情、农事、丰年，表达准确，富有哲理且不失诗情画意。多雨的夏季，河流常常摧毁河岸，冲垮院墙，冲进将要收割的庄稼地，浑浊的旋涡久久不愿离开。村民们把五色粮撒向空中，祈求水龙王把水带走。洪水退潮，河流从上游带来的干柴叫河捞柴，男人们用长长的铁钩将柴捞起，架在后院土墙上风干烧水做饭。母亲烧河捞柴时，总要念叨：这是河流捎回来的柴。母亲说这话时，像是领会到河流的一番好心，接受了河流的一番情意无以回报似的。雨季过后，河流收回暴躁与粗鲁，退回河床，像做错事的顽童，乖乖地向前流淌，那温顺的样子，又让小伙伴们跳进水里打起水仗，水花在太阳下飞来飞去。女人们把冬天积攒的脏衣服抱到河边去洗,她们一边洗衣服一边念叨:河水真好! 河水真好!

固城河流至永坪峡,拐来拐去竟有七十二拐,自古有"七十二道脚不干"的说法。人到县城赶集、办事都要趟着河水走,沿永坪峡走一趟,四十华里水路,来回能走烂一双鞋。能走山路的男人攀山崖,身体附山壁,脚踩石崖,手抓石缝里的草茎,一寸寸向前挪动,只见偌大的背篼,却不见人影,人附在山壁上,如走在苍鹰翅膀下。

1986 年,甘肃省公路局投资 82 万元,按四级公路标准设计,投工 55 万个,动员固城人民全力以赴,在一年的时间里,沿石峡北面的山崖,炸出一条 23 公里的公路,结束了"七十二道脚不干"的历史。但是,固城河却在公路修好的两三年内日渐变小,1990 曾一度干涸。逢雨水多的年份亦汹涌澎湃,分水岭上游的原始森林遭到砍伐的同时,山里的野葱花也日渐稀少了。

1998 年秋天,在成县见到白杨林村考上大学的杜斌全母亲,她说,固城河从古到今没有淹死过人,是一条好河。她说这话是有根据的。有一年夏天发大水,河水涨得翻过岸,她正要给县城读书的儿子捎面粉,看着拉粮的大卡车就要到帅家窑了,她背着半袋子面拼了命地跑,只顾看车没看河流,给儿子捎走面粉。返回时却见一条大河横在面前,翻着石头大的浪涛朝她吼叫,任她怎么想办法都过不去,水流太大了! 她在河边愣了大半天,想不通是怎么过来的,抹了把头发才发现从头到脚都已湿透,当晚只好生在东城墙的亲戚家里。

她说固城河是通人心的,河流知道她还有娃娃要靠她养大成人。固城河要是没良心,那一天就把她带走了。

巩昌万卷楼

► 郭维宏（甘肃）

历史上的陇西，的确是一个值得探究的地方。不说声闻四达的威远楼，不说仅次于大地湾的暖泉沟文化遗址，单说培植斯文的书院，陇西就有崇文、崇羲、南安及襄武四所。其实，陇西还有一所不是书院胜似书院的文化肇兴场所——万卷楼。

蒙元巩昌军总帅汪氏三代搜罗典籍修造的万卷楼，是陇西有史以来最早有规模的图书馆、博物馆、书画艺术馆。考古专家乔今同先生说，甘肃古代尚未听说有如此规模的文化设施。巩昌万卷楼所代表的内涵太丰富了，仅从藏书的角度无法全面认识其深远意义，须从陇西的古往今来多维度解构。

早在六七千年，仰韶文化沿渭河西传陇西，开启了渭水文明的第一缕曙光。周秦汉唐不同时期，渭水文化兼容并蓄，四向发展。陇西作为渭河上游的文化政治中心，在中华文明的芯片里刻下了前承老子后启李唐的印记。然而，从唐代宗宝应元年至宋仁宗景佑二年，陇西陷于吐蕃达 267 年，中原文化在陇西的传承被迫中断了。直到宋徽宗崇宁三年，陇西光复后设巩州，意为边陲巩固。但随着北宋的黯然南渡，陇西又被金国占领。金哀宗正大六年，改巩州为巩昌府，这是巩昌在陇西历史上的最早建制。公元 1232 年，以军工擢升千夫长的金国将领汪世显代为巩昌府便宜总帅。至此，巩昌汪氏家族登上了历史舞台的中央，在陇右地区一言九鼎，举足轻重。

巩昌，左挟大陇，右棹名皋，岷番障前，兰雪殿后，雄镇三辅，实乃丝路锁钥重地。王朝交替更迭之际，巩昌军总帅汪世显作为巩昌地区最强大的势力，左右着宋、金、元局势。金军主力在河南三峰山被蒙元全歼，金王朝一度想把都城从开封迁到巩昌，但因汪世显拥兵自重而未能如愿。金亡，汪世显遣使向南宋请求内附，昏庸的宋将赵彦呐没有回应，致使宋王朝不仅失去了战略要地巩昌，而且为自己的加速灭亡埋下了伏笔。1235年10月，蒙古皇子阔端兵临巩昌，汪世显审时度势，弃金从元，在渭源石门关"率僚佐耆老，持牛羊酒币迎谒焉"，史称"石门归款"。英明的阔端皇子赐世显以蒙古章服，仍然任命其为巩昌军总帅。随后，汪世显南征入川，辅佐蒙元皇子阔端，"总戎先驱"，为元朝统一四川的战争立下了汗马功劳。

南宋治下的天府之国，文物繁多，户有诗书。巩昌大军所到之处，其他将兵争抢金玉财帛，唯世显独搜典籍，绑扎成捆，装车运回巩昌。汪世显对幕僚说："金帛世所有，兵火以后，此物尚可得耶？"人皆称世显崇文尚义。

唐宋之际，雕版印刷技术发明使用，四川是五大刻印中心之一。成都是五代蜀国的都城，宰相母昭裔提倡刻书，促使印刷业得到了极大发展。北宋成都以开宝四年刻印的《大藏经》五千卷而获盛名。南宋时期，印刷中心由成都转移峨眉，除了大量名家著作，井宪孟主持刻印的"眉山七史"饮誉海内。在程朱理学的推动下，书院在南宋最为兴盛，剑阁兼山书院、浦江鹤山书院等汗牛充栋，名冠巴蜀。成都也是历代文人墨客荟萃的地方，擅长绘画、书法的名人雅士不计其数。这些文化方面的优越条件，为世显在四川搜罗典籍提供了极大便利。武胄出身的军事将领汪世显，于战火纷飞中不看重金玉财帛，却看重典史鼎砚之类的文化财富，在尚武抑文的蒙元王朝早期，其眼光的确高人一筹。

汪世显去世后，次子汪德臣世袭父职，任巩昌元帅，知府事。1253年，汪德臣在临洮拜见蒙元最高统帅忽必烈时，相谈甚欢。忽必烈肯定书院精神，重视汉文化的传承发展，这让汪德臣更加笃定于文化治军文化教民的主张。汪德臣在汪世显收藏的基础上，"补所未足，雅欲创书院，集儒生，备讲习"，但因川蜀军情紧张而作罢。后汪德臣战死合州钓鱼堡，又一位年方妙龄的总帅走上巩昌府的舞台，他就是世显孙、德臣子、年仅十八岁的汪惟正，史载其"于书尤笃好而宝藏之，凡遇善本，又极力收致"。汪惟正承袭都总帅后，决定完成汪氏三代总帅的藏书夙愿，在府署东南方"拥瓦砾，铲荒秽"，傍依瓮城门修建书楼。

元代巩昌总帅府在今人所指汪家洞一带，汪惟正修造的书楼，根据史料推断，大致坐落于原陇西宾馆附近。1267年，藏书楼落成，汪惟正在书楼悬挂一匾额，上书"万卷"二字，门人士大夫不约而同称其为万卷楼。汪惟正将汪氏三代累积的各类典籍珍藏于万卷楼上。这些藏书，有儒家经典，有公私纂修的各类史籍，有诸子百家各派书籍，有历代文士的诗文集等等，目录清楚，标签齐整，排列有序，总计达一万多卷。其中多为宋元版本，宋以前五代、唐朝的印本、抄本也有一些。此外还有地图、书画、琴剑、鼎砚、珍玩等陈列其间，皆稀世之宝，难怪乔先生称赞万卷楼为甘肃第一博物馆。无论其收藏规模还是藏书藏品，汪惟正完全可与唐代藏书家杜兼相提并论，是有元一代的大收藏家。

陇西曾出土过一块《万卷楼记》碑，详细记载了距今750年前巩昌府修造万卷楼的情况。此碑得而复失，甚是遗憾，幸好金石专家戴楚石依原碑格式抄写的第一个录本还遗存于世。"然公之于书，非惟藏之，而实宝之；非惟宝之，而又祥读之、明辨之，克之于行己治政，非直为观美而已。"碑记明确指出，汪惟正不仅藏书，而且爱书；不仅把书籍当作珍宝看待，而且详细阅读，明辨书中的义理，并用来指导自己的行为和处理军政事务，绝非附庸风雅。可见万卷楼虽为汪氏家族的私第藏书馆，但也是汪氏宗族与乡里子弟共同的就学场所。汪世显酷好儒术，乐善好施，道行介然之善。从其对客宴饮、燕居逸游的行为上看，汪总帅浸染着魏晋名士风格，有春秋养客之风度。汪德臣"雅欲创书院"，曾明确表达了创建书院的愿望。袭祖父爵任的汪惟正，更喜与文士谈经论道，却没有将万卷楼更名书院，其隐藏于内心深处的文化考量，就像隐晦的汪氏族属一样，我们不得而知。书院崇尚儒学，儒学崇尚忠君成仁。然而，汪氏家族见风使舵，几度变国，与儒学正统不符。洞悉儒家文化密码的汪惟正，也许在万卷楼上刻意去书院化，耍了一个小聪明。

书院也罢，万卷楼也好，藏书楼对于吐蕃统治结束后文运不济、人才寥落的巩昌地区，犹如在文化荒漠上开凿了一眼文明的源泉，滋润着无数文人仕子。如果说，吐蕃统治陇西，将渭水文明一刀两段，与中原文化割裂开来的话，万卷楼无疑弥合了文明的伤痛，又将陇西与中华传统文明衔接了起来。汪氏家族兴建的巩昌万卷楼，是一座名副其实的书院，为陇右人文蔚兴奠定了基础，对于儒学的传播延续具有里程碑的意义。

万卷楼崇儒重道，教育彰显，培植汪氏俊秀子弟，保持了汪氏家族的长盛不衰。从汪世显到其曾孙汪庸五代，贯元朝始终，为官者一百八十余人，其中王者三，公者十，这便是著名的汪氏"三王十国公"。自汪世显"石门归款"，汪氏家族实际统治巩昌131年，是真正的陇右王。直到明洪武二年，徐达进兵陇右，巩昌便宜总帅汪庸以城归附，授昭勇大将军，才结束了巩昌便宜都总帅府的历史。但汪庸改授巩昌世袭指挥同知，汪氏家族仍然管理着巩昌。可以说，巩昌府属于汪氏家族。从唐朝镇守陇西的越国公汪达，到从陇西走出去的汪氏后裔、台湾前国民政府"主记长"汪琨，巩昌雄镇留下了诸多汪氏族人的痕迹。正是因为万卷楼深厚的文化积淀，才使得汪氏家族保持元、明、清三朝绵亘不衰。

历史上的陇西郡、巩昌府，是探究陇西文化的两个至关重要的坐标。自秦置陇西郡以来，陇西一直是西部军政中心，汪氏家族治下的巩昌府更是将陇西的历史推向了辉煌，直至1669年陕甘分治，甘肃省会才从陇西迁移兰州。汪氏家族治下的大元巩昌路便宜都总帅府，最为辉煌的时候统辖五府二十七州，包括今天的兰州、会宁、固原、陇东地区、陕西陇县、陇南地区、岷县、临潭等地和天水全境、定西全境，比历史上的陇西郡地域更为广阔。有人说，一部陇西史，便是半部甘肃史；是否可以这么说，一部巩昌志，也是半部陇西志？元代汪氏家族开启了巩昌府的辉煌，万卷楼奠定了陇右文化的基础。地方志载，巩昌府儒学始建于元朝中统年间，这时期的巩昌府总帅正是汪惟正。万卷楼作为巩昌府的学术高地，深深影响着一代又一代的陇上学人。

需要回味的是，汪氏家族重儒学而不唯儒学，在风云变幻的战乱年代，不是一味地愚忠前朝,而是顺应时势,避免了生灵涂炭的悲剧重复上演。汪惟正修造的万卷楼,虽没有书院儒学的正统,却也经略治世,保持巩昌金、元、明三代的繁荣稳定。从这个意义上讲,巩昌万卷楼比陇西四大书院更值得怀念。

寻找格桑花

▶ 梁慧君（甘肃）

一直有寻找格桑花的想法。

格桑花这个词，第一次听说是什么时候，在什么情况下，记不清楚了。也许是在一首歌、一篇文章，或者一个故事中，反正从此就萌生了寻找格桑花的愿望，且烙在了心里。

七月甘南，油菜花开得正艳，沿途许多美丽大片的金黄在阳光下闪着亮。不由自主，我在想，它们当初被种植时只是仅仅作为观赏的目的供人们欣赏取乐吗？我的家乡，油菜是作为油料作物被种植的，它们开花有开花的美，分娩有分娩的美。只是乡间的油菜花，人们已习以为常，没有人特意关注它们，倒是蜜蜂阳光清风与它们朝夕相伴，嗅花香吃花露。再就是作为小孩子的我经常会驻足在一大片油菜花面前，被它们的身姿和色彩所吸引，常常一站就数个小时，舍不得离去。离开家乡以后，面对石头水泥的灰白，梦中的我不时走进大片大片的金黄里。

我没有见过格桑花，但是家乡的油菜花，它的美丽应该不亚于格桑花。只是油菜花是油菜花，格桑花是格桑花，它们在我心里各有各的分量，自是不同的，不能说谁好谁坏。在没有看到格桑花的时候，看到小时候见过的油菜花，心里还是十分的高兴。

只是我却有些可怜它们。这些油菜花，站在野地里，艳丽妖娆，不时被游人当做背景拍照留念。每天虽被这么多的人赏玩，其实我想它是寂寞的，仅仅是被当做"花"而宠，没有人像对待一个有灵魂的植物那样对待它们。其实它们和我家乡的油菜花是一样的，有着女性的美丽，同时闪耀着母性的光芒。想起叶芝《当你老了》里面的诗句，"多少人爱你青春欢畅的时辰/爱慕你的美丽，假意或真心/只有一个人爱你那朝圣者的灵魂"。他乡遇故知，我是否就是爱慕你灵魂的那个赶路人？

我想，距离格桑花应该是近了。

先到的是夏河。很小巧的一座石头城，僻在静静的一处，仿佛藏起来的珍珠。说它是石头城，是因为它周围的山大都是石头山，质地坚硬，城就倚着这些石头山就地依势而建，并没有怎么大刀阔斧动用现代技术挖山劈地地改造，这是我看到这个城第一眼就喜欢的原因。城并不宽阔，被两边的石山夹击着，大夏河蜿蜒穿城而过，如一位温婉的女子，所到之处，一切都被沾染上了女性的静谧柔美。所有建筑都依着城池走向，根据山势、河流变化而造。有的楼群紧贴着山体立着，有的跟随河流走势，就建在河岸宽阔之处，人就居住在河的两侧。这些建筑随意安放在大自然里，如同谁不小心甩出去的一个逗点。城里的人也是悠闲安然的，没有其他城市人的紧张忙碌和急躁，仿佛这是一座脱离现代感的城市。包括饭馆也是小而精致的，里面的人大都很安静，说话音量偏小，少有人大声喧哗，也没有扰市的叫卖声。

这是我眼中的世外桃源，走在夏河街道，人们的面孔多表现出一种特有民族的黝黑粗犷，这让我感到自在，我终于寻到与我不一样的人群，站在他们中间因为肤色气质略有不同让你充满寻觅的耐心。还因为语言的不同，让你觉得宁静，这是一种很奇妙的感觉，仿佛你正站在喧闹的街市中央，周围的人你一个也不认识，也听不懂他们在说些什么；反过来对于你他们也一无所知，不知道你是谁，来自哪里，为什么要来。就是这些互有的陌生和疑问，让人们彼此心意相通，因为互不干扰而宁静，又因为在同一时空同一地点，互相陪伴而安全，还因为同是人类而惺惺相惜。

不大的广场上，有浓妆的女孩在跳锅庄舞，黝黑深红野性的皮肤配上浓烈的服饰，这些年轻的女子浑身散发着脱缰成熟野马的美。旁边有个子高大脸颊棱角分明的汉子在跟着音响不时大吼一声"呀啦嗦"，偶尔一两下尖利的口哨声更是划破了城池夜晚的宁静。这夜晚便不再完整，破碎处却异常美丽动人。

我看到许多的卓玛、许多的扎西相和在这夜晚之城。噢，心中的格桑花仿佛盛开了。

早起离开夏河，驱车前往桑科草原。在路上山上，看到昨晚跳舞的女子，已脱掉浓艳的服饰，换上了家常便服，或牵着马，或赶着牛和羊。即使换了服饰和装束，我心中的卓玛依然美丽动人。

绿色的风托起蓝色的云朵，绿色的草毡上牛羊啃草，这是桑科草原到了。我心目中的格桑花这里应该就有，我很肯定地想。

看不出这里有多大，但眼眸所到之处全是起伏的绿色山丘和草场，这些绿色直绵延到天边和云相接，使人有一种即刻走上去的冲动。只是这大面积的草场都被按地域划分成了一片一片，用铁丝网隔开，每一片草场都有它自己的主人。你走过，他们隔着老远就热情招呼着，操着不太熟练的普通话，脸蛋因为常年被风吹和紫外线照射，都黝黑深红，是极为健康的肤色。我不忍拒绝他们每一位热情的邀约,但是我必须选定一家停下来,去寻找我心中的格桑花。

最后,在一个十五六岁藏族少女的招呼下,我停了下来。因为她纤细的身躯和倔强自信的脸上透着一股不忍拒绝的气度和意味,特别是她的眼睛,她有一双会说话的眼睛,又大又黑,不带任何欲望地直逼人的内心。说真的,这么纯澈的眼神在城市我几乎不曾见过。她普通话倒是出人意料的流利标准,我们很快攀谈了起来。她告诉我这是一个合伙经营的集住宿吃饭游玩为一体的小景点,当然你单从简单的外表是看不出来的,就几个帐篷,还有路边悠闲吃草的马儿。一切的内容都在帐篷里面,到了帐篷就等于到了家,意味着可以休息,有水喝,有饭吃。对于旅途劳累之人,有了这些就等于拥有了世间一切的幸福。能够吃饱,能够安然入睡,难道不是最幸福的事吗?

女孩有一个美丽的名字,拉吉,拉吉在藏语里是慈悲的意思。一个长相美丽的女子兼有一副慈悲的心肠,她多么像传说中的格桑花!传说格桑花作为一种植物,除过开的花艳丽漂亮,更主要的是它可以治病救人,特别是能够治瘟疫,所以后来人们为了纪念格桑花的这种功劳,把它誉为能使人幸福吉祥的花朵。

也许拉吉在这里很难碰到愿意和她深刻交谈的人,总之见了我她话多起来,向我问这问那。后来她带我去骑马,我们边说边任由马儿悠闲漫步。拉吉告诉我她念书念到了初中,因为父母要跟着牛羊走,弟弟要上学,得有人留到定居点带弟弟上学,他们家的钱暂时又不够供他们两人同时上学,所以她就只好来到这个景点做工赚钱。她说他们这里的学校不太严格,中途退学后,如果想上,可以随时回去继续上学。

她还对我说,等她攒够了钱还要再去上几年学,等到弟弟能照顾自己的时候,因为爸妈答应过她的。她说,她特别喜欢教他们汉语的男老师,可惜要有一段时间见不到他了。一说这,脸就红了。我连忙笑着安慰她。

看着拉吉,我想她其实是一朵多么不肯屈服于命运,而又勇敢坚强的格桑花呀!她还告诉我,虽然她现在不上学了,但害怕忘记汉语,一直读以前的课本,如果来了游人就使劲对着他们打招呼;如果他们停下来,她会想尽一切办法和他们聊天,好巩固汉语知识。

那天她陪我漫步在草原,我陪她谈论,风不时呼呼从我们耳边刮过,我们丝毫不觉得,甚至有一段时间还下了几滴雨,我俩奔跑着尖叫。她总是有许多稀奇古怪的问题问我。她实在是一个内心世界很丰富的女孩,只可惜被围在这个固定的环境里,接受不到更好的教育。

突然一棵非常漂亮的圆形花吸引住了我,颜色异常艳丽,花体由许多碎碎的如米粒般的东西组成,我激动地尖叫起来,以为这就是格桑花。问拉吉,她告诉我,这是狼毒花。我听了很是失望,狼毒花,我听过,有这么一部电视剧,好像是于荣光主演的。我问她哪里有格桑花,她说,格桑花生长在海拔很高的山上,这里海拔太低,是看不到格桑花的。加之近几年人为改造草场,以前仅有的少许格桑花现在也不见了。我想是啊,美丽珍贵的格桑花岂是轻易就可见到的,它应该有着严格苛刻的生存条件。就像人一样，过于舒适安逸的环境是不易培育出坚强独立的人格的。拉吉告诉我，别看这狼毒花异常美丽，其实是有毒的。她这么一说吓了我一大跳，这么小小美丽的花原来会有毒啊，真是不可思议，看来不可仅凭表面去看本质。

如此我便没有了继续寻找格桑花的想法。因为在我的心里，已经找到格桑花了。

走的那天早晨阳光很好，草看起来更绿，牛羊那么幸福。先一晚我把路上带来的书籍挑了几本，作为礼物送给了拉吉，她高兴得什么似的。远远的车开出几百米了，透过后视镜，我看到拉吉还在不断冲着我挥手，挥手……

一座城的诞生与消隐

▶ 紫凌儿（甘肃）

1

老城东南约三公里外，有一片坟地。坟地分布在一条公路的两边，可能是许久不曾有人来扫墓的缘故，坟地的荒草长的比以前更野了。零零散散的土坟堆，隐没在荒芜和苍凉之间，若有似无，卑微如草芥。

每一次进入这座城市，都要从进入这片坟地开始，这是否意味着某种玄机或是对生命的警示呢？

对于一座曾喧嚣过的城市而言，这片坟地显得冷寂、渺小，甚至很不起眼。尽管如此，它却有一个生命力超强的名字："石油新村"。不言而喻，活着的人希望逝者永垂不朽。死了的人，这里便成为他们永恒的去处。

至于不朽，那都是宽慰自己的说辞。

坟地和一座城市毗邻而居，说不上是幸运还是不幸。想必，当初人们选这个地方做公墓，不过是为了方便祭祀而已，肯定和风水没多大关系。再说了，这方圆百里都是戈壁，乱石滩，恐怕也没有什么好的风水。

其实，一座坟跟一座城的命运很相似。刚埋的坟，是新坟，随着时光的推移，新坟成为老坟，再成为祖坟；刚建的城，是新城，时间久了便为老城，再老，就成为古城或遗址。

原本，城市和墓地是不沾边的两回事。人活着属于城市，跟坟地没有太大的关系。人死了，入土为安，从此跟城市阴阳两隔，互不搅扰。坟是坟，城是城，两个世界。似乎坟地就应该肃穆、安静，应该充满悲伤。然而，当坟地彻底没有了人迹,就成了孤坟。没有人的坟是悲凉的,一座城市也是。

2

夕阳的笼罩下,小城显得寂静而祥和。无须长时间打量,这里每一个角落都并不陌生。以一次深呼吸来作为进入的方式,涌入鼻腔的,是熟悉而混乱的石油化工味道。这种气味是火的味道,是硝烟的味道。闻久了,总有一种什么地方在燃烧、或有什么东西即将爆炸的危险错觉。这种气味能瞬间将我带回到尚未搬迁之前的生活景象。长久以来,只有这种复杂的气味符合油城的味道,它甚至成为这个城市的一种标志,一种无声的语言。

小城算不上一个好地方。海拔高,紫外线强,气候干燥,四季不分明,植被稀少。生活在这里的男人便罢了,委屈的是女人们。

上班的女人跟男人一样,穿工作服。她们婀娜的身姿,套上松垮垮的工作服,不但没了线条,也失去了娇俏和妩媚的风情。为了防止紫外线灼伤皮肤,出门都会戴上口罩,帽子。出门前的精心打扮都浪费给时间了,所有的美只能给自己看。

贯通这个城市的公路原本有两条。西边宽阔些的,称为双马路,东边窄的叫单马路,单马路走了没几年,某天突然无端封闭,再也无法通行。于是,车辆和行人都挤到了双马路,双马路两旁的各种小生意也因此而异常红火。除此之外还有几条辅道,算不得真正的交通要道,便不多说了。

城市不大,兼容性却不小。海纳各行各业,各个领域,以及各地涌来的各类人群。工业区、制造业区、生活区,学校、医院等混杂在一起,没有隔离设施,噪音和污染再所难免。我们在享受城市建设带给我们各种便利的同时,不得不接受这个阶段带给我们的嘈杂和混乱,以及憎恶、无奈的状态。

油城的夏季很短,短到来不及叹息一声,花儿就凋谢了。即便是万物生发的季节,植物的种类也不会因季节的变换而增多。除了公园里常见的花花草草以外,就剩下马路两边的白杨树和松树。

杨树长的快,种上没几年就长成大树,伞骨一样的枝桠伸展开来,刚好能为行人遮挡些风雨。令人惊讶的是那些松树,从种植到现在,似乎根本就没有要长大的意思,多少年过去,它们依旧不慌不忙的活着,一副地老天荒的架势。

唯一一个有点神秘传说的地方——老君庙,座落在西河坝的峡谷中,因离市区较远,除了拜佛烧香,平时没有多少人去。

我总觉得,作为现代化工业城市,真正有表现力的,应该是山野中那些蠕动的抽油机和高高矗立的钻塔,恐怕这才是油城最具核心美的一大景观。走在山里,无边无际的荒凉,让你深度感受孤独和寂寞的真切滋味。

3

因沉寂,每一条街道都显得空旷了许多,而这种空旷只是一种虚弱的表象。这种表象试图向人们展示这里曾经是气度不凡的大城市。

然而,在外界眼里,油城除了偏僻和陌生之外,并没有太多的不同。一些不了解石油行业的人,对这个城市产生好奇的同时,也产生一些误解。比如,时常有朋友让我帮他的私家车加油,并言之凿凿:反正你们加油不要钱!甚至还有人让我帮忙搞一些免费的加油卡以及各种化工材料……面对这些难题,我从最初的惊讶到最后无可奈何的苦笑。原来,在他们眼里,石油就像种在地下的红薯或者土豆一样,是私有的,人们可以随便去挖,谁挖到就算谁的。

曾经,一个来自重庆的小伙子,到单位报到的第一句话是:"听说在油田工作,除了老婆不发,其他东西都发,是真的吗?"这是一个现场冷笑话,既令人捧腹,也令人深思。

对于油田的性质,别人怎么认为,怎么说,并不重要。隔行如隔山,万物同理。

如果时光回到到二十世纪八九十年代,那又是另一番景象。那时候油田正处在发展鼎盛时期,每年都有大批外来人员到这里投资或务工。整个城市的商业市场都被来自四川、河南、山东、浙江等地的人占领着。与此同时,油田年年向外界招工,油田子弟几乎都留守本地就业,很少有人才外流情况。人口赠多,使城市不断壮大,并日渐繁华。

曾经的北坪步行街,被人们戏称为北京的王府井,上海的南京路。

街道两旁的商店里,摆满四季变换的衣服、鞋帽、化妆品、各类生活商品。小吃街依次看过去:兰州拉面,武威凉皮,新疆烤肉,陕西肉夹馍等,具有西北风味的各类吃食集聚在这条不大的街道上,把道路挤的越来越窄。

晚间,斑斓的夜色下,灯光照彻,长夜似昼,浮世与油烟混搭,搅的人心飘荡。似乎每一张脸上都洋溢着不可言说的自满神情。

……

过于安逸的生活,容易使人放松警惕。

油城人在享受这种惬意、安稳的状态的同时,坚定的认为,这是一种长久、甚至永远都不会改变的状态。

资源枯竭!

2000 年初,大批职工陆续下岗,买断工龄,相继离开了油田。六年之后,油田生活基地整体迁移到 90 公里之外的酒泉市。与此同时,行政单位也陆续外迁,直至全部搬离。

4

  一座城市突然被解体,不亚于一场灾难。很多人的命运在这场巨大的变革中,被改写。

  曾经的繁华,不仅养育了一座城市的文化和傲气,也滋生了一些人的懒惰和虚荣。曾因待遇优厚而迷失理想,茫然无为,花钱无度的一代年轻人,完全失却了父辈们对金钱的节俭和对生活的敬畏之心。

  离开油田的人,即刻失去生活的重心。无助,仓皇,不知所措。

  大面积拆迁和废弃,使得本来就不大的城市一再缩小,小的好像原本就只有这么大似的。曾经热闹的步行街空了一半,走着走着前面突然不见了。白花花的路面像怕冷似的往回卷了个边,街道变短,像人呼出的一口气,还没彻底呼出,就不得不重新咽回去,一下子急促起来。

  如今,小城已经没有了往日的风采。走在街道上,像是进入了一个古老苍凉,从未繁华过的破败小镇,又像是闯进了一个辽阔无际的、迥异于现代城市和进化乡村的"城乡结合处"。

  曾经阔大的东岗,有几分艺术气息的西河坝,安静的一八区,杂乱而不失温暖的北门,被夷为平地之后,却好像并没有真的存在过那样,被人们忽略。即便是存在过,也已经沦为传说。这种突如其来的抽离感,使人感受到巨大的不安和恐慌。

  玉门,就这样成为一座空城。从一无所有到繁华鼎盛,然后逐渐衰败,再回到荒芜和寂静。似乎一开始就预示着这座城市必然以这样的方式回归、消隐。

  然而,衰败并不等于死亡。或许它正以另一种方式重生。比如,那些被推倒的房屋和往事已经被新的事物、新的现象所替代。如此同时,还有一种赖以骄傲的历史使命感正在无声地酝酿着……

  世事变迁,当一个经历者摇身成为今日的旁观者,我相信,无论是认知还是反省,都需要一些勇气——我们的确是衣食无忧,消磨斗志的一代人,曾仰仗赖以生存的石油资源而不知天高地厚的年轻一代。尽管,这些现象只是一小部分的存在,它依然会影响到一个人、甚至一代人的自我审视和塑造。

  当这座城市以消隐的方式向人类敲响警钟时,我们应该深思和反省。

  后记:玉门除了石油,再没有其他可供消费的资源。很明显,这个城市因石油而兴,因石油而衰。这座新生的城市持续几十年见证了自身的繁华与衰败之后,最终在一场巨大的历史变迁中,成为自身的历史。

妈妈的冬至饭

▶ 夏　惠（甘肃）

　　马上又到冬至节了，每到这时节，便想起了老妈做冬至饭的许多事儿。

　　冬至饭在敦煌叫做"杏㮟篓"（"杏"读作"横"），张掖叫做"猫耳朵"，新疆巴里坤叫做"杏皮子"，内地似乎叫做"麻什子"。人们总是用自己最熟悉的事物来给新事物命名，各地风物颇有不同，这不奇怪！

　　冬至节前一天，妈和村里的众多大妈婶姨们便开始忙碌了。要事先准备好许多食材，上好的羊肉、白萝卜、胡萝卜、洋芋等等，少不了葱、姜以及晾干的香菜等配料。冬至一大早，妈早早起来，将事先备好的各色食材洗净切成小块，一一下到烧好的油锅里，再放上各种调货翻炒一番，等臊蛋子炒好，再加入水，放在灶火上慢火煮着。另一个灶火也燃起火，慢慢烧一锅开水。喷香的味道让一贯喜欢睡懒觉的我和姐姐们也早早醒来了。妈同时早就和好了面，并饧成了长条细圆柱状的面剂子，被香味馋起来了的我跟在妈身后。当然，早起的奖励便是数个香喷喷的肉蛋子。吃完，妈在案板上撒上少量面粉，再把面剂子拉开切成大约一个指尖宽度的小圆柱体，我就在妈以及也早早起来的姐姐们的夹缝里一起"跐杏㮟篓"，手指力量适度，轻松一"跐"，一个蜷曲如晾干的杏皮、形状巧妙的面"杏㮟篓"便呈现在案板上。妈和姐姐们手指灵巧，不仅"跐"得快，做出来的"杏㮟篓"也美观，我"跐"出来的往往只是一张张厚薄极不均匀而又极微型的饺子皮，所以，大多数时候我很快就会被"委派"成"伙头工"去烧开水了。等"杏㮟篓"堆满了案板，便可以下锅了。煮好的"杏㮟篓"倒进臊蛋汤里，再放上葱花、香菜末，一锅浓稠而满溢香气的"杏㮟篓"饭就做好了，这时，天也亮了。

　　妈先盛好两碗，要我先端给爷爷奶奶。然后，再拿几只大碗或者搪瓷盆，盛满，每盛一次，都要搅动一番，目的是让肉蛋子浮起来。每当这时，我的心都揪在一起，唯恐妈把肉蛋子都舀完了。妈盛满后，还要再看一下是否盛得公平，要看到哪个碗盆里肉蛋子少了,总还要从大盆里再挑一些出来。然后让我送给距离不远的四叔家,姐姐们也各有各的目的地,当然,不外是同村的邻里亲友。

等我晃悠过去,四叔家门外也是满溢了香味。四婶满脸笑意地接过碗,倒入自家的"杏窠篓"饭盆里,再将备好的一碗倒在我的空碗里。眼"尖"的我早已发现,这碗里的肉蛋子显然要比我家的多。在那个"吃一个油花子要机溜三天"的时代,能多一些肉蛋子是很了不得的事。端回来,姐姐们也已回来,妈把"换"回来的杏窠篓饭再倒进盆里,再次搅匀,再次舀出几碗,我们再去送。大约三轮过后,该送的都送了,就该我们吃饭了。那盆杏窠篓饭也就成了名副其实的混杂了邻里亲友诸般味道的"百家饭","送"其实是在"换"。偶尔,也有空碗回来的时候,也不在意。东家多了一点,西家少了一点,最后混在一起的百家饭,往往不但不会少,还会比原来多出来一些,内容自然也比先前更丰富了。

每次端回来,妈只是不经意地扫一眼,便能得出结论。比如:"你四叔今年收成好啊!""你三奶家娃子(男孩子)多,争嘴得很!"后来我也渐渐明白,看似简简单单的一碗饭,从碗里臊蛋子的丰富与否、肉蛋子的多寡、油花子的疏密、味道的浓淡,都可以看出一个家庭一年收入的盈亏、主妇厨艺的高低,甚至两家情意的厚薄……

舀好一家人的"冬至饭",我和姐姐们便开始比谁的碗里肉蛋子多。我有时故意把肉蛋子都藏在碗底下,惹得姐姐们到妈跟前告状说妈偏心。妈早看出来了我的小心眼,把自己碗里的肉蛋子再给姐姐们一些,懂事的姐姐们早躲开了。而我也知道了,耍小心眼不但自己得不到好处,还会连累了别人,也就从此记住老老实实吃饭的道理。

不知从哪年起,妈就不让我送了。没有什么特别的原因,也许是我去某某家受了几次白眼并原封不动地端了回来吧。但妈每年仍会早早做好一盆冬至饭。这饭里比旧时有了更多的肉、更多的其他食材,有了更多的油花子,用了更多以前从未用过的佐料,我们一家仍会吃得很香,但总觉得缺了点什么。

我总在想,汉民族传承数千年生生不息,骨子里一定有股力量在支撑着。在那缺衣少食的年代,宽裕的家庭做一大锅冬至"杏窠篓"饭,特意多做出来几碗,接济给那些贫寒的邻里亲友或者乞儿,又为避免他们接受时的尴尬,便创造出"百家饭"的名目,相互之间也送一送,以表达感念帮助之情意。其本意也并不是一定要换回一碗或者探看家底,而只是一份善意的表达。最后传承下来,便形成了冬至节吃百家饭的习俗。

我的祖辈们将这习俗带到了敦煌,又将它传给了我的奶奶,奶奶传给了妈妈,妈妈还在给我们做,可成年后住在城市鸽子笼的我们似乎已渐渐忘了这冬至节吃杏窠篓饭的本意,更忘了这饭的另一个名字——百家饭。

又快到冬至了,你会端着一碗满溢着亲情、乡情、友情的杏窠篓饭,敲响邻居家的门吗?

新阳镇符号

▶ 丁永斌（甘肃）

山与水

渭河从渭源县发源后，经过千折百回的行走，进入天水。渭河在进入天水之前，并没有表现出滋养地和文化母性的特征。她经历了灌溉大地、给贫穷的西部以生存的呵护后，在天水，突然觉得自己有了丰富的经历。这种丰富多彩的经历，从新阳镇开始，还有新阳一衣带水的三阳川。渭河把自己的文化特征进行了一次释放——三新阳，不是官方语言定位的行政区域，而是生活在渭水从进入新阳，再到走出三阳川近三十公里两岸人民对渭水文化的昵称。陇上著名民俗学者李子伟认为，天水文化就是渭水文化，而渭水文化的载体就是三新阳。

余辉收尽最后一缕光芒，新阳川区被渭河一分为二。月下，渭水潺潺，浪花似歌。一条银色蠕动的绸缎，沿着河床游弋如蛇。四周环绕的山峦，在苍茫的夜色中，如同一位伟大的母亲守护自己的婴儿一样，守望着新阳川区的子民。

山为地主，凤凰山成了十里八乡子民的精神源泉。以殷商最后一位标志性忠臣闻仲为统神的宗教仙聚地，经历了千年演化，左右着周边近二十万人民的精神、思想与生活导向。诗人贺敬之、宗教人士任法融、博士生导师霍松林等，和历代先贤一样，以殷切与热情为凤凰山留下重要的人文印迹。

与凤凰山形成对比的是安林山。安林山很低，低得与渭河岸亲如兄弟。一树苍松舒展的枝叶，只要被风一吹，就能掬起渭水的清流。

安林山，也叫安林寺。站在渭河南岸看安林山，它静静盘坐在王家庄村西的半山腰,如一尊佛,双手合十,倾听一个村庄在夜间轻轻的鼾声、清脆的儿啼,还有犬吠的安逸……

在中国的历代名人成为神仙,而被后人所敬仰,殷商末期可以说是神仙的摇篮。安林山的主神就是武成王黄飞虎,还有如来佛。我觉得中国人把儒家当作宗教去理解是个误区。孔子的学说与思想,也只是对人进行的一种美德教育。非得把孔子的学说与成果归在宗教,一定不是孔子的初衷。我不同意新阳镇王家庄一位安林山呵护者,因为安林山中有司管教育之神,就强诠为"儒释道"结合的宗教山寺。

胡家大庄

日出而作,日落而息。

一种原始、自然条件下农民与乡村的生活状态,仍然被视为原生态的美好。但是,先民们精神生活的匮乏也昭然若揭。胡家大庄蜗居西北一隅,却有着丰富的精神生活与文化诉求。我在胡家大庄生活了近三个月的时间,也栖身于胡家大庄的文化中心。夜晚还没有降临,胡家大庄村委会前已经有十几个农家妇女分列排开,扭动着身姿,跳起现代舞。在流行歌曲的伴奏下,妇女们脚步灵活,转动自如,节奏感强烈。她们没有城市人的炫耀,但有城市人的心情。

在村委会一间会议室,数十个秦腔爱好者拉的拉、敲的敲、唱的唱……男女配合默契,腔正音纯。在他们的唱腔里,完全是过把瘾的热爱,还有对剧情的投入。音乐表达的思想,是对生活的思想。其腔调中能倒映出歌者的心态。这些乡村的音乐爱好者,不被流行偶像所左右,完全释放着自己对生活的憧憬。胡家大庄的党支书胡云讲了一个小故事:村委会听说市剧团在解散中,一把好琴落入私人手中,剧团曾经的操琴手生活陷入困厄,可能会出手卖琴。这个消息让他获悉,马上人到市里联系。琴的主人外出,琴从操琴者老婆手中被买了回来,成为村上一大喜事。

我是一个大意的人,在村委会住的日子里,经常会忘记锁自己的房门和大门。第一次忘记锁门回家了,担心东西被盗,给村上的胡书记打了电话,胡书记毫无顾虑地说:没有事,没有人去偷,小偷也不敢来!我在忐忑不安中回到村委会时,东西安好,我也心安。胡书记告诉我,村民有村上的好,不会被偷的。

"我们村五一要表彰二百个劳动模范。"——当时以我为自己听错了。一个村上就能产生二百个五一劳动模范,不是笑话吗?但胡书记认真地说:我们是村级五一劳动奖。他给我介绍了村上评奖的规定与方式:孝尊老人、关爱子女、家庭和谐、勤俭持家、商业高尚、妯娌相爱、邻里友善、文明守法、移风易俗等,就能被评为五一劳动奖。在提出村上评五一劳动奖时,村里人觉得好,但不太积极,经过三四年的评奖与颁奖,村民进入良性认知。参与度提高了。村委会的会议室,挤满了参会村民。胡书记把村上评奖的情况大概讲述了一下,并提出新增加的奖项:老公外出打工,妇女能操持好家,教育好子女,同样可获奖。在一片掌声中,村民一边打节拍,一边歌唱《在希望的田野上》……

歌声落,颁奖开始。奖品中没有大红花,也没有绶带,奖励是一袋子化肥,一顶草帽,一个口杯。

"大美甘肃,多彩丝路"全国诗歌散文大奖赛评委会名单

主　任：邵　明　　　省文联主席

李燕青　　　省文联党组书记、副主席

副主任：王登渤　　　省文联党组成员、副主席

委　员：马步升　　　省作协主席、省社科院文化研究所所长

高　凯　　　省作协副主席、省文学院院长

牛庆国　　　省作协副主席、甘肃日报文艺部副主任

叶　舟　　　省作协副主席、鲁迅文学奖获得者

马青山　　　省作协副主席、《飞天》主编

阎强国　　　《飞天》副主编

评奖办公室

主　任：马青山　　　省作协副主席、《飞天》主编

副主任：杨继军　　　敦煌文艺出版社总编辑

许建武　　　武威市文联主席

何　江　　　张掖市文联主席

张使任　　　酒泉市文联主席

初评委：郭晓琦　　　《飞天》诗歌编辑

赵剑云　　　《飞天》小说编辑

王文思　　　《飞天》小说编辑

李满强　　　青年诗人

后　记

　　由甘肃省文联主办,《飞天》编辑部和敦煌文艺出版社有限责任公司、武威市文联、张掖市文联、酒泉市文联共同承办的"喜迎十九大·大美甘肃,多彩丝路"全国诗歌散文大奖赛于 2017 年 8 月揭晓,共评出苏卯卯、刘梅花两名一等奖,厉运波、费晓莉等四名二等奖,梅苔儿、张瑞等十六名三等奖,水湄、亚男等三十八名优秀奖。《飞天》2017 年 9 月隆重推出获奖作品专号。其后,于 2017 年 12 月 9 日至 17 日邀请部分获奖作家、诗人和评委嘉宾在河西走廊古丝路重镇武威、张掖、临泽、酒泉等地进行采风交流活动、座谈和研讨获奖作品、推广大奖赛的成果,扩大了社会影响。

　　现将获奖作品结集出版,以期让更多的读者阅读和检验。

——编　者

2018 年 3 月